Y BYW SY'N CYSGU

Y Byw Sy'n Cysgu

Ar gyfer oedolion sy'n dysgu Cymraeg

KATE ROBERTS
(Talfyriad gan Christine M. Jones)

Golygydd y gyfres
Basil Davies

Gwasg Gomer
1995

Argraffiad Cyntaf—Gorffennaf 1995

ISBN 1 85902 109 3

Argraffwyd gan

J. D. Lewis a'i Feibion Cyf., Gwasg Gomer, Llandysul, Dyfed.

RHAGAIR

Dyma'r chweched nofel yn y gyfres *Cam at y Cewri*, cyfres sy'n ceisio cyflwyno (*to present*) gwaith nofelwyr Cymraeg adnabyddus (*well known*) i ddysgwyr.

Rwy'n ddiolchgar iawn i Basil Davies, golygydd y gyfres, am ei gyngor adeiladol (*constructive*) wrth imi ymgymryd â'r (ymgymryd â—*to undertake*) gwaith o dalfyrru'r (talfyrru—*to abridge*) nofel hon.

Iaith y nofel wreiddiol a geir yma, heblaw pan fu'n rhaid imi, yma ac acw, gysylltu brawddegau â'm geiriau fy hun a chysoni'r atalnodi (*to regularize the punctuation*). Gosodir y rhain mewn cromfachau bob tro. Dylid nodi hefyd fod 24 o benodau yn y fersiwn hwn i gymharu â 26 yn y gwreiddiol gan imi gyfuno (cyfuno—*to combine*) penodau 5 a 6 ym mhennod 5 a phenodau 17 a 18 ym mhennod 16.

Pwrpas y nodiadau ar waelod pob tudalen yw esbonio'r eirfa ac ambell gystrawen ddieithr (cystrawen—*construction*) mewn ymgais syml i helpu'r darllenydd. Gwneir sylwadau pellach ar rai pwyntiau gramadegol yn yr atodiad (*appendix*) a dylid astudio hwnnw cyn troi at y nofel ei hun.

Wedi cwblhau y fersiwn talfyredig hwn (talfyredig—*abridged*) o *Y Byw Sy'n Cysgu* gobeithiaf yn fawr y byddwch am ddarllen y nofel wreiddiol.

Darllenwyd y llawysgrif gan Julie Brake, tiwtor Cymraeg yn ardal Llanbedr Pont Steffan, ac rwy'n arbennig o ddiolchgar iddi am nifer o awgrymiadau gwerthfawr.

Diolch hefyd i Wasg Gee am ryddhau yr hawlfraint (*copyright*) ar y nofel wreiddiol ac i Wasg Gomer am fod mor barod i gyhoeddi'r talfyriad ac am eu gofal wrth argraffu.

CHRISTINE M. JONES

KATE ROBERTS (1891-1985)

Un o Rosgadfan, pentref yn ardal y chwareli (*quarries*), sir Gaernarfon oedd Kate Roberts. Ar ôl astudio yng Ngholeg Prifysgol Gogledd Cymru, Bangor, bu'n athrawes yn y De am rai blynyddoedd, cyn iddi hi a'i gŵr Morris T. Williams brynu Gwasg Gee yn 1935 a symud i Ddinbych. Yn dilyn marwolaeth ei gŵr yn 1946 rhedodd Kate Roberts y busnes am ddeng mlynedd arall ar ei phen ei hun gan gyfrannu'n (cyfrannu—*to contribute*) rheolaidd at y papur newydd *Baner ac Amserau Cymru.*

Gellir rhannu gwaith creadigol (*creative*) Kate Roberts yn ddau gyfnod pendant. Mae'r cyntaf rhwng 1925 a 1937 yn cynnwys gweithiau megis ei nofel *Traed Mewn Cyffion* (1936) a'r casgliad o straeon byrion *Ffair Gaeaf* (1937). Yn dilyn hyn bu bwlch o ddeuddeng mlynedd yn ei gwaith creadigol nes yr ymddangosodd ei llyfrau eraill rhwng y blynyddoedd 1949 a 1981. Dyma gyfnod *Y Byw Sy'n Cysgu* (1956) a'i chyfrol enwog am blentyndod, *Te yn y Grug* (1959). Cyhoeddwyd ei hunangofiant *Y Lôn Wen* yn 1960.

Darllenwch amdani yn CYDYMAITH I LENYDDIAETH CYMRU (1986).

BYRFODDAU

cf. —cymharer, *compare*
e.e. —er enghraifft, *for example*
h.y. —hynny yw, *that is*
llu. —lluosog, *plural*
(G.C.) —ffurf a ddefnyddir yng Ngogledd Cymru
(fem.) —benywaidd, *feminine*

PENNOD 1

Yr oedd yn ddydd Llun siriol ym mis Mai, a Lora Ffennig, wrth fynd ymlaen â'i gwaith yn ymdroi gymaint ag y medrai yn y mannau hynny o'r tŷ lle tarawai'r haul arni. Am fod Iolo, ei gŵr, wedi mynd i fwrw'r Sul, yr oedd wedi golchi a smwddio ddydd Sadwrn. Ar ôl un mlynedd ar ddeg o fywyd priodasol yr oedd o hyd yn cael ias wrth ddisgwyl ei gŵr adref wedi iddo fod i ffwrdd. Nid oedd yr ymadawiad yma yn ddim ond seibiant ar ganol gwaith, i fynd i aros at gyfaill a wnaethai yn y rhyfel—Sais o sir Amwythig. Rhyfedd meddyliai hi wrth baratoi te i'r athrawes a letyai gyda hi, nad oedd byth yn sôn am y cyfaill yma wedi iddo fod yn aros gydag ef. Nid oedd erioed wedi cyfarfod â'r ffrind yma, ac ni wyddai ddim amdano, heblaw ei fod yn fab ffarm. Rhyfedd, erbyn meddwl, na châi Iolo damaid o fenyn neu rhywbeth ganddo i ddyfod adref. Rhyfedd hefyd na soniodd erioed am ei wahodd i aros gyda hwy.

Deuai haul y prynhawn i mewn i'r gegin, a'i goleuo a gwella ei golwg. Er mwyn sirioli tipyn ar (yr ystafell) lle y treulient gymaint o amser ynddi, aethai Lora allan y bore hwnnw i brynu matting newydd glas a choch, un mwy nag a oedd arni o'r blaen, i'w roi ar y llawr teils coch, ac yn wir edrychai'n llawer mwy clyd. Yr oedd wedi golchi llenni'r ffenestri a gorchuddion y clustogau, a'u smwddio ddydd Sadwrn, fel bod yr holl le, efo lliain gwyn glân ar y bwrdd, yn edrych yn ddeniadol iawn. Rhoes fatsen yn nhân y gegin, ac un arall yn nhân ystafell Miss Lloyd, gan nad

---

siriol: llawen, hapus
ymdroi: *to linger*
y medrai: yr oedd hi'n medru/gallu
tarawai: h.y. trawai, roedd . . . yn taro
i fwrw'r Sul: i dreulio'r penwythnos
ias: gwefr, *thrill*
ymadawiad: *departure*
seibiant: *respite*
a wnaethai: yr oedd e wedi'i wneud
a letyai: a oedd yn lletya, (*to lodge*)
ni wyddai: doedd hi ddim yn gwybod
na châi I.: na fyddai I. yn cael
dyfod: h.y. dod
deuai: roedd . . . yn dod
treulient: roedden nhw'n arfer treulio
aethai L.: roedd L. wedi mynd
clyd: cysurus, cyfforddus
gorchuddion: *covers*
lliain: *cloth*
rhoes: rhoiodd, (rhoi)

oedd yn llawn digon cynnes i fod hebddo. Yr oedd yn dda iddi gael arian Miss Lloyd yn ogystal â'i chwmni dros y rhyfel, ac yr oedd yn dda iawn iddi yn awr gael ei harian a phrisiau pethau'n codi.

Rhoesai siwmper las gwan a llewys cwta amdani, a sgert lwyd olau, y tro cyntaf y gwanwyn hwn iddi wisgo llewys cwta. Yr oedd ei gwallt o liw mêl golau (a'i) llygaid o'r glas tywyllaf. Yr oedd yn ysgafn o gorff ac yn weddol dal, a symudai o gwmpas ei gwaith, heb iddi hi ei hun na neb arall deimlo ei bod yn symud.

Daeth Derith a Rhys adref o'r ysgol, a rhoes eu mam lymaid o lefrith a chacen iddynt yn y gegin bach i aros y pryd mwy a gaent pan ddychwelai eu tad rhwng pump a chwech.

Canodd cloch y ffrynt, ac aeth Lora i'w agor a rhybuddio'r plant i aros yn y gegin bach. Yr oedd yn syndod mawr ganddi weld Mr. Meurig, twrnai a chyflogydd ei gŵr yn y drws. Ni chofiai iddo alw yno erioed o'r blaen. 'Ga'i siarad efo chi am funud, Mrs. Ffennig, os gwelwch chi'n dda,' oedd ei eiriau cyntaf, 'ac ar ben eich hun.'

Aeth hithau ag ef i'r parlwr ffrynt.

'Mae rhywbeth wedi digwydd i Iolo?'

'Wel oes, ond 'does dim rhaid i chi ddychryn. Mae o'n fyw ac yn iach.'

'Diolch am hynny.'

'Mi ges i lythyr ganddo fo efo'r post pnawn yma, wedi ei bostio yn Llundain, yn dweud nad ydi o ddim yn dŵad yn ei ôl o gwbl.'

'Pam? Ydi o wedi cael lle arall ynte beth?'

'Digon posib. Ond y gwir ydi, yn blaen, mae o a'm howsciper i wedi rhedeg i ffwrdd efo'i gilydd.'

---

llewys: *sleeve*
cwta: byr
llymaid: *a sip, a drop*
llefrith (G.C.): llaeth
y gegin bach: *the back kitchen*
a gaent: y bydden nhw'n ei gael
pan ddychwelai: pan fyddai . . . yn dychwelyd, (*to return*)
yr oedd yn syndod mawr ganddi: *she was very surprised*
twrnai (G.C.): cyfreithiwr, *attorney*
cyflogydd: *employer*
ar ben eich hun: ar eich pen eich hun, *on your own*
ganddo fo (G.C.): gyda fe, h.y. oddi wrtho fe
dŵad (G.C.): h.y. dod
yn ei ôl: *back*
ynte (G.C.): neu
a'm howsciper: *and my housekeeper*
efo (G.C.): gyda

'Y fo oedd yn dweud hynny?'

'Y fo oedd yn dweud hynny. I mi y sgwennodd o, a gofyn imi ddweud wrthoch chi.'

''R ydw i'n gweld,' meddai hi, heb newid mynegiant ei hwyneb o gwbl.

'Ydi o'n newydd annisgwyl iawn i chi, Mrs. Ffennig?'

'Hollol annisgwyl.'

''D ydi o ddim mor annisgwyl i mi, wyddoch chi. 'R oeddwn i wedi ffeindio bod Ffennig i ffwrdd bob tro y byddai Mrs. Amred i ffwrdd. Ac fe fyddai ambell un yn rhoi rhyw hym weithiau eu bod yn ffrindiau.'

'Ddaru mi 'rioed feddwl bod dim rhwng y ddau.'

'Mae'n ddrwg iawn gen i, oes yna rywbeth alla i wneud i chi,' meddai ef gan godi. 'Alla i fynd i nôl rhywun atoch chi?'

'Dim diolch, 'r ydw i'n clywed sŵn Miss Lloyd yn dŵad i mewn rŵan. Ond . . .'

'Beth? Dwedwch os galla i wneud rhywbeth.'

''D wn i ddim pwy ga i fynd i ddweud wrth ei fam a'i chwaer. 'D oes arna i ddim eisio torri'r newydd iddyn nhw.'

'Mi a' i â chroeso. Y fi ddylai fynd.'

Aeth hithau i'r gegin bach. Yr oedd y plant wedi gorffen eu byrbryd.

'Oes yna amser i fynd i chwarae cyn daw tada adre?' meddai Rhys.

'Oes,' meddai ei fam, ''D ydi tada ddim yn cyrraedd yn ôl heno. Dyna oedd Mr. Meurig yn 'i ddweud rŵan.'

'Ydi o ddim yn sâl?'

'Nag ydi, mae o'n iawn, ond mae rhywbeth yn 'i gadw fo . . . tan nos yfory.'

Aeth y ddau allan, ond daeth Rhys yn ôl i edrych ar ei fam. Ond gan na welai ei bod yn crio nac yn edrych yn ddigalon, penderfynodd nad oedd ei dad ddim yn sâl. Yr unig beth y

---

mynegiant: *expression*
wyddoch chi: rydych chi'n gwybod
hym (G.C.): awgrym, *hint*
ddaru mi (G.C.): gwnes i
gen i (G.C): gyda fi
rŵan (G.C.): nawr
d wn i ddim: dydw i ddim yn gwybod
eisio (G.C.): h.y. eisiau
byrbryd: *snack*
'i ddweud: ei ddweud
na welai: nad oedd e'n gweld

sylwodd arno oedd bod ei hwyneb yn gochach nag y gwelsai ef erioed.

Aeth hithau i'r gegin arall, ac eistedd wrth y tân. Synfyfyriodd, ac yna penderfynodd mai wrth ei chymdoges y dywedai'r newydd. Cerddodd i fyny llwybr yr ardd ac i ardd y drws nesaf, i lawr y llwybr yno, ac at ddrws cefn ei chymdoges. Cafodd Mrs. Roberts dipyn o fraw ei gweld, oblegid gwyddai na buasai Mrs. Ffennig yn dyfod i lawr at y tŷ heb fod rhywbeth o'i le. Dywedodd Lora Ffennig ei newydd gan sefyll ar lawr cegin ei chymdoges, fel petai'n adrodd y Deg Gorchymyn.

'Mi ddo' i efo chi i'r tŷ rŵan,' meddai Mrs. Roberts.

Arweiniodd hi'n ôl, a rhoes Lora i eistedd yn ei chegin ei hun.

'Beth fedra i wneud i chi, Mrs. Ffennig?'

'Y gymwynas fwya fydd cadw pobol oddi wrtha i, (ac a) fasa chi mor garedig â dweud wrth Miss Lloyd, os gwelwch chi'n dda?'

Wrth weld Mrs. Roberts yn pasio drwy'r gegin y medrodd Lora grio. Y peth nesaf a wyddai oedd fod llawer o bobl yn y gegin, yn cynnwys ei chwaer-yng-nghyfraith, Esta, a bod Esta wedi dweud yr âi â'r plant adref gyda hi.

Yng nghanol y siarad, gofynnodd Lora am iddynt ei hesgusodi, er mwyn iddi gael ysgrifennu gair i'w chwaer, a chynigiodd rhywun fynd ag ef i'w bostio. Wedi iddi orffen, nid oedd gan neb fawr ddim i'w ddweud. Yr oedd hwn yn achos gwahanol i farw. Fe ellid siarad am y marw wrth ei wraig, ond ni ellid siarad am y byw a adawsai ei wraig. Felly ymwahanodd pawb (ac) aeth Lora i fyny'r grisiau, tynnu amdani a mynd o dan ddillad y gwely fel un mewn breuddwyd.

---

synfyfyriodd: *she mused,* (synfyfyrio)
cymdoges: *neighbour, (fem.)*
y dywedai'r newydd: y byddai hi'n dweud y newyddion
braw: ofn
oblegid: achos, oherwydd
gwyddai: roedd hi'n gwybod
y Deg Gorchymyn: *the Ten Commandments*
arweiniodd: *she led,* (arwain)
rhoes: rhoiodd, (rhoi)
beth fedra i . . .?: beth alla i . . .?
cymwynas: ffafr
yn cynnwys: *including*
âi: byddai hi'n mynd
fe ellid siarad am y marw: *one could talk about the dead,* (gallu)
a adawsai: a oedd wedi gadael
ymwahanodd: *parted, separated,* (ymwahanu)
tynnu amdani: dadwisgo, *to undress*

PENNOD II

Eisteddai Loti Owen wrth (y) grât yn ei pharlwr, yn synfyfyrio. Câi fwyniant heno (yn) llunio cosb i bobl a gasâi, a'r pennaf o'r rhai hynny ar y funud oedd ei gwraig lety. Tarawsai ar gosb addas iddi, ei rhoi mewn cwpwrdd rhewi am noson. Troes ei golwg at y bwrdd, a ddisgwyliai am ei glirio, y llestri tew rhad, ac ar ganol y lliain llipa y botel saws heb ddim odani. Fe ddôi i mewn rywdro, mae'n debyg, i'w glirio, a gadael y lliain gwyn, y briwsion, a'r botel saws arno hyd y bore. Yr oedd ei ffrind Annie yn lwcus o fod gyda Mrs. Ffennig. Yr oedd yn sicr fod ganddi hi dân heno, a bwrdd del yn ei disgwyl gartref o'r ysgol; a châi'r bwrdd yn rhydd i ddechrau ar ei gwaith ar unwaith os mynnai.

Wrth feddwl am Mrs. Ffennig aeth ei meddwl at ei gŵr, i ba le yr oedd o wedi mynd tros y Sul yma tybed? Nid oedd yn hoffi'r olwg a gawsai ar ei lyfrau yn y swyddfa heddiw, a sut yr oedd y ddynes yna o'r wlad yn dŵad i dalu'r tâl am ei thŷ heddiw heb sôn dim am y chwarter dwaethaf? Tybed a oedd Iolo Ffennig wedi—? Naddo, erioed. Ond yr oedd rhywbeth yn bod. Nid oedd mor ystig wrth ei waith. Yr oedd wedi mynd i wneud sŵn dioglyd wrth symud; a'i feddwl fel petai'n bell. Nid oedd yn arfer bod felly. Faint o wir a oedd yn y stori amdano fo a'r wraig a gadwai dŷ i Mr. Meurig? Yr oedd y Mrs. Amred yma yn un o'r bobl a gasâi heb eu hadnabod. Yr oedd ei hwyneb yn ddigon. Cododd i nôl ei gwau, ac ar hynny dyma gloch y drws yn canu, a

---

grât: *grate*
synfyfyrio: *to muse*
câi: roedd hi'n cael
mwyniant: mwynhad, pleser
llunio: ffurfio, creu
cosb: *punishment*
a gasâi: yr oedd hi'n eu casáu
tarawsai: roedd hi wedi taro
troes: troiodd, (troi)
llipa: *limp*
dôi: byddai hi'n dod
briwsion: *crumbs*
del (G.C.): pert, taclus
câi: byddai hi'n cael
os mynnai: os oedd hi'n mynnu, (*to wish*)
a gawsai: yr oedd hi wedi'i chael
dynes (G.C.): gwraig, benyw
dŵad (G.C.): h.y. dod
dwaethaf (G.C.): h.y. diwethaf
ystig: gweithgar, dyfal, *diligent*
a gadwai: a oedd yn cadw

Mrs. Jones yn dyfod â rhywun ar hyd y lobi at ei hystafell hi. Annie oedd yno a golwg gyffrous arni.

'Glywis di'r newydd?' meddai ar ôl cau'r drws.

'Be sy? Siarad yn ddistaw.'

'O bobol,' meddai Annie, bron tagu, 'mae Mr. Ffennig wedi dengid i ffwrdd efo Mrs. Amred.'

'Pryd y bu hyn?'

''D wn i ddim. Y cwbwl wn i ydi fod Mr. Meurig wedi cael ei ginio yn y dre heddiw, ac wedi mynd adre braidd yn gynnar.'

'Do, mi 'r oedd gynno fo gur yn 'i ben.'

'Ac efo'r post pnawn mi ddaeth llythyr i'r tŷ oddi wrth Mr. Ffennig yn dweud y newydd, ac yn gofyn iddo fo ddweud wrth Mrs. Ffennig. 'R oedd hynny cyn imi ddŵad adre o'r ysgol. Mrs. Roberts drws nesa' ddaeth â'r newydd i mi, a dweud nad oedd ar Mrs. Ffennig ddim eisio gweld fawr neb ar y pryd.'

'Mi'r oedd pobol yn siarad dan i dannedd am y ddau ers tro.'

'Oeddat ti'n gwybod am y ddau ynta?'

'Na, ddim ffordd yna. Ond—y—'d wn i ddim ddylwn i ddweud.'

'Paid os nad oes arnat ti eisio.'

Aeth awydd (Loti) i ddangos ei chraffter yn drech na'i challineb.

'Cadw fo i chdi dy hun. A chym ofal beth bynnag wnei di, na wnei di ddim sôn wrth Mrs. Ffennig.'

''R ydw i'n rhoi fy ngair.'

'Wrth fod Ffennig i ffwrdd heddiw, 'r oedd yn rhaid i mi ddefnyddio'i lyfrau o, a mi ddaeth rhyw ddynes o'r wlad i lawr i dalu benthyciad ar ei thŷ. Mi welis i bod hi wedi colli tri chwarter heb dalu, a soniodd hi ddim am y rheiny. A phan ofynnais i iddi mai talu'r ôl-ddyled oedd hi, mi edrychodd reit hurt. "Na," meddai hi, "'d oes arna i ddim ond hyn". 'R oeddwn i am siarad

---

cyffrous: cynhyrfus, *agitated, upset*
tagu: *to choke*
dengid: h.y. dihengyd, dianc
gynno fo (G.C.): gyda fe
cur yn y pen (G.C.): pen tost
fawr neb: *virtually no one*
dan i danedd: h.y. dan eu dannedd, *gossiping*
ynta: h.y. ynte, ynteu, *then*
awydd: chwant, *desire*
craffter: *perception*
yn drech na: *stronger than, mightier than*
callineb: *wisdom*
chdi (G.C.): h.y. ti
cym: h.y. cymer, (cymryd)
benthyciad: *loan*
ôl-ddyled: arrears
hurt (G.C.): *stunned, stupid*
'd oes arna i ddim ond: *I only owe*

efo Mr. Meurig am y peth, ond mi ffeindis i fod o wedi mynd adre'n gynnar.'

'Gobeithio na ddaw (Mrs. Ffennig) ddim i wybod hynna.'

Fel petai hi'n dechrau edifaru am ei diffyg doethineb dyma Loti yn dweud:

'Cofia, ella mai dim ond blerwch ydi o. Ella bod y cyfri yn rhywle arall.'

''D wn i ddim beth oedd Mr. Ffennig yn 'i weld yn yr hen Mrs. Amred yna.'

'Wyddom ni ddim beth mae dyn yn 'i weld mewn dynes, nid 'r un peth â chdi a fi reit siŵr. Ac mae gynno fo gartre mor dda.'

'Ychydig o ddynion sy'n priodi er mwyn cysur, ond pan fyddan nhw'n hen. Mae'n siŵr fod rhywbeth yn Mrs. Amred i lygad-dynnu Iolo Ffennig.'

'Mae hi'n ddigon clws, a dyna'r cwbwl, yn ôl fel yr ydw i'n dallt, a mae hi'n siriol bob amser. Ond gwae ni o'r bobol sy'n siriol bob amser,' meddai Loti.

'A dyna'r plant,' meddai Annie.

'O, mi anghofian nhw reit fuan. Petha hollol hunanol ydi plant i gyd fel 'i gilydd.'

'O diar, mi'r wyt ti wedi mynd yn eithafol, Loti. 'D wn i ar y ddaear be di'r mater arnat ti'n ddiweddar.'

'Rhyw ddynes oer, bell ydw i wedi gweld Mrs. Ffennig erioed.'

''D ydi hi ddim yn hawdd 'i nabod, 'r ydw i'n cydnabod, ond mae yna fwy o betha yn dŵad i'r golwg, fel mae rhywun yn dŵad i nabod hi'n well.'

'Mae hynny'n wir am bawb ohonom ni.'

'Mwy o betha hoffus ydw i'n feddwl, a fasa dim posib i mi gael gwell lodging.'

'O, mi ella i feddwl 'i bod hi'n egwyddorol iawn ac yn onest, ac

---

edifaru: *to regret*
diffyg: *lack of*
doethineb: *discretion*
ella: h.y. efallai
blerwch: esgeulustod, *negligence*
wyddom ni ddim: dydy ni ddim yn gwybod
llygad-dynnu: *to bewitch*
clws (G.C.): h.y. tlws, pert
dallt (G.C.): h.y. deall
gwae ni o'r bobol: *save us from the people*
hunanol: *selfish*
eithafol: *extreme*
cydnabod: *to acknowledge*
ella i: h.y. alla i, (gallu)
egwyddorol: *high-principled*

yn gwneud 'i gorau efo phob dim. A mae hi'n hardd iawn. Ond 'd oes yna ddim tân ynddi, ac ella y basa'n well gan Iolo Ffennig gael llai o gysur a mwy o newid tywydd.'

''D ydi o ddim yn fy nharo fi felly.'

Dechreuodd Loti chwerthin.

'Be sy rŵan?'

'Meddwl am Esta 'i chwaer o oeddwn i.'

'Mae Esta'n siŵr o ffeindio rhyw ffordd i wneud 'i brawd yn angel, a rhoi'r bai i gyd ar rywun arall.'

'Dyna'r gwaetha o fod yn un o ddau o blant.'

''R ydw i'n credu bod yn well imi fynd,' meddai (Annie,) 'rhaid imi dreio gweld Mrs. Ffennig cyn iddi fynd i'r gwely.'

'Yli,' meddai ei ffrind, 'wyt ti'n meddwl y basa Mrs. Ffennig yn fy nghymryd i i aros? Mae ganddi lofft yn sbar rŵan.'

'Sut felly?'

'Mi alla hi gymryd Derith ati i gysgu, ac mi gawn i lofft Derith.'

'Mi'r ydw i'n licio'r ffordd yr wyt ti'n trefnu bywyd pobol erill.'

'Mi fydd yn rhaid iddi gael arian o rywle.'

'Mi fydd yn rhaid i'w gŵr roi arian at 'i chadw hi, a mi fedar fynd yn ôl i'r ysgol os licia hi. Petai hynny'n digwydd, mi fydda raid i mi fynd oddi yno.'

'Petai hi'n cael dynes i llnau, mi allai wneud hynny a'n cadw ni'n dwy.'

'Rhaid imi fynd.'

Cerddai Annie'r palmentydd rhwng llety Loti a'i hun ei hun fel dyn yn gohirio ei benyd. Pan ddaeth i Aberentryd yn syth o'r coleg yn athrawes, yr oedd wedi hoffi Loti a'i hedmygu hi a'i siarad gwahanol i bawb, wedi cyflwyno ei chyfeillgarwch iddi yn gyfan gwbl, yn ddi-weld bai, ac wedi rhoi ei charedigrwydd a'i chydymdeimlad pan ddaeth y cwbl i ben rhwng Loti a'i chariad.

---

yli (G.C.): drycha, (edrych)
mi gawn i: fe fyddwn i'n cael
llofft (G.C.): ystafell wely
mi fedar (G.C.): mae hi'n medru/gallu
llnau (G.C.): h.y. glanhau

gohirio: *to postpone*
penyd: *penance*
edmygu: *to admire*
cyflwyno: *to present*
cyfeillgarwch: *friendship*
di-weld bai: *finding no fault in her*

Ond heno, gwelodd rywbeth arall yn ei ffrind, rhyw hen siarad awgrymiadol, caled, fel petai hi'n trin ffigurau yn y swyddfa ac nid pobl, a'r rheiny mewn trybini. Heno, am y tro cyntaf erioed, fe'i rhybuddiwyd hi gan rywbeth i beidio â mynd ddim pellach â'i chyfrinachau. A phaham na dderbyniodd yr awgrym i Loti ddyfod i gyd-letya â hi gydag unrhyw bleser? Fe gofiai amser, ychydig iawn yn ôl, pan fuasai'n croesawu hynny.

Yr oedd pobman yn berffaith dawel, a thywyllwch ymhobman. Sbïodd i mewn i'r gegin. Yr oedd y tân wedi diffodd, a'r matting wedi ei droi'n ôl. Aeth i fyny'r grisiau, ac wedi cyrraedd y landing, clywodd Mrs. Ffennig yn galw arni o'i llofft.

'Miss Lloyd, dowch i mewn, maddeuwch imi am weiddi arnoch chi.'

Yr oedd Lora Ffennig yn ei gwely, a'i hwyneb yn goch.

'Mi ddois i i 'ngwely, 'r oeddwn i wedi blino ar siarad pobol, a'r gegin wedi mynd yn boeth.'

'Mae'n ddrwg iawn gen i,' meddai Annie gan faglu ar draws ei geiriau, ''d oeddwn i ddim yn licio dŵad i'r gegin cyn mynd allan, wrth weld cymaint o bobol. Fedra i ddweud dim byd arall wrthoch chi, ond bod yn ddrwg gen i.'

'Be sy 'na i'w ddweud? Fedra i ddim dweud fawr fy hun. Ches i ddim rhybudd o gwbl.'

'Treiwch beidio â siarad, Mrs. Ffennig, os nad oes arnoch chi eisio. Gymwch chi paned o de? Eiliad fydda i yn gwneud un.'

'O wel,' petrusodd Lora, ac yna dywedodd yn eiddgar, 'Os gwelwch chi'n dda, a dowch ag un i chi eich hun.'

Cafodd Lora (flas) ar y te a'r frechdan.

'Peidiwch â mynd,' meddai wrth Annie, 'fedra i ddim cysgu, os nad ydi o wahaniaeth gynnoch chi, mi wnâi les imi siarad.'

---

awgrymiadol: *suggestive*
trin: *to handle.*
trybini: trafferth, trwbl
fe'i rhybuddiwyd hi: *she was warned,* (rhybuddio)
cyfrinachau: *secrets*
sbïodd (G.C.): edrychodd
diffodd: *to extinguish*
maddeuwch imi: *forgive me,* (maddau)
mi ddois i (G.C.): fe ddes i
baglu ar draws: *to stumble over*
fawr: llawer
gymwch chi . . .? (G.C.): h.y. gymerwch chi . . .?
petrusodd L.: *L. hesitated*, (petruso)
eiddgar: brwdfrydig, awyddus, *eagerly*
cafodd L. flas ar: mwynheuodd L.
gynnoch chi (G.C.): gyda chi
mi wnâi: fe fyddai'n gwneud
lles: daioni, *good*

'Croeso, os teimlwch chi'n well.'

'Mi ddaw Jane, fy chwaer, i lawr 'fory. Mi anfonais air ati, ond mae Jane yn perthyn yn rhy agos imi fedru dweud fy nhu mewn wrthi. 'D wn i ddim ydach chi'n dallt teulu fel yna.'

'Ydw'n iawn. Cuddio pob dim oddi wrth fy nheulu y bydda i.'

'Maddeuwch imi am ofyn. Oeddach chi'n gwybod fod rhywbeth rhwng Iolo a'r ddynes yna?'

'Welis i ddim byd erioed â'm llygaid, ond mi'r oedd pobol yn siarad.'

'A fasa siarad felly byth yn dŵad i nghlustia i heb imi fynd i chwilio amdano fo, a 'd oedd dim rhaid imi fynd i chwilio am ddim, a ninna'n deulu digon hapus efo'n gilydd, a mi'r oedd Mrs. Amred i mewn ac allan yma o hyd.'

Lawer gormod, meddyliai Annie rhyngddi a hi ei hun.

'Mi'r oedd Mrs. Amred yn siriol bob amser, ac yn dweud pob dim yr un fath bob amser, ond 'dw i ddim yn credu y byddai hi'n meddwl beth oedd hi'n ddweud.'

'Well i chi fynd i gysgu, Mrs. Ffennig. Mi goda i yn y bore i wneud brecwast i chi a'r plant.'

'Mae Esta wedi mynd â'r plant adre. Fedrwn i ddim gwrthwynebu o flaen pobol. Diolch yn fawr i chi.'

Wedi mynd i'w gwely, bu Annie'n troi holl ddigwyddiadau'r nos yn ei meddwl. Neithiwr yr oedd pob dim yn dawel, ac wythnos newydd wedi dechrau fel degau o wythnosau o'r blaen. Diflastod o edrych ymlaen at fore Llun yn yr ysgol, yr un diflastod â phob nos Sul ers wythnosau a misoedd. Heno, yr oedd rhywbeth wedi digwydd heblaw bod Iolo Ffennig wedi gadael ei wraig, yr oedd hi ei hun ar gors ansicr o ddechrau adnabod pobl.

Gorweddai Lora Ffennig yn gwbl effro. Ni allai ei meddwl gyffwrdd â dim ond un ffaith, sef fod ei gŵr wedi ei gadael. Yr oedd fel dyn dall wedi ei daro yn ei ben, heb wybod pwy a daflodd y garreg na pham, nac o ba le y daethai, heb deimlo dim ond y boen ei hun.

Safai Aleth Meurig o flaen ei dŷ yn pwyso ar y llidiart, yn

---

dallt: h.y. deall
â'm: â fy
siriol: llawen, hapus
gwrthwynebu: *to object*
diflastod: *dislike, disgust*
cors: tir gwlyb a meddal
effro: ar ddi-hun, *awake*
daethai: yr oedd wedi dod
safai A.M.: roedd A.M. yn sefyll
llidiart (G.C.): gât

myfyrio ar ddigwyddiadau'r dydd. Er ei fod yn drist ac yn ddig, gallai weld rhywbeth digrif yn y sefyllfa. Ei glarc a'i wraig cadw tŷ wedi dianc gyda'i gilydd, ac yntau heb neb i edrych ar ei ôl yn y tŷ, yn brin o help yn y swyddfa. Ond yr oedd yn braf mewn un ffordd, gallai anadlu'n rhydd yn ei dŷ beth bynnag, hyd yn oed os byddai raid iddo wneud ei fwyd a golchi llestri. Nid oedd wedi cael munud o ffeindrwydd er pan gollasai ei wraig, ac eithrio'r ffug garedigrwydd a gawsai gan Mrs. Amred am ychydig wythnosau cyn iddi ddarganfod na châi fod yn ail Mrs. Meurig.

Ni allai ddweud ei fod yn hoff o Ffennig. Un anodd, digon o ryw fath o allu, gallu i ddweud yr hyn a ddywedid gan bobl eraill, ac yn ymddangos yn wreiddiol. Yr oedd eisiau rhywun galluog iawn i'w adnabod a'i drin. Edrychodd ar y rhesiad tai o'i flaen, (a) gwelai Mrs. Ffennig yn tynnu'r llenni at ei gilydd, a chyn iddi orffen tynnu'r olaf cafodd gip ar ochr ei hwyneb a'i gwddf alarchaidd. Dim rhyfedd fod rhai pobl yn credu mai hi oedd y ddynes harddaf yn y dref. Teimlai'n wir ddiflas, ond yr oedd yn amhosibl iddo ddirnad ei meddyliau hi.

---

myfyrio: *to contemplate*
dig: crac, *angry*
digrif: doniol
ffeindrwydd (G.C.): caredigrwydd
pan gollasai: pan oedd e wedi colli
ac eithrio: *with the exception of*
a gawsai: yr oedd e wedi'i gael
na châi: na fyddai hi'n cael
a ddywedid: *that was said,* (dweud)
rhesiad: *row*
cip: *a glimpse*
alarchaidd: fel alarch, *swan like*
dirnad: deall

PENNOD III

Rhedodd y ddau blentyn i'r tŷ tuag un ar ddeg y bore, a disgynnodd Rhys ar ei liniau ar y gadair freichiau a phlannu ei wyneb i'w chefn a dechrau beichio crio. Safodd Derith wrth gongl y bwrdd, yn lled-wenu yn swil.

'Tyd ti,' meddai'r fam, 'mi ddaw pethau'n well eto, paid â thorri dy galon. Rhaid inni i gyd godi ein calonnau, a bod reit ddewr, ella y daw tada yn ôl eto.'

Rhedodd Derith at ei mam, eistedd ar ei glin, a chuddio ei hwyneb yn ei mynwes. Troes Rhys at ei fam a dywedodd yn herfeiddiol, 'Ylwch, nid am fod tada wedi dengid yr ydw i'n crio.'

'Am beth ynta?'

''D oedd arna i ddim eisio mynd at Nain ac Anti Esta neithiwr. 'R oedd arna i eisio bod efo chi. Wnes i ddim cysgu dim drwy'r nos.'

'Na finna chwaith.'

'Felly, mi fasa'n well inni'n dau fod yn effro efo'n gilydd.'

'Mi'r oedd Anti Esta yn meddwl y basa fo'n llai o waith i mi.'

''D oes arna i ddim eisio mynd yno eto.'

'Pam wyt ti'n dweud peth fel yna. Ydi hi wedi gwneud rhwbath iti?'

'Ddim i mi, ond mi'r oedd hi a Nain yn siarad amdanoch chi neithiwr a mi'r oedd Anti Esta yn dweud na fasa tada ddim wedi dengid tasa chi yn iawn.'

'O!'

'Ych bod chi'n meddwl mwy ohonom ni a'r tŷ nag ohono fo.'

'Ddwedaist ti rwbath?'

'Ddim am sbel. Yn y diwedd dyma fi'n dweud, ''Ylwch, Mrs.

---

disgynnodd Rh.: cwympodd Rh.
gliniau: *knees*
beichio crio: *to sob*
congl (G.C.): cornel
lled-wenu: hanner gwenu
tyd (G.C.): dere, (dod)
ella: h.y. efallai
mynwes: bron, *breast*
troes Rh.: troiodd Rh., (troi)
yn herfeiddiol: *defiantly*
ylwch (G.C.): edrychwch
dengid: h.y. dihengyd, dianc

Amred wnaeth i tada ddengid efo hi nid mam''. Yntê, mam?'

'Ia cariad.'

'Ddeudwch pam oedd arno fo eisio dengid efo hi, a nid efo chi?'

''D wn i ddim.'

'Am 'i fod o'n 'i licio hi yn well na chi?'

'Ia am dipyn: ond mi'r wyt ti'n rhy ifanc i ddallt petha fel yna, 'y mach i.'

'Nac ydw wir, mae'r hogia yn siarad lot yn iard yr ysgol.'

'Pam na fasat ti'n dweud wrth dy fam?'

'Mi 'r oeddwn i yn 'i weld o fel pysl, a mi wyddwn i mai chi oedd fy mam i, a na fasach chi byth yn gadael i Mrs. Amred ddŵad i fyw yma. A 'r oeddwn i'n meddwl y basa fo yn bysl gwaeth i chi, ac y basach chi yn medru dallt tipyn arno fo, ac y basach chi'n poeni.'

Dyma fo'n dechrau crio eto, ac ymunodd Derith ag ef y tro hwn. (Yna) cerddodd Jane, chwaer Lora, i'r gegin.

'Mi wna i ginio rŵan,' meddai Lora, a gwneud arwydd ar ei chwaer i beidio â siarad.

'Wel,' meddai Jane, wedi cael cefn y plant, 'beth sydd wedi digwydd?'

'Dim ond yr hyn a ddwedais wrthyt yn fy llythyr.'

'A mae o *yn* wir?' meddai Jane.

'Mae o'n berffaith wir. Mi sgrifennodd Iolo ei hun at Mr. Meurig, a gofyn iddo fo ddŵad yma i ddweud wrtha i.'

'Beth wyt ti'n mynd i wneud at dy gadw?'

'Jane bach,' meddai Lora, ''d ydw i ddim wedi meddwl am beth fel yna eto. 'D ydw i ddim wedi cael amser i lyncu'r hyn sy wedi digwydd, na'i gredu fo'n iawn.'

'Mi'r wyt ti dy hun yn dweud 'i fod o *wedi* dengid, a waeth iti ddechra meddwl am dy fyw yn fuan. Ond fedran nhw ddim gwneud iddo fo dalu at dy gadw di a'r plant?'

'Pa nhw?'

---

yntê, mam?: *isn't it, mam?*
'y mach i: h.y. fy machgen i
hogia (G.C.): h.y. hogiau, bechgyn
pysl: *puzzle*
mi wyddwn i: roeddwn i'n gwybod
at dy gadw: *to keep yourself*
llyncu: *to swallow, to absorb*
waeth iti: *you'd better*

''D wn i ddim pwy sy'n gwneud petha fel hyn—y gyfraith am wn i.'

'Fedar y gyfraith ddim gwneud dim heb imi ofyn, a 'd ydw i ddim am adael i f' enw fynd trwy lysoedd barn y wlad yma.'

'Mi fasa rhywun yn meddwl mai chdi sydd wedi dengid.'

'Dyna ydi effaith ein magu arnom ni.'

'Sgwn i lle cafodd y ddynas tros y ffordd yna 'i magu?'

'Mrs. Amred? Duw a ŵyr. 'D oedd Mr. Meurig ddim yn gwybod llawer amdani pan gafodd o hi.'

'A be wnaiff o? Mi gollodd wraig ddymunol medda nhw.' A fel petai hi'n cael gweledigaeth, 'Pam nad ei di i gadw 'i dŷ o, neu 'i gael o yma i lodjio?'

'Jane, rhag cwilydd iti! Mi fasa yna hen siarad wedyn. Mi fasa pawb yn dweud fod gan Iolo achos rhedeg i ffwrdd, a meddylia fel y basa Esta a'i mam yn clepian eu dwylo.'

''D ydw i ddim yn gweld bod yn rhaid iti falio yn Esta na'i mam. 'D ydi nhw ddim byd iti rhagor. Fedran nhw ddim deud dy fod ti wedi gwneud dim o'i le. Ond mi wn i beth wyt ti'n feddwl, mi fasa Esta wrth 'i bodd cael tynnu rhywun arall i lawr.'

Teimlai Lora nad oedd bosibl dilyn y mater ddim pellach efo'i chwaer. Nid oedd dim i'w ddweud. Aeth ati i glirio'r bwrdd.

'Sut mae Owen?' meddai.

'Digon symol. Mae o'n gorfod mynd dan X-ray.'

Anghofiodd Lora ei phoen ei hun am funud.

'Ydi o'n byta'n o lew?'

'Dim ond gyda'r nos.'

''D ydi'r hen chwarel yna ddim yn lle i ddyn o'i fath o.'

Wrth i'w chwaer gychwyn oddi yno addawodd fynd i Fryn Terfyn i edrych amdanynt yn fuan, ond dywedodd Jane y byddai Owen yn siŵr o ddyfod i edrych amdani hi yn gyntaf.

---

y gyfraith: *the law*
am wn i: *as far as I know*
fedar . . . ddim: dydy'r . . . ddim yn medru/gallu
llysoedd barn: *law courts*
sgwn i . . .?: tybed . . .?, *I wonder . . .?*
Duw a ŵyr: *God knows*
gweledigaeth: *vision, inspiration*
rhag cwilydd iti!: *shame on you!*
clepian (G.C.): *to clap*
malio: *to care, to heed*
symol: gweddol
go lew: *alright*
gyda'r nos: yn y nos
chwarel: *quarry*
addawodd: *she promised,* (addo)
edrych amdanynt: *to see them*

Wrth gario ymlaen â'i gwaith yn y prynhawn meddyliai Lora mor ddifeddwl y bu yn gadael i'r plant fynd i'r ysgol o gwbl y diwrnod hwnnw. Wrth gofio'r hyn a ddywedodd Rhys am sylwadau'r hogiau, gallai ddychmygu mor ddidrugaredd y gallent fod heddiw. Yr oedd Derith yn rhy ifanc, a'i chyd-ysgolheigion, i hynny ddigwydd. Ond am Rhys—.

Ac ar hynny cyrhaeddodd Esta'r tŷ a Derith yn ei llaw. Er y noswaith flaenorol aethai gagendor (rhyngddi a Lora.) Daeth Rhys i'r tŷ a myned heibio i'w fodryb i'r gegin bach.

'Hylô,' meddai Esta, ond nid atebodd Rhys hi.

'Gaiff Derith ddŵad adre efo mi am dro?'

'Ga'i, mami?'

'Wel . . . y . . . os oes arnat ti eisio mynd.'

'Oes.'

'Liciet ti ddŵad, Rhys?'

'Dim diolch, Anti Esta.'

'Mae mam yn 'i gwely,' meddai Esta.

Dyma'r munud cyntaf i Lora gofio am ei mam-yng-nghyfraith.

'Beth sy'n bod felly?'

'Wedi cael sgytwad ofnadwy y mae hi ar ôl i hyn ddigwydd.'

'Mae o'n sgytwad inni i gyd.'

'Ond rhaid i chi gofio mai hi ydi 'i fam o.'

'Ylwch, Esta, rhaid i mi dreio dal wyneb at y byd, wyddoch chi na neb arall sut y mae fy nhu mewn i, a wnâi o ddim drwg inni i gyd fod dipyn mwy siriol.'

Dechreuodd Esta grio.

'Wnes i 'rioed feddwl y basa mrawd yn gwneud peth fel hyn,' meddai hi, ''r oeddwn i'n meddwl y byd ohono fo.'

'Mae yna ddigon o betha gwaeth nag i ddyn ddengid efo dynes sy heb fod yn wraig iddo fo,' meddai Lora.

''R ydw i'n synnu eich bod chi'n cymryd y peth mor ysgafn.'

---

sylwadau: *remarks*
dychmygu: *to imagine*
didrugaredd: *merciless*
cyd-ysgolheigion: *fellow scholars*
blaenorol: *previous*
aethai: roedd . . . wedi mynd
gagendor: bwlch
sgytwad: sioc
ylwch (G.C.): edrychwch
dal wyneb at y byd: *face the world*
wyddoch chi na neb arall: *neither you nor anyone else knows*
wnâi o ddim drwg inni . . .: *it wouldn't hurt us . . .*

''D ydw i ddim yn cymryd y peth yn ysgafn, treio gweld sut yr oedd Iolo yn edrach ar y peth yr ydw i. Mi fasa'n beth gwaeth o lawer petai o wedi dwyn arian oddi ar rywun. Wrth gwrs, mi ellid cadw peth felly yn ddistaw. Gwrthwynebu fod hyn yn beth mor gyhoeddus yr ydach chi.'

''R ydw i'n credu yr a' i rŵan,' meddai Esta. 'Tyd, Derith, mi ddo i â hi yn ôl.'

Eisteddodd (Lora) wrth y tân i synfyfyrio, a throi pob dim yn ei meddwl. Daeth Rhys o'r gegin bach ac eistedd wrth ei hymyl.

'Peidiwch â phoeni, mam.'

'Gwrando, Rhys, sut bu hi yn yr ysgol heddiw?'

'O fel arfer, mi'r oedd pawb yn ddistaw yn y clas, a mi'r oedd Dafydd yn treio fy nghadw fi oddi wrth yr hogia erill yn yr iard allan adeg chwarae.'

'Chwarae teg iddo fo—ond rhaid iti beidio â phendroni gormod. Well iti fynd allan i chwarae efo'r hogia, tra bydda i yn gwneud te i Miss Lloyd ac inni i gyd.'

''D oes gen i ddim llawer o flas. Well gen i fod yn y tŷ efo chi.'

'Dim ond am chwarter awr.'

Allan yr aeth Rhys o lech i lwyn, yn ddigon diffrwt.

Ar ôl te, galwodd Mr. Jones y gweinidog. Yr oedd hon yn brofedigaeth dipyn gwahanol iddo, ac yn un anodd cael geiriau cysur tuag ati.

'Mae'n ddrwg iawn gen i am yr hyn sydd wedi digwydd, a hefyd na fedrais ddŵad yma ddoe. 'R ydw i wedi bod yn cydymdeimlo mewn pob math o helyntion yn f' oes, ond nid mewn achos fel hwn.'

'Pan ddowch chi at rywun yn bersonol a threio dweud rhywbeth i'w gysuro, mae'n anodd iawn yn tydi?'

'Anodd iawn. Mae rhyw agendor rhyngoch chi a nhw.'

---

mi ellid: *one can,* (gallu)
distaw: tawel
gwrthwynebu: *to object*
synfyfyrio: *to muse*
pendroni: gofidio, poeni
blas: chwant, awydd
o lech i lwyn: h.y. yn dawel fel bod neb yn ei weld
diffrwt: anfodlon, difywyd
profedigaeth: gofid, *tribulation*
cydymdeimlo: *to sympathize*
helyntion: trafferthion, *troubles*
yn tydi?: h.y. on'd ydy?, *isn't it?*

'Oes, mae o'n beth anodd iawn mynd yn agos at neb. Mae gagendor rhyngoch chi a'r rhai ydach chi'n 'i garu weithiau.'

Tro'r gweinidog oedd mynd yn fud yn awr. Ond meddai wedyn. 'Ella i eich helpu chi mewn unrhyw fodd? Yn blaen fy ngeneth i, oes gynnoch chi ddigon o arian?'

'Diolch yn fawr i chi, Mr Jones, 'd ydw i ddim wedi cael amser weld sut y mae hi arna i.'

'Wnewch chi ddweud wrtha i os bydd arnoch chi eisiau help.'

'Mi wnaf, a diolch yn fawr.'

Yr oedd y gagendor rhyngddynt wedi mynd yn llai.

Daeth Derith adre a mynd i'w gwely. Mynnai Rhys aros ar ei draed i fod yn gwmpeini i'w fam a chael te gyda hi. Pan oeddent bron â gorffen canodd cloch drws y ffrynt.

''D oes dim stop ar y bobol yma,' meddai Rhys, 'ella mai rhywun sy'n dŵad i weld Miss Lloyd.'

Ond Mr. Meurig a ddaeth i'r gegin.

'Mae'n ddrwg gen i dorri ar eich pryd bwyd chi. Ewch chi ymlaen.'

'Yr oeddem ni *yn* gorffen. Mae Rhys ar fynd i'w wely.'

'Mi a'i rŵan, mam, gan fod gynnoch chi gwmpeini.'

Rhywsut, teimlai Lora yn nes at y dyn yma nag at neb. Ni sylwasai fawr arno erioed o'r blaen. Ni bu erioed yn ddigon agos ato i weld fod caredigrwydd yn y llygaid glas, pell yn ôl yn ei ben. Ni feddyliasai hi erioed amdanynt ond fel llygaid craff twrnai.

'Fasech chi'n hoffi cael gwaith eich gŵr yn yr offis?' (gofynnodd ef ymhen ychydig.)

Rhoes calon Lora sbonc.

'Diolch yn fawr. Mae'r peth yn rhy sydyn. 'D ydw i ddim wedi cymryd amser i feddwl dim am fy nyfodol, ond mi fydd yn rhaid imi. Gan fy mod i wedi arfer dysgu plant, ella mai mynd i'r ysgol fyddai orau i mi.'

'Wel ia, feddyliais i ddim am hynny.'

---

mud: *dumb*
ella i: h.y. alla i, (gallu)
fy ngeneth i (G.C.): fy merch i
mynnai Rh.: roedd Rh. yn mynnu, (*to wish*)
cwmpeini: cwmni
torri ar: *to interrupt*
ar fynd: *just going*
ni sylwasai fawr . . . : doedd hi erioed wedi sylwi llawer arno
craff: *perceptive*
rhoes: rhoiodd, (rhoi)
sbonc: leap, *jerk*

Wrth fynd allan rhoes bum punt ar y bwrdd, ac yr oedd wedi dianc trwy'r drws bron cyn iddi gael diolch iddo.

Yr oedd Lora wedi blino, ac yr oedd yn dda ganddi na wnaeth Miss Lloyd ddim ond sefyll wrth ddrws y gegin i ddweud 'Nos dawch', a gobeithio y cysgai'n iawn.

Eithr ni ddeuai cwsg. Cofiodd pan oeddynt yn caru, dywedodd Iolo gelwydd wrthi. Ceisiodd gofio beth ydoedd. Ni allai. Ymbalfalodd yn ei chof ar y trywydd hwn a'r trywydd arall. Ail-ddechrau wedyn, ond ni ddeuai'n ôl. Ac wrth drio blinodd gymaint nes cysgu.

---

yr oedd yn dda ganddi: roedd hi'n falch
eithr: ond
ni ddeuai cwsg: doedd cwsg ddim yn dod
ymbalfalodd: *she groped,* (ymbalfalu)
trywydd: *scent, trail*

PENNOD IV

Yr oedd Loti wedi 'laru eistedd wrth rât gwag ac wedi mynd i edrych am ei ffrind Annie i dŷ Mrs. Ffennig. Yr oedd braidd yn swil i ymweled â'i ffrind am fod arni ofn cyfarfod â Mrs. Ffennig. Pan ganodd y gloch, daeth Mrs. Ffennig i'r drws a'r ddau blentyn yn hongian un wrth bob braich iddi. Ni fedrai Loti ddweud dim ond, 'Sut ydach chi heno? Ga i weld Miss Lloyd os gwelwch chi'n dda?'

Rhuthrodd i ystafell Annie, ac ni fedrai ddweud dim am hir wrth ei ffrind ar ôl eistedd.

'Beth sy'n bod arnat ti?' meddai Annie.

'O diar,' meddai Loti, ''r ydw i wedi gwneud peth dwl. Fedrwn i ddim dweud dim byd wrth Mrs. Ffennig yn y lobi rŵan. Mae'n siŵr 'i bod hi'n meddwl mod i'n gweld bai arni wrth fod Ffennig yn gweithio acw, a mod i'n cymryd 'i ochor o.'

'Na, 'd ydw i ddim yn meddwl.'

'Gormod o biti drosti oedd gen i wir, a fedrwn i ddim dweud dim wrthi, a mae arna i ofn fod gwaeth yn 'i haros hi. 'D oedd Ffennig ddim wedi entro arian y ddynes yna o'r wlad. A mi'r oedd yn rhaid imi ddweud wrth Mr. Meurig.'

'Wel oedd, wrth reswm.'

'Tasa gen i arian, mi faswn i yn 'u talu nhw fy hun, er mwyn Mrs. Ffennig.'

'Ydyn nhw'n llawar?'

'Na, 'd ydi'r rheina ddim. Ond wyt ti'n gweld, mi eill fod rhywbeth arall.'

'Biti, biti.'

''R oeddwn i'n teimlo fel llofrudd wrth edrach ar Mrs. Ffennig a'r plant rŵan. Mae o'n beth ofnadwy edrach ar rywun sydd heb fod yn gwybod y gwaetha sy'n dŵad iddyn nhw, a thitha yn 'i wybod o.'

Yr oedd Loti bron â chrio.

'laru: h.y. alaru, wedi cael digon
rhuthrodd: *she rushed,* (rhuthro)
entro: *to enter*
wrth reswm: wrth gwrs
mi eill: fe all, (gallu)
llofrudd: *murderer*

'Lici di i mi ddweud wrth Mrs. Ffennig dy fod ti wedi ypsetio am rywbeth arall cyn dŵad i mewn, ac na fedrat ti ddim dweud dim wrthi, a'th fod ti'n gofyn amdani.'

'Wnei di wir?'

(Sut bynnag pan) ddaeth Mrs. Ffennig i mewn medrodd Loti egluro iddi (ei hun) heb ymddangos ei bod yn cuddio dim. Ymddiheurodd hefyd am na fuasai wedi dyfod yno yn syth wedi i'r peth ddigwydd.

'Peidiwch â phoeni,' meddai Lora, 'mi fydd yn dda gen i eich gweld chi eto pan fydd pawb wedi anghofio.'

'Diolch yn fawr i chi.'

Ar hyn canodd cloch y ffrynt a chlywent Rhys a Derith yn rhedeg am y cyntaf at y drws, a'r munud nesaf yn gweiddi,

'Yncl Owen,' ac yn mynd efo rhywun at y gegin.

'Maddeuwch imi,' meddai Lora, 'dyna fy mrawd-yng-nghyfraith 'dw i'n siŵr.'

Sylwodd Lora fod Owen wedi newid yn arw er pan welsai ef ddiwethaf. Yr oedd ei wyneb llwyd a'i wallt brith fel petaent yn rhedeg yn un efo'i gilydd.

'Mae'n ddrwg iawn gen i, Lora bach,' meddai ef.

'Yli, Owen,' meddai hithau, 'mi beidiwn ni â siarad am yr hyn sydd ucha ar ein meddwl ni rŵan, mae cimint o bobl wedi bod yma y dyddia dwaetha yma, nes yr ydw i wedi byddaru wrth glywed sôn am bechod ac anniddigrwydd, a rhyfel a phlant.'

Cyn pen dim amser, yr oedd hambwrdd wedi ei baratoi efo brechdanau a chig moch oer i'r ddwy yn y parlwr, a phryd yr un fath i Owen yn y gegin.

'O,' meddai Loti pan welodd ef, 'dyna drêt i mi. Mae'r gnawes acw yn waeth nag erioed. Mae hi wedi gwrthod gwneud cymaint â thamaid o bysgodyn imi rŵan erbyn y do' i adre o'r offis. Mae rhain yn ardderchog.'

'Bwyta di nhw. Mi ges i de iawn ar ôl dŵad o'r ysgol.'

---

a'th: a dy
ymddiheurodd: *she apologized,* (ymddiheuro)
am na fuasai wedi: *that she hadn't*
maddeuwch imi: *forgive me,* (maddau)
yn arw: yn ofnadwy
brith: *mottled*
mi beidiwn ni: *we won't,* (peidio)
cimint: h.y. cymaint
byddaru: *to deafen*
pechod: *sin*
anniddigrwydd: *restlessness, discontent*
hambwrdd: *tray*
y gnawes acw: *that old bitch*

'Wyt ti ddim wedi cael cyfle i siarad efo Mrs. Ffennig?'

'Am beth?'

'Am i mi ddŵad yma.'

Gwyddai Annie'r cwestiwn cyn iddi ei ofyn.

'Naddo wir, 'd ydw i ddim yn licio gofyn mor fuan. 'D ydi hi ddim wedi cael siawns i hel 'i meddylia at 'i gilydd eto.'

'Nac ydi, y greaduras, nac yn gwybod yr hyn sydd i'w wybod chwaith.'

'A mae Esta fel duchess tua'r ysgol acw. Mi stopiodd fi ar y corridor heddiw, a wyddost ti beth ddywedodd hi?'

'Na wn i.'

'"Sut mae hi?" meddai hi. "Pa hi?" meddwn innau. "Lora" meddai hi. "Mae Mrs. Ffennig yn dal yn rhyfeddol" meddwn innau. "Mae hi wedi cael ergyd ofnadwy". "O, mi ddeil fel merthyr", meddai hi yn sbeitlyd, a chyn imi gael 'i hateb hi 'r oedd hi wedi diflannu.'

'Biti garw na châi wybod am anonestrwydd 'i brawd, ond ddwed Mr. Meurig ddim. Cofia mae biti drosto yntau hefyd.'

'Ydi, ond mae colli priod farw yn felys wrth ymyl peth fel hyn.'

'Ydi,' meddai Loti a syllu i'r tân.

* * *

'Pesychu yn y nos yr ydw i,' meddai Owen dan fwyta'i frechdanau.

'Mi gei fodlonrwydd wedi cael yr X-ray,' meddai Lora.

'Caf, neu ddedfryd marwolaeth.'

'Paid â siarad fel'na. Cofia maen nhw'n medru gwneud rhyfeddoda rŵan i wella pobol.'

'Ydyn, mi wn i. Ond mae'n rhaid cael arian at fyw. A be wnâi Jane tra baswn i'n cael triniaeth?'

---

gwyddai A.: roedd A. yn gwybod
hel: casglu, crynhoi
at 'i gilydd: *together*
y greaduras: *the creature, (fem.),* h.y. *poor thing*
ergyd: *a blow*
mi ddeil: mae hi'n dal
merthyr: *martyr*
biti garw (G.C.): trueni ofnadwy
na châi: na fyddai hi'n cael
bodlonrwydd: *satisfaction*
dedfryd: *sentence*
be wnâi ...?: beth fyddai J. yn ei wneud ...?
triniaeth: *treatment*

'Rhaid inni i gyd ddiodda'r petha yna,' meddai Lora, 'a threio byw.'

Yr oedd yn edifar ganddi ddweud hynyna cyn gynted ag y daeth allan o'i genau. Yr oedd ôl dioddef ar Owen yn barod, ac nid ôl dioddef yn unig, ond ôl gwaith caled, oes o waith, er pan oedd yn bedair-ar-ddeg oed. Yr oedd ganddo wyneb glandeg, agored; a'i wallt yn britho'n hardd, ond yr oedd llechi wedi lledu a chaledu'r dwylo hynny (a'r) llwch wedi byrhau ei wynt a chodi ei ysgwyddau.

'On'd ydi o'n beth rhyfedd, Lora, fod y rhan fwya o'n diodda ni yn dŵad trwy rywun arall. Nid dy fai di ydi o dy fod ti yn y picil yma.'

'Fy mai i oedd priodi Iolo.'

Hwnyna eto allan heb iddi feddwl.

'Ia, ond wyddet ti ddim y gallai y peth yma ddigwydd.'

'Na, 'd oeddwn i ddim digon craff, neu mi'r oeddwn i'n ddall. Mae'n siŵr gen i fod rhywbeth fel hyn yng nghymeriad Iolo o'r cychwyn, ond mod i heb 'i weld o.'

'Lora annwyl! 'D ydan ni byth yn gweld beia pan ydan ni'n caru. Cofia am bennod fawr Paul.'

'Dyn yn rhoi pethau ar stondin uchel oedd Paul. Pan wnawn ni yr un peth, mae rhywun yn rhoi pwniad i'r stondin, ac mae'r ornament yn dŵad i lawr yn deilchion. Dyna iti 'nhad a mam yn gorfod gadael y byd yma yn weddol ifanc o achos tlodi. Dyna'u poen nhw. A 'd ydan ninna fawr gwell efo phoena erill.'

'Dyna chdi eto, 'r wyt ti'n disgwyl gormod o hyd. Mi ddalia i fod dy dad a dy fam yn reit hapus wrth ych magu chi mewn tlodi. 'R oeddan nhw'n medru mwynhau'r petha bach wrth fynd ymlaen, a 'r ydan ninnau wedi mynd i edrach ymlaen am y moethau.'

---

yr oedd yn edifar ganddi: *she regretted*
cyn gynted ag: *as soon as*
genau: ceg
ôl: *mark, trace*
glandeg: *handsome*
britho: mynd yn llwyd
llechi: *slates*
lledu: *to spread*
llwch: *dust*
wyddet ti ddim: doeddet ti ddim yn gwybod
craff: *perceptive*
pwniad: *a nudge*
yn deilchion: yn ddarnau, *fragments*
mi ddalia i: *I maintain,* (dal)
moethau: *luxuries*

'Oeddan,' meddai Lora yn synfyfyrgar, '*mae* yna betha gwaeth na thlodi.'

'Oes, na'u tlodi *nhw*. Ymladd yn erbyn yr amgylchiada ddaru nhw. Ddaru nhw 'rioed ddiodda eisio bwyd, yr un fath â phobol Tseina, sy bob amser yn llwgu.'

Ond ni fedrai Lora feddwl am bobl Tseina nac unlle arall. Deuai ei meddwl yn ôl i'r un fan o hyd.

Daeth y plant yn ôl a daeth amser y bws. Aeth y tri i ddanfon Owen ato. Byd arall oedd y byd tu allan erbyn hyn.

'Ta-ta, Yncl Owen, ta-ta-ta-ta,' a chymysgai'r lleisiau â sŵn y bws, tra ceisiai Lora ddweud,

'Gobeithio y cei di newydd da am dy iechyd.'

'Pryd cawn ni fynd i Fryn Terfyn, mam?'

'Mi awn ni reit fuan. Mae hi'n ddigon gola i fynd ar ôl yr ysgol rŵan.'

'A chael aros allan yn hwyr?'

'Ia, a mi ddyliat ti, Derith, fod yn dy wely erbyn hyn.'

Sylwai Lora fod eu diddordeb wedi symud fymryn, er nad oedd Rhys yn fodlon iawn mynd i'w wely ar ôl cael swper.

Daeth Annie Lloyd i'r gegin i ddweud 'Nos dawch'.

''R oedd Loti yn diolch yn fawr i chi am y bwyd,' meddai— ''r oedd peth fel yna yn amheuthun iawn iddi hi. Mae hi'n hollol anhapus yn 'i llety, wnaiff Mrs. Jones ddim cwcio dim iddi.'

'Ac wrth gwrs, 'd oes ganddi hi ddim cartra, yn nac oes?'

'Nac oes, a wedyn mi wnaeth 'i chariad hi dro gwael efo hi, a 'd oes ganddi hi ddim golwg am gartre 'i hun.'

'Wir, mae hi reit ddigalon arni.'

'Ydi, (ond) mae hi'n ddigon ifanc i ddal rhyw bysgodyn arall, (ac) mae yna ddigon yn 'i phen hi iddi fynd ymlaen efo'i harholiadau a chael gwell lle, neu i gael rhyw ddiddordeb newydd mewn bywyd beth bynnag. Mae hi'n lwcus fod hyn wedi digwydd iddi cyn iddi briodi.'

---

yn synfyfyrgar: *thoughtfully*
ddaru nhw (G.C.): wnaethon nhw
llwgu: *to starve*
deuai: roedd/byddai . . . yn dod
cymysgai: roedd . . . yn cymysgu
dyliat: h.y. dylet
sylwai L.: roedd L. yn sylwi
mymryn: gronyn, tamaid bach
amheuthun: *delicacy, treat*
ddim golwg am gartre: *no hope of a home*

Gwelodd Annie ei bod wedi rhoi ei throed ynddi, (ond) y cwbl a ddywedodd (Lora) oedd, 'Fedrwch chi byth ddweud. 'D oes dim dau beth byth yr un fath, a 'd ydan ni'n gwybod dim ond am ein tu mewn ein hunain.'

Newidiodd y sgwrs.

'Tybed a liciai Miss Owen ddŵad yma i aros, petach chi'n fodlon rhannu'r parlwr efo hi? Mi fydd gen i lofft arall rŵan.'

Cochodd Annie. Yr oedd fel petai wedi gofyn mewn ffordd gyfrwys am lety i'w ffrind wrth gwyno trosti.

'Mi neidiai at y cynnig.'

'Fasa gynnoch chi wrthwynebiad?'

Petrusodd Annie eiliad.

'Na fasa gen i wrth gwrs.'

'Cofiwch, mi fedrwn i adael iddi gael y parlwr ffrynt. Ond os a' i allan i weithio, mi fydd yn llai o waith a chost imi wneud un tân. Mi fydd yn rhaid imi gael help yn y tŷ yn naturiol.'

'Wrth reswm. Alla i ddweud wrth Loti?'

'Cewch. 'R ydw i'n siŵr y medra i wneud efo hi, ac yr ydach chi'ch dwy yn ffrindia. Mae'n well o lawar na phetawn i'n cael rhywun diarth.'

'Sgwn i?' meddyliai Annie rhyngddi a hi ei hun.

---

cyfrwys: *sly*
trosti: *on her behalf*
fasa gynnoch chi wrthwynebiad?: *would you object?*
petrusodd A.: *A hesitated,* (petruso)
diarth: h.y. dieithr, *strange, alien*
sgwn i?: tybed?, *I wonder?*

PENNOD V

Yr oedd yn fore Gwener braf (ac) yr oedd yn rhaid i Lora fynd allan. Yr oedd wedi ei mygu gan y gegin a'r bobl a ddeuai i mewn. Hyd yma, diolch i anrheg Mr. Meurig, yr oedd ganddi'r un faint o arian heddiw ag a fuasai ganddi o'r blaen i fynd allan i siopa. Byddai'n rhaid iddi alw yn y swyddfa addysg rywdro, ac yn y banc.

Yr oedd pob dim yn disgleirio yn yr haul. Yr oedd y strydoedd yn llawn o liwiau blodau a dillad, ceir a beiciau, cŵn a phlant, pawb yn ymddangos yn hapus, ac yn cyfarch ei gilydd â rhadlonrwydd y bore cyntaf o haf. Âi Lora drwyddynt heb wneud ymdrech i edrych ar neb, dim ond cyfarch y sawl a'i cyfarchai hithau.

Gwelodd Esta yn dyfod allan o'r banc, a chroesodd y stryd i gyfarfod â hi, ond y cwbl a gafodd ar ôl gwneud oedd,

''R ydw i ar frys, wedi bod efo'r arian cynilo yn y banc; mae gan Miss Emanuel ryw waith arall i mi cynta'r a' i yn ôl.'

Safodd Lora yn stond ac edrych ar ei hôl, a meddyliodd rhyngddi a hi ei hun ei bod wedi croesi gormod o strydoedd i gyfarfod â'r ledi yna. Y brifathrawes oedd ei duw rŵan pan oedd ei lle yn sicr iddi. Bu'n llyfu pobl eraill, a Lora yn eu mysg, cyn iddi gael y swydd.

Croesodd yn ei hôl ac aeth i siop y groser. Cyfarchodd yntau hi'n gynnes, gan ysgwyd llaw a rhoi cadair iddi eistedd.

'Dowch yma am funud,' meddai, ac agor y cownter iddi fynd i'r parlwr tu ôl i'r siop; ac wedi cyrraedd y fan honno, meddai,

'Ylwch, Mrs. Ffennig, liciwch chi gael tipyn o goel nes bydd petha wedi dŵad yn well efo chi?'

---

mygu: *to suffocate, to stifle*
a ddeuai: a oedd yn dod
a fuasai: a oedd wedi bod
disgleirio: *to shine*
cyfarch: *to greet*
rhadlonrwydd: *geniality*
âi L.: roedd L. yn mynd
ymdrech: *effort*
arian cynilo: *savings money*
stond: *still*
ledi: *lady*
llyfu: *to smarm, to flatter*
mysg: *midst*
coel: *credit*

Tagodd hithau a diolch yn drwsgl.

'Diolch yn fawr; mi fedra i wneud am yr wsnos yma. Ond os byddwch chi mor garedig ymhen tipyn eto, wedi imi benderfynu beth ydw i am 'i wneud, mi fydda i'n falch iawn.'

'Cyd ag y mynnoch chi, 'ngenath i, mae'ch enw chi fel aur yn y siop yma, a thrwy'r dre fel 'r ydw i'n dallt.'

Ar hynny daeth ei wraig i mewn a chwpanaid o goffi a bisgedi ar hambwrdd bach.

'Cwpanaid bach i'ch cadw chi i fynd hyd yr hen strydoedd poeth yna. Mae'n dda gen i ych gweld chi allan. Gorau po leia ddwêd rhywun ar amser fel hyn.'

Disgleiriodd llygaid Lora, a diolchodd am ei choffi drwy ddangos ei mwynhad mawr wrth ei yfed.

Wedi gorffen yn y siop cerddodd i gyfeiriad y swyddfa addysg, ond troes yn ei hôl heb fagu digon o wroldeb i fynd i mewn, a mynd i gyfeiriad y banc. Nid aeth i mewn yno ychwaith. Troes ar ei sawdl, ac aeth adref fel y gwnaethai ganwaith o'r blaen, pan fyddai'n prysuro i fod yn ôl i baratoi cinio i Iolo erbyn tuag ugain munud i un. Heddiw, nid oedd yn rhaid iddi frysio gan nad oedd ganddi ginio i'w baratoi. Llusgai ei thraed yn ddiamcan, ac wrth nesáu at y tŷ, gwyddai y byddai'n mynd i mewn fel gwraig weddw i dŷ gwag.

Ond cyn iddi gael amser i dosturio dim wrthi hi ei hun, gwelodd rywun mewn dillad du yn sefyll a'i ben i lawr wrth ei drws. Ei hewythr Edward ydoedd yn gwisgo'r un dillad ag a wisgai ddechrau'r ganrif—trywsus du, cul, tynn, côt hir, gul yn botymu'n uchel (a) het galed am ei ben. Brawd ei mam ydoedd, a dim ond bob hyn a hyn y cofiai am ei fodolaeth; gan na wnaethai

---

tagodd: *she chocked,* (tagu)
yn drwsgl: *clumsily*
cyd ag: h.y. cyhyd ag, mor hir ag
mynnoch chi: *you want/wish,* (mynnu)
'ngenath i (G.C.): fy merch i
hambwrdd: *tray*
dwêd: mae . . . yn dweud
troes: troiodd, (troi)
gwroldeb: dewrder, *courage*
sawdl: *heel*
y gwnaethai: roedd hi wedi ei wneud
canwaith: *a hundred times*
llusgai: roedd hi'n llusgo, *(to drag)*
diamcan: heb bwrpas
nesáu: *to draw near, to approach*
gwyddai: roedd hi'n gwybod
gwraig weddw: gwraig wedi colli ei gŵr
tosturio: *to pity*
botymu: *to button*
hyn a hyn: *now and again*
bodolaeth: *existence*

fawr â hi ar ôl iddi briodi. Pan oedd yn eneth ifanc câi ambell swllt a hanner coron ganddo, a weithiau bunt pan oedd yn y coleg. Ond ni chafodd anrheg briodas ganddo, ac ni ddaeth i edrych amdani o gwbl.

'Wel, dewyth, o ble daethoch chi?'

'O'r wlad ac o ben fy helynt. Sut wyt ti?'

''R ydw i'n treio dal,' meddai hithau, 'a dyna'r cwbwl fedra i ddweud. Ond wnawn ni ddim siarad rŵan, mi wna i damaid inni.'

Ffriodd damaid o spam ac wy a thatws. Uwchben y bwyd dechreuodd yr hen Edward Tomos arni.

''R ydw i wedi dŵad yma i wneud cynnig iti. Fasat ti'n licio dŵad acw efo'r plant i edrach ar f'ôl i? Mi gaech ych lle am ddim, ond fedrwn i ddim rhoi bwyd na chyflog iti.'

'Y nefoedd fawr! Be 'dach chi'n feddwl ydw i, ddyn?'

'Ia, dyna fo. 'R oeddwn i'n meddwl y basat ti'n ormod o wraig fawr.'

'Ylwch yma, dewyth. 'R ydach chi ar ôl yr oed, y chi a'ch dillad. Efo beth ydach chi'n meddwl imi gael dillad a rhoi addysg i'r plant?'

'Mae plant yn cael 'u haddysg am ddim rŵan, a mae'n siŵr gin i fod gen titha ddigon o ddillad i bara am d' oes.'

'Oes, taswn i'r un fath â chi. A beth gâi'r plant?'

'Mi gaen nhwtha help, a siŵr gin i fod gen ti geiniog mewn hosan yn rhwla, wedi bod yn cadw lodjars ers cyd.'

'Cofiwch, dewyth, mae arna i ofn na fasem ni ddim yn byw heb ffraeo efo'n gilydd.'

'Pam y basa'n rhaid inni ffraeo?'

''D wn i ddim, heblaw 'mod i'n gweld pawb sy'n byw efo'i gilydd yn ffraeo. Pam na chymerwch chi ddynes i mewn i llnau i chi?'

'Mae merchaid yn codi yn ddychrynllyd, (a) mi'r ydw i'n medru gwneud pob dim yn weddol ond golchi.'

---

câi: byddai hi'n cael
swllt: *a shilling*
edrych amdani: *to see her*
o ben fy helynt: *from my troubles*
acw: *there*, h.y. *to my place*
mi gaech: fe fyddech chi'n cael
gin i (G.C.): h.y. gen i
d' oes: h.y. dy oes
cyd: h.y. cyhyd, mor hir
ffraeo : cweryla, *to quarrel*
llnau (G.C.): h.y. glanhau
dychrynllyd: ofnadwy

'Mi wnaiff un o'ch cymdogion hynny i chi, siŵr gen i.'
''D oes arna i ddim eisio i bawb sbecian ar fy nillad i.'
'Liciwch chi i mi olchi'ch dillad chi?'
'Fedrat ti?' meddai yntau'n awchus.
'Os medrwch chi eu hanfon i lawr a'u cael oddma. Mi ellwch eu hanfon efo'r bws.'

Wedi (iddo fynd) ni allai (Lora) feddwl am wneud dim gwaith. Yr oedd y llestri bwyd o hyd ar y bwrdd, ond yr oedd diflastod yn yr awyr, ac eisteddodd ar y gadair freichiau i synfyfyrio am wythnos yn ôl, y diwrnod dwaethaf iddi weld Iolo, pan oedd wrthi'n brysur tua'r adeg yma yn gosod ei grys glân, ei goleri a'i sanau ar y gwely, a rhoi hyd yn oed y lingiau yn sbandiau ei grys. Gwelai ei fag ar lawr y llofft yn agored a phedair hances boced lân yn un gornel iddo, coleri glân yn y llall, pâr arall o sanau, a'i sliperi. Daeth chwys drosti wrth gofio eu pwrpas. Cododd yn sydyn ac aeth o gwmpas ei gwaith gydag egni chwerw.

Pan alwodd Mr. Meurig y noson honno, nid oedd arni eisiau ei weled ef na neb arall. Yr oedd wedi blino ar siarad a siarad. Ni fedrai neb ddeall ei theimladau, ac ni fedrai hithau ddweud ei theimladau wrth neb. Wedi dyfod yno gyda phythefnos o gyflog Iolo yr oedd. Wrth i Lora brotestio eglurodd fod pythefnos o wyliau yn ddyledus iddo, oni ddeuai'n ôl cyn i'r pythefnos ddyfod i ben.

Cyn iddi allu diolch yn iawn eto, yr oedd allan drwy'r drws fel corwynt. Yr oedd tawelwch dros y tŷ, y plant allan yn chwarae, Miss Lloyd wedi cael ei the ac yn eistedd yn y parlwr. Aeth i nôl llestri Miss Lloyd, er mwyn iddi gael pum munud o eistedd yn y gegin cyn galw ar Derith i fynd i'w gwely. Edrychodd ar y cas llythyr a adawsai Mr. Meurig ar gongl y bwrdd. Mentrodd ei agor, a chafodd ynddo swm o arian nas gwelsai gyda'i gilydd er pan briodasai. Wrth reswm, meddyliai, yr oedd yn arian pythefnos. Aeth i weithio sym yn ara' deg, ei rannu yn ei hanner,

---

sbecian: *to snoop*
awchus: *eagerly*
oddma: h.y. oddi yma
lingiau: *cufflinks*
sbandiau: *button holes*
chwys: *sweat*
egni: *energy*
dyledus: *owing*
oni ddeuai: *unless he came,* (dod)
corwynt: *whirlwind*
cas llythyr: amlen
a adawsai Mr M.: yr oedd Mr M. wedi'i adael
congl (G.C.): cornel
nas gwelsai: nad oedd hi wedi'i weld

tynnu'r arian a gadwai Iolo yn bres poced a chael nad oedd y sym yn iawn. Mynd drosti wedyn a chael yr un canlyniad. Tybed fod Iolo yn cadw mwy o arian poced nag a ddywedai wrthi? Nid oedd yn gwario llawer arno ef ei hun, dim ond ar sigarennau, ac nid oedd yn smociwr trwm, a thipyn o fferins i'r plant weithiau. Cofiodd am y celwydd a ddywedasai Iolo wrthi cyn priodi, y celwydd na allai ei gofio. Ar hynny, rhedodd y plant i'r tŷ a Derith yn crio.

'Be sy rŵan?'

'Mae arni eisio dŵad efo mi i dŷ Dafydd i weld 'i gwt gwningod newydd o.'

'Wnei di mo'i licio fo, pwt.'

'Ond mae arna i eisio mynd efo Rhys.'

'Yli,' meddai'r fam, 'mi awn ni'n tri i'r pictiwrs 'fory.'

'Gaiff Dafydd ddŵad?' gofynnodd Rhys.

'Caiff wrth gwrs.'

'Mi a' i i ddweud wrtho fo rŵan, a pheidio ag aros dim, er mwyn imi gael aros yn y tŷ efo chi.'

'Na, aros di efo Dafydd am dipyn tra bydda i yn rhoi Derith yn 'i gwely.'

''D oes arna i ddim eisio mynd i ngwely.'

'Mi gei aros yn y gegin am dipyn ynte, wrth 'i bod hi mor ola.'

Dechreuodd grio wedyn.

'Mae Rhys yn cael mynd i bobman.'

'Mae o'n fwy na chdi.'

'Mi fedra i gerad cystal â fynta.'

'Twt, hen betha budr ydi cwningod, tyd rŵan, mae gen mam dipyn o siocled iti ar ôl dy lefrith.'

Stopiodd y crio, a thoc yr oedd Derith wedi cyrraedd gwaelod y bocs siocled.

'Ydan ni'n cael mynd i'r pictiwrs 'fory?'

'Ydan wrth gwrs.'

''Ddaru chi addo o'r blaen, a chaethon ni ddim mynd.'

---

pres (G.C.): arian
fferins (G.C.): losin, da-da
pwt: cariad
cerad: h.y. cerdded
fynta: yntau
budr (G.C.): brwnt
tyd (G.C.): dere, (dod)
llefrith (G.C.): llaeth
toc: cyn hir
ddaru chi (G.C.): wnaethoch chi
chaethon ni ddim: chawson ni ddim, (cael)

'Mi'r ydan ni *yn* mynd yfory, a mae Dafydd yn dŵad efo ni, a mi gawn ni swper neis nos yfory. Rŵan tyd i molchi a mynd i dy wely.'

Am ryw reswm arhosodd ei mam wrth erchwyn ei gwely yn yr atig hyd oni ddaeth arwyddion cwsg.

A rhwng cysgu ac effro meddai Derith,

'Tasa tada yn dŵad efo ni i'r pictiwrs 'fory, mi fasan yn llond sêt yn basan.'

'Basan.'

A'r munud nesaf yr oedd Derith yn cysgu'n sownd.

Pan ddaeth Rhys adref cafodd ei fam yn synfyfyrio i'r tân.

'Rŵan am dy swper,' (meddai Lora,) ''r ydw i am fynd i ngwely'n gynnar heno.'

'Mae arna i eisio bwyd hefyd.'

Daeth Miss Lloyd i mewn i ofyn am rywbeth, ac wrth weld golwg mor flinedig ar ei gwraig lety, aeth i'r lloft i nôl tabled iddi at gysgu. A'r noson honno cafodd gysgu noson ar ei hyd.

* * *

(Cododd) Lora am chwech fore trannoeth a dechreuodd ar ei gwaith ag eiddgarwch nas teimlasai ers dyddiau. Yr oedd ei dau blentyn wedi ei chyhuddo neithiwr nad oeddynt yn cael mynd i lefydd, ac yr oedd y ddau yn dweud y gwir. Yr oedd wedi gosod safonau ei hoes ei hun i'w phlant gan feddwl mai hynny fyddai o les iddynt, heb gofio fod ar blant eisiau'r hyn y mae plant eraill yn ei gael. Mor anodd oedd mynd i mewn i feddwl plentyn a gwybod beth oedd ei ddiddordeb a hefyd beth oedd orau iddo. Ac yr oedd dywediad olaf Derith cyn mynd i gysgu yn gwneud iddi feddwl faint yn wir a hiraethai hi am ei thad. Edrychai ymlaen erbyn hyn at fynd i'r darluniau os rhoddai hynny gysur i'r plant.

Cannoedd o blant a sŵn fel rhaeadrau diderfyn; storm o fellt a tharanau wedi eu cymysgu. Aroglau chwys, budreddi, sebon,

---

erchwyn: *side, edge*
hyd oni: *until*
yn sownd: *soundly*
trannoeth: y dydd nesaf
eiddgarwch: brwdfrydedd, *enthusiasm*
cyhuddo: *to accuse*
lles: daioni, *good*
dywediad: *saying, statement*
rhoddai: byddai . . . yn rhoddi/rhoi
rhaeadrau: *waterfalls*
diderfyn: *endless*
chwys: *sweat*
budreddi: *filth*

oel gwallt, a hithau Lora, yng nghanol yr holl stŵr yn medru anghofio pob dim ond y peth oedd o'i chwmpas mewn gwlad arall dywyll am hanner prynhawn. Dŵad yn ôl i gynefin poen oedd dyfod allan i'r awyr agored.

Wrth fynd allan i chwarae gofynnodd Rhys a gâi Dafydd ddyfod i swper wedyn, yr oedd ef am fynd i nôl pysgod a thatws iddynt i gyd, meddai, i arbed trafferth i'w fam. Ond dywedodd hithau fod ganddi bysgod yn y tŷ, ac y gwnâi datws hefo hwynt, ac y câi Dafydd swper. Yr oedd mor dda gan Lora weld Dafydd yn tynnu Rhys oddi wrth yr hyn a fuasai ar ei feddwl ers dyddiau.

Wrth iddi fynd i'w gwely, bu'n troi a throsi heb gysgu. Tybiai y byddai'n well pe gallai rannu ei chyfrinach â rhywun. Ei ffrind, Linor Ellis, yn Llundain, oedd yr unig un y medrai fod yn hollol onest â hi. Ond ni allai gyfleu ei hamheuon mewn llythyr, gan mai amheuon oeddynt. Anfonasai ati i fynegi'r ffaith fod Iolo wedi ei gadael, ond ffaith oedd hynny. Yr oedd yn berygl creu camargraff wrth ysgrifennu am amheuon; a hyd yn oed wrth eu dweud. Pe soniai amdanynt wrth Owen neu Miss Lloyd, gwyddai y cedwid ei chyfrinach, ond beth fyddai'r adwaith? Penderfynodd gadw'r amheuon ynghylch cyflog Iolo iddi hi ei hun, ac nid eu cadw'n unig eithr eu gwthio allan o'i chof. Wedi'r cyfan efallai bod ganddo ryw bethau eraill i'w talu o'i gyflog na wyddai hi amdanynt.

---

stŵr: *sŵn*
cynefin: *habitat, world of*
a gâi D.: a fyddai D yn cael
y gwnâi: y byddai hi'n gwneud
a fuasai: a oedd wedi bod
troi a throsi: *tossing and turning*
tybiai: roedd hi'n tybio, (*to think*)
cyfrinach: *secret*
cyfleu: *to convey*
amheuon: *doubts*
anfonasai: roedd hi wedi anfon, h.y. dweud wrthi
camargraff: *wrong impression*
gwyddai: roedd hi'n gwybod
cedwid: *would be kept,* (cadw)
adwaith: *reaction*
eithr: ond

PENNOD VI

Gadawsai Lora i wythnos gyfan fyned heibio heb fynd i'r banc nac ar gyfyl y cyfarwyddwr addysg. Gwnâi ei gwaith am fod yn rhaid ei wneud, heb unrhyw ddiddordeb ynddo. Bore Llun yr ail wythnos daeth iddi lythyr oddi wrth y cyfarwyddwr addysg yn gofyn iddi alw yn ei swyddfa yn fuan. Ni allai ddyfalu pam y mynnai ei gweld. Efallai fod Mr. Meurig wedi bod yn siarad ag ef. Gwnaeth esgus o'i golchi i beidio â mynd i'w weld y diwrnod (hwnnw). Fe âi drannoeth. Byddai'n rhaid iddi fynd i gael arian at fyw.

Yr oedd y cyfarwyddwr addysg yn hynod garedig. Gwnaeth iddi deimlo'n fwy na chartrefol. Rhoes yr argraff arni mai hi a wnâi ffafr ag ef, ac nid fel arall, pan ofynnodd iddi ddechrau ar waith athrawes yn adran genethod ysgol Derith.

Cododd ei chalon ac ymwrolodd i fynd i'r banc i ofyn am ei llyfr. Yr oedd hwnnw mewn cas llythyr tew, graenus. Nid oedd yn demtasiwn o gwbl ei agor ar y ffordd i'r tŷ. Rhoes ef ar y dresel tra byddai'n gwneud tamaid o ginio iddi hi ei hun, a phenderfynu ei agor wedyn.

Ar ôl bwyta aeth i nôl y llyfr banc oddi ar y dresel, eistedd cyn ei agor, a'i agor yn ofalus a chadw'r cas llythyr yn gyfan. Yna mentrodd ei ddarllen. Wedi ei ddarllen teimlodd fel petai'r gwaed yn gadael ei hwyneb a'i bod ar fin mynd yn anymwybodol. Syrthiodd y llyfr o'i llaw ar lawr. Daeth ati ei hun a sylweddoli'r gwir. Yr oedd Iolo wedi codi deugain punt o'u cyfrif ar y cyd y diwrnod cyn iddo fynd i ffwrdd, a gadael rhyw ddwybunt ar ôl. Yna cododd yn sydyn o'i chadair, a heb ailfeddwl na rhoi het am

---

gadawsai L.: roedd L. wedi gadael
ar gyfyl: yn agos i
cyfarwyddwr: *director*
gwnâi: roedd hi'n gwneud
y mynnai: yr oedd e'n mynnu, (*to wish*)
fe âi: byddai hi'n mynd
trannoeth: y dydd nesaf
hynod: *extremely*
rhoes: rhoiodd, (rhoi)
argraff: *impression*
ymwrolodd: *she braved herself,* (ymwroli)
graenus: *glossy*
dresel: *dresser*
ar fin: *on the verge of*
anymwybodol: *unconscious*
cyfrif ar y cyd: *joint account*

ei phen, allan â hi ac i swyddfa Mr. Meurig. Os oedd Iolo wedi dwyn oddi arni hi, tybiai y byddai wedi twyllo rhywun arall yn gyntaf, a'r arall hwnnw fyddai ei feistr. Gofynnodd am gael gweld Mr. Meurig a'r geiriau yn baglu ar draws ei gilydd. Nid oedd ganddi gof o ddim a welodd nes cyrraedd ei ystafell breifat, ac yntau'n gofyn iddi eistedd yn ffurfiol.

'Mae rhywbeth wedi'ch cynhyrfu, Mrs. Ffennig.'

'Oes,' meddai hithau oddi ar ymyl y gadair, 'mae arna i eisio gwybod gynnoch chi, a ydi Iolo wedi mynd â'ch arian chi?'

'A-arian? P-pa arian?'

'Ydi, mae o'n wir,' meddai hi.

'Be sy'n wir?' gofynnodd yntau.

'Fod Iolo wedi cymryd arian o'r swyddfa yma.'

'Pwy sydd wedi dweud hynna wrthoch chi?'

'Neb, dim ond fy ngreddf i. Mae o wedi dwyn fy arian i,' meddai yn sych.

''D ydi hynny ddim yn dweud 'i fod o wedi cymryd arian oddi yma.'

'Fedra i ddim credu hynny,' meddai a'i llygaid yn melltennu. ''R ydw i newydd ddŵad adre o'r banc, ac wedi ffeindio fod Iolo wedi cymryd deugain punt a oedd yn ein henw ni ein dau yn y banc, ond fy arian i oeddan nhw, ac mi drawodd fi'n sydyn y basa fo'n siŵr o dreio mynd ag arian rhywun arall cyn mynd â'm rhai i.'

'Gawsoch chi le i amau hyn o'r blaen, cyn ffeindio hyn heddiw?' gofynnodd ef.

Yr oedd hi'n dawelach erbyn hyn, ac ar fin crio. 'Do,' meddai hi'n ddistaw, 'mi welais fod rhyw fistêc pan ddaethoch chi â'i gyflog o imi, mi welais i fod o'n cadw mwy o arian poced nag a ddwedodd o 'rioed wrtha i.'

''R ydw i'n gweld.'

''D oeddwn i ddim yn hollol sicr chwaith, meddyliwn fod gynno fo rywbeth arall i dalu amdano fo, ond yr ydw i yn sicr erbyn hyn.'

---

baglu ar draws: *to stumble over*
cynhyrfu: *to agitate, to upset*
greddf: *instinct*
melltennu: *to flash*
mi drawodd fi: *it struck me,* (taro)
ar fin: *on the verge of*
mistêc: *mistake*

Ni ddywedodd ef ddim ond astudio ei ewinedd. Wrth ei weled felly, dyma hi'n ailddechrau yn daer. 'Mr. Meurig, os oes rhywbeth yn bod, 'r ydw i'n *crefu* arnoch chi ddweud wrtha i, er mwyn imi fod yn hollol sicr ohonof fy hun, a gwybod sut yr ydw i'n mynd i weithredu.'

Ni bu'r twrnai erioed yn y fath gyfyngder meddwl. Yr oedd yn rhaid i'w feddwl weithio'n gyflym. Os oedd hi wedi darganfod un peth, ni roddai gymaint poen iddi wybod y peth arall. Buasai'n wahanol pe na wyddai am ddim anonestrwydd arall. Dyna a barodd iddo ddweud,

'Wel mi'r oedd tipyn o gamgyfri yng nghyfrifon Ffennig yn ddiweddar, ond dim llawer. 'R oedd o heb roi i lawr ryw dri thaliad yn perthyn i ryw wraig o'r wlad fyddai'n dŵad yma i dalu am 'i thŷ. 'D oedd o fawr fwy nag ugain punt.'

''R ydach chi'n sicir o hynna.'

'Yn berffaith sicir. Ga i ddweud beth ydw i'n feddwl rŵan?'

Nodiodd hithau.

'Nid cymryd yr arian yna er 'i fwyn 'i hun a wnaeth eich gŵr, neu mi fuaswn wedi gweld rhywbeth cyn hyn, dim ond yn ddiweddar y mae hyn wedi digwydd, ac mae'n amlwg mai eu cymryd i fynd i ffwrdd efo Mrs. Amred yr oedd o. Felna y gwnaeth o efo chitha. Fedrwch chi ddim dweud fod y peth yn 'i waed o.'

'Na fedrwch,' meddai hithau.

'Faswn i ddim yn poeni gormod, Mrs. Ffennig, dim ond meddwl am hwn fel rhan o beth arall. Mi wn i fod peth anonest fel hyn yn ych taro chi i'r byw, ond nid dyn anonest yn y bôn ydi Ffennig.'

'Mae o wedi gwneud peth anonest.'

---

ewinedd: *fingernails*
yn daer: *earnestly*
crefu: *to implore, to beg*
gweithredu: *to act*
y fath: *such a*
cyfyngder meddwl: *dilemma*
ni roddai: fyddai e ddim yn rhoddi/rhoi
pe na wyddai: *if she didn't know,* (gwybod)
anonestrwydd: *dishonesty*
dyna a barodd: *that's what caused him,* (peri)
camgyfri: *miscalculation*
cyfrifon: *accounts*
taliad: *payment*
i'r byw: *to the quick*
yn y bôn: *basically*

'Ydi er mwyn rhywun arall.'

Ni ddywedodd hi ddim. Cododd i gychwyn.

'Diolch yn fawr i chi, Mr. Meurig. Mi dala i'r arian yna yn ôl bob dima i chi, wedi imi gael fy nghefn ata dipyn.'

'Wnewch chi ddim o'r fath beth, Mrs. Ffennig. Mae pobol fel ni yn gorfod dygymod â phethau fel yna bob hyn a hyn.'

'Mi fasa'n well gen i dalu er mwyn fy nghysur fy hun.'

'Fynna i ddim clywed sôn am hynny.'

Aeth i'w hebrwng i'r drws allan drwy'r ystafell arall. Cododd Loti Owen ei phen a dweud 'Pnawn da' wrthi.

Rhaid imi sgrifennu hwn neu farw. Yr oedd dianc Iolo fel mêl wrth ymyl peth fel hyn. O'r dydd y bûm yn y banc ni chefais funud o heddwch na dydd na nos. I feddwl bod yr un y rhoddais fy holl ymddiried ynddo wedi cymryd yr arian y bûm yn eu hel mor ddiwyd drwy gadw lletywr, er mwyn eu cael at wasanaeth dynes arall, ac i feddwl ei fod wedi twyllo ei feistr hefyd. Y mae dwyn, lladrata, ie, dyna beth ydyw, tu hwnt i'm dirnad. Mae fy meddwl yn crwydro i bobman ac yn dyfod yn ôl i'r un fan o hyd, yn crwydro i geisio dyfod o hyd i'r pam. Y pam na allaf ei ateb am nad yw Iolo yma i'w ateb drosto'i hun. A ydyw cuddio yn rhan o'i natur, ynteu a oes rhywbeth ynof fi a wnâi iddo guddio pethau? A fuasai rhyw ddynes arall yn fwy trugarog, ac yn gallu cydymddwyn yn well? Dyma fi'n holi'r cwestiynau yma am un y bûm yn byw agos i ddeuddeng mlynedd ag ef, ac yn methu eu hateb, nac ychwaith yn methu rhoi ateb pendant am y ffordd y buaswn i fy hun yn ymddwyn. Nid ydym yn ein hadnabod ein hunain ac y mae hynny yn fy nychryn. Caf arswyd wrth feddwl fy mod wedi byw mor agos at Iolo, yn ddigon agos i allu darllen ei feddyliau, a'i fod yntau yn caru efo dynes arall. Ond nid yw hynyna'n brifo. Dychryn y mae. Mynd â'r hyn a gesglais trwy lafur sy'n brifo.

---

dima: h.y. dimai, hanner ceiniog
cael fy nghefn ata dipyn: *as soon as I'm settled*
dygymod â: *to put up with*
bob hyn a hyn: *every now and again*
fynna i ddim: *I won't,* (mynnu)
hebrwng: *to accompany*
ymddiried: *trust*
hel: crynhoi, casglu
diwyd: *diligent*
dirnad: deall
a wnâi: a oedd yn gwneud
trugarog: *merciful, kind*
cydymddwyn: *to tolerate*
ychwaith: *either*
arswyd: *horror, terror*
a gesglais: h.y. a gasglais

PENNOD VII

'Mae'r te yma'n dda,' meddai Loti wrth fwyta ei the cyllell a fforc ar ôl dyfod adref o'r swyddfa, ''r ydw i wrth fy modd. Mae arna i eisio diolch iti (Annie) am adael imi ddŵad atat ti i fyw.'

'Diolch i Mrs. Ffennig.'

'Ia, mi wn i, ond mi'r wyt ti'n gorfod fy niodda fi tan amser gwely.'

'Paid â chyboli efo dy ddiodda.'

''R ydw i wedi mynd i deimlo mod i'n bla ar bawb.'

'Paid â siarad lol.'

'Wyt ti'n gweld, Annie, petasa gen i deulu, a mod i'n cael mynd adre bob hyn a hyn, y nhw fasa'n gorfod diodda gwrandò ar beth fel hyn.'

Am funud, teimlodd Annie drueni dros ei ffrind.

'Dyna fo, defnyddia fi yn lle dy deulu, ond iti beidio â gwneud hynny'n rhy amal.'

'Wyt ti ddim yn gweld Mrs. Ffennig wedi gwaelu yn ddiweddar?'

'Ydi, mae hi fel petasai hi wedi cael rhyw gnoc arall.'

'Ond mae hi'n harddach nag erioed. 'D wn i ddim beth ydi o, mae rhywbeth yn 'i llygaid hi sy'n gwneud iti feddwl 'i bod hi'n diodda yn ofnadwy.'

'*Mae* hi'n diodda allwn i feddwl.'

'Ond nid heb ymladd yn 'i erbyn o allwn i feddwl—sgwn i ydi hi'n gwybod am y busnes acw yn yr offis?'

''D wn i ddim.'

'Meddwl yr ydw i y geill fod yna bethau eraill hefyd,' meddai Loti yn y dôn broffwydol, nodweddiadol ohoni.

'Ia,' meddai Annie, 'os ydi dyn yn medru gwneud peth unwaith mewn un lle, mi eill 'i wneud o mewn lle arall hefyd.'

'Fydd Esta yn dŵad yma yn amal o'r blaen?'

'Bron bob dydd.'

'A 'd ydi hi byth yn dŵad rŵan yn nag ydi.'

---

cyboli: siarad dwli
pla: *plague, nuisance*
lol: *nonsense*
gwaelu: mynd yn dost
cnoc: *knock*
sgwn i . . .?: tybed . . .?, *I wonder . . .?*
y geill: y gall, (gallu)
tôn broffwydol: *prophetic tone*
nodweddiadol: *characteristic*

‘’R oedd hi yma y noson cyn y bore y bu Mrs. Ffennig yn ych offis chi.’

‘Faswn i’n synnu dim nad oedd Esta yn gwybod rhywbeth am y garwriaeth yna.’

‘’D ydw i ddim yn meddwl bod neb yn gwybod,’ meddai Annie, ‘sut yr oeddan nhw’n medru cario ymlaen ’d wn i ddim. Ond mi’r oedd o oddi cartre o hyd.’

‘A mi’r oedd Mr. Meurig yn hael iawn efo’i ddyddiau rhydd i Mrs. Amred, er mwyn cael rhywfaint o heddwch allswn i feddwl.’

Ar hynny clywsant y gloch yn canu, a Rhys yn gweiddi yn y lobi: ‘Dowch i mewn, Mr. Meurig.’

‘Wyt ti ddim yn gweld y geill rhywbeth ddigwydd yn y fan yma?’ meddai Loti.

‘Be wyt ti’n feddwl?’

‘Wel, petasa Mrs. Ffennig yn cael ysgariad, mi allai’r ddau yna briodi.’

‘O taw, Loti.’

‘Mae petha rhyfeddach yn digwydd mewn bywyd.’

‘’D oes dim rhaid i ni benderfynu hynny.’

‘O, dyna fo ynta.’

Cymerodd Annie lyfr i’w ddarllen.

Yn y gegin yr oedd Mr. Meurig yn ymesgusodi dros alw ar fater preifat, yn gynhyrfus ac yn aflonydd, nid gyda’r un tawelwch na’r feistrolaeth ag a ddangosai yn ei swyddfa. Anfonodd Lora y plant allan ar neges.

‘Meddwl yr oeddwn i,’ meddai’r twrnai, ‘y dylech chi gael arian oddi wrth eich gŵr at eich cadw.’

Pan ddywedodd ‘eich gŵr’ teimlai Lora ei fod yn cyfeirio at rywun nad adwaenai o gwbl, rhywun hollol ddieithr, a sylweddolodd mai fel hyn y byddai, ac yr âi Iolo yn fwy a mwy dieithr iddi. Mae’n debyg mai fel troseddwr yr edrychai Mr. Meurig arno bellach, dyn o’r tu allan, ac nid un a fuasai’n gweithio iddo.

‘Ydach chi wedi meddwl o gwbl am y peth?’

‘Ddaeth y fath beth ddim i mhen i.’

---

carwriaeth: *courtship*
ysgariad: *divorce*
taw: *be quiet,* (tewi)
ymesgusodi: *to apologize*
cynhyrfus: *agitated, upset*
aflonydd: *restless, anxious*
meistrolaeth: *mastery*

cyfeirio at: *to refer to*
nad adwaenai: nad oedd hi’n ei adnabod
dieithr: *strange, alien*
yr âi I.: y byddai I. yn mynd
troseddwr: *criminal*
a fuasai: a oedd wedi bod

'Mi ddyla'ch cadw chi a'r plant.'

'Ella, ond 'd ydi hynny ddim yn rheswm dros i mi ofyn.'

'Ffŵl,' meddyliai yntau rhyngddo ag ef ei hun, ond dywedodd: 'Y chi ŵyr orau wrth gwrs.'

'Mae'r peth yn mynd i dir prynu a gwerthu fel yna.'

'Yn nhir prynu a gwerthu mae pob dim y dyddia yma.'

'Petai Iolo yn teimlo rhywbeth, mi fasa'n anfon heb imi ofyn. Ond,' meddai hi, gan droi ei phen yn sydyn ac edrych i'r grât, 'i be'r ydw i'n siarad? Fasa fo ddim wedi fy ngadael i o gwbl.'

Teimlai'r twrnai nad oedd ar y trywydd iawn i ddyfod i adnabod Lora Ffennig, a phan ddaeth Esta i mewn drwy ddrws y cefn, yr oedd yn dda ganddo gael esgus i ddianc, a dweud yn unig, 'Meddyliwch am y peth.'

Edrychai Esta yn llawer llai pwdlyd nag a wnâi y troeon blaenorol, ond yn fwy nerfus, fel petai arni ofn. Anaml y gallai hi ymddwyn yn naturiol. Yr oedd fel petai ar lwyfan o hyd, a phobl yn ei gwylio, ac yr oedd ei symudiadau yn drwsgl. Nid eisteddodd erioed ar gadair, dim ond disgyn iddi. Yr oedd yn fwy nerfus nag erioed heno.

''R ydach chi'n edrach fel petaech chi wedi cael braw,' meddai wrth Lora.

'Os ydw i wedi cael braw,' meddai, 'nid yrŵan y ces i o.'

Ni ddywedodd Esta ddim.

'Eisteddwch,' meddai Lora.

Disgynnodd Esta i gadair, a bu tawelwch wedyn. Ond meddai Esta ymhen tipyn, 'meddwl yr oeddwn i ych bod chi'n edrach yn llawar mwy cynhyrfus nag oeddach chi.'

Oni bai ei bod yn ddig wrth ddiffyg teimlad Esta, teimlai Lora y gallai chwerthin am ben y fath sylw trwsgl.

'Ella, mae petha'n digwydd, un ar gefn y llall.'

Brathodd ei thafod, ond aeth ymlaen.

''D ydw i'n cael fawr o help gan neb. Dŵad yma yr oedd Mr. Meurig rŵan i awgrymu bod Iolo yn rhoi rhywbeth at fy nghadw i a'r plant.'

---

y chi ŵyr: *you know*, (gwybod)
trywydd: *scent, trail*
pwdlyd: *sulky*
nag a wnâi: nag yr oedd hi wedi'i wneud
troeon blaenorol: *previous times*
ymddwyn: *to behave*
trwsgl: *clumsy*
disgyn iddi: *descend into it*
braw: ofn
cynhyrfus: *agitated, upset*
oni bai: *were it not (for the fact)*
dig wrth: *angry towards*
diffyg: *lack of*
brathodd (G.C.): *she bit*, (brathu)

Cochodd Esta, a gofynnodd,

'Ydach chi'n gwybod lle mae o?'

'Nac ydw. Ydach chi? Ond mae'n siŵr gen i na fyddai'n anodd dŵad o hyd iddo fo, efo'r holl gardiau y mae'n rhaid i ddyn eu cael y dyddiau yma.'

'Ond mi fydd yn rhaid iddo fo gael gwaith.'

'Mi fydd cyn hawsed iddo fo gael gwaith â minnau. Ond tra medra i weithio fydd arna i ddim eisio dim gin neb.'

'Fedar ych chwaer ddim helpu tipyn arnoch chi nes cewch chi ych cyflog?'

Edrychodd Lora arni, ac yr oedd ar fin gofyn iddi a oedd yn dechrau drysu, ond sylweddolodd na wyddai'r eneth beth oedd yn ei ddweud, mai dweud rhywbeth yr oedd am ei bod yn methu gwybod beth i'w ddweud, a meddai:

'Na fedar yn siŵr ac Owen mor wael a thri o blant i'w magu. Ond raid imi ddim poeni. Mi ga i goel gan siopwyr y dre yma. Mi ddwedodd un ohonyn nhw hynny wrtha i bythefnos yn ôl.'

'Da iawn,' meddai Esta yn hollol ffurfiol.

Yn ffurfioldeb dywediadau yr un fath â'r 'da iawn' yma y byddai Lora yn gweld crintachrwydd ei chwaer-yng-nghyfraith, yr un fath ag yn ei 'diolch yn fawr'.

Buasai'n hoffi dweud pethau eraill hefyd, megis bod y Cyfarwyddwr Addysg wedi dweud wrthi y câi le mewn ysgol ar ei hunion, ond gwyddai y byddai hynny fel halen ar friw Esta, am mai bod yn athrawes a fu ei huchelgais hithau erioed. Cofiodd am ryw wraig yn dweud wrthi rywdro ar ôl i Esta gael y lle yn ysgrifennydd i brifathrawes, y byddai wrth ei bodd am fod hynny yn nesaf peth i fod yn athrawes, ac y câi fusnesa digon.

'Liciwch chi i mam a finna gymryd Derith i magu am dipyn? Mi fasa hynny yn ysgafnhau tipyn ar bethau i chi.'

'Diolch yn fawr i chi. Ond 'r ydw i'n credu mai yma efo mi y mae 'i lle hi. Mae hi'n ddigon o faich ar neb ar hyn o bryd. Mae

---

cyn hawsed iddo: mor hawdd iddo
gin (G.C.): h.y. gan
drysu: *to become confused*
na wyddai: nad oedd . . . yn gwybod
coel: *credit*
ffurfiol: *formal*
ffurfioldeb: *formality*
crintachrwydd: *meanness*
buasai: byddai hi wedi
y câi: y byddai hi'n cael
ar ei hunion: *immediately*
halen ar friw E.: *salt on E. 's wound*
uchelgais: *ambition*
busnesa: *to meddle, to pry*
baich: *burden*

hi'n rhy ifanc i sylweddoli beth sydd wedi digwydd, a mae hi wrth 'i bodd yn gwneud pob dim yn groes i ddymuniad 'i mam. Ond ella y callith hi. Mae un peth yn dda, mai i'r drws nesa i'w hysgol hi yr ydw i'n mynd i ddysgu.'

'Pa bryd yr ydach chi am ddŵad acw?'

'Pa bryd mae'ch mam am ddŵad yma?'

'Mae hyn wedi dweud yn arw arni. Mae'n anodd iawn gynni hi symud.'

'Mi alla inna ddweud yr un peth.'

'Mae hi gryn dipyn hŷn na chi.'

'Dydi trigian oed ddim yn hen iawn rŵan, a mi'r oedd hi'n medru mynd i bobman fis yn ôl.'

'Mi ddeuda i wrthi.'

'Mae gen i wsnos gartra cyn dechrau'r ysgol.'

Nid oedd gan Esta fawr ychwaneg i'w ddweud. Aeth adref fel pe bai'n dda ganddi ddianc.

Pan aeth Lora i glirio'r llestri o'r parlwr, cafodd ddwy yn y fan honno heb ddim i'w ddweud, un yn darllen a'r llall yn gwau. Pan aeth i chwilio am Derith i'w molchi cyn iddi fynd i'w gwely cafodd nad oedd gyda'r plant eraill, a chael gwybod gan Rhys ei bod wedi mynd adref gyda'i modryb Esta. Gyrrodd Rhys i'w nôl, nid oedd am ddechrau ildio iddi.

Mae pobl yn mynd yn anos i'w nabod o hyd. Dim rhyfedd fod y ddynoliaeth yn addoli Duw sy'n ddigyfnewid. Ni buaswn yn credu hyd heddiw fod yn bosib i Miss Lloyd edrych mor surbwch. Ni welais olwg fel yna arni o'r blaen er pan mae'n aros yma. A dyna Esta, ni wyddai beth i'w wneud efo'i dwylo na'i llais. Wrth golli Iolo, mae hi fel petai wedi colli ei chefndir, neu efallai y patrwm a gymerai iddi hi ei hun. Sylwais lawer gwaith y byddai'n fwy naturiol pan fyddai Iolo o gwmpas na phan fyddwn yma fy hun. Ac y mae'r un cyndynrwydd sych ynddi ag a oedd yn Iolo, pan fyddai ef yn cael ei ffordd ei hun

---

yn groes i: *contrary to*
y callith hi: *she will come to her senses,* (callio)
yn arw: yn ofnadwy
gynni hi (G.C.): ganddi hi, h.y. iddi hi
hŷn: henach
ychwaneg: *more*
ildio: *to yield*
yn anos: yn fwy anodd
dynoliaeth: *mankind*
addoli: *to worship*
digyfnewid: *unchangeable*
ni buaswn: fyddwn i ddim wedi
surbwch: *sour*
cefndir: *background*
a gymerai: yr oedd hi'n ei gymryd
cyndynrwydd: *stubborness*

drwy beidio â dweud dim, symud ei ên o un ochr i'r llall a'i ddannedd yn crensian yn ysgafn yn ei gilydd wrth iddo wneud hynny. Ni fedrwn i, beth bynnag, wneud dim ond ildio i'r styfnigrwydd hwnnw.

Mi fynnodd Esta fynd â Derith adre heno. Ond nid wyf am ildio iddi. Nid wyf am adael i Derith gael ei moldio yn y fan yna. Pam mae fy meddwl mor ymchwilgar y dyddiau yma? Yr wyf fel ffured yn mynd ar ôl cwningen, yn methu cael hyd i'r gwningen, ond yn cael pethau eraill. Cefais i dameidiau o fywyd hapus pan oedd fy meddwl heb amheuon. Am wn i mai dyna'r unig ffordd i fod yn hapus. Ond rhydd ryw ryddhad imi gael ysgrifennu hwn. Teimlaf fod y tŷ yn rhy lawn (ac) yma'n unig yr wyf yn cael siawns i siarad â mi fy hun. Rhaid imi dreio cysgu. Gwyn fyd y bobl sy'n medru credu'n syml yng ngofal Duw amdanynt.

---

gên: *chin*
crensian: *to clench*
styfnigrwydd: *obstinacy*
mi fynnodd E.: *E wished to,* (mynnu)
moldio: *to mould*
ymchwilgar: *inquisitive*
ffured: *ferret*
tameidiau: darnau bach
rhydd: mae'n rhoi
rhyddhad: *relief*
gwyn fyd: *how lucky*

PENNOD VIII

Cerddai Lora'n ôl a blaen o gwmpas beudái ei hen gartref, lle yr oedd Jane, ei chwaer, yn byw. Daethai yno efo bws plant yr ysgol amser te, ac yn awr yr oedd yn tynnu at yr amser i Owen ddyfod o'r chwarel. Yr oedd yn falch o weld Rhys yn ei fwynhau ei hun cystal â'r un, a Margiad wedi gwneud mwng ceffyl am ei wddw gyda'r gwair.

Cerddodd oddi wrth y tŷ tuag at y llwybr i'r mynydd i gyfarfod ag Owen. Cofiai fel y byddai yn mynd i gyfarfod â'i thad pan oedd tua'r un oed â Derith, er mwyn cael cario ei biser bach chwarel am y canllath diwethaf, ac fel yr hoffai ei ysgwyd ôl a blaen fel cloch yr ysgol. Yr oedd y mynydd y tu allan i libart Bryn Terfyn fel erioed yn llawn o blu a baw ieir a gwyddau a defaid. Cofiai fel y byddai yn gwneud ynys iddi hi ei hun yng nghanol y 'nialwch yma, er mwyn cael lle i eistedd i wnïo a gwisgo ei dol. Gwelodd Owen yn dyfod, gan lusgo ei draed yn flinedig, a safodd yntau i gymryd sbel a rhoddi ei bwys ar gilbost y llidiart. Edrychai yn waelach na phan welsai ef cynt, ei wynt yn fyr, a'i chwys yn rhedeg yn ffrydiau bychain oddi ar ei arlais a'i dalcen.

'Digon symol' oedd ei ateb i gwestiwn Lora—'mi fydd yn rhaid imi aros gartra o'r chwarel gyda hyn.'

'Gorau po gynta. Mi wnaiff gorffwys iawn a bwyta bwyd maethlon lawar iawn o les iti.'

'Gwnaiff. Ond rhaid cael arian i fagu'r plant.'

'Wel, mi helpa i dipyn, mi fydda i yn ennill cyflog yn fuan.'

'Lora bach, mae gen ti ddigon o faich.'

---

beudái: *cowsheds*
daethai: roedd hi wedi dod
cystal â'r un: *as good as anyone*
mwng: *mane*
gwair: *hay*
piser: *pitcher, jug*
chwarel: *quarry*
canllath: *hundred yards*
ysgwyd: *to shake*
libart: h.y. y tir o gwmpas y tŷ
'nialwch: h.y. anialwch, *wilderness*
llusgo: *to drag*
rhoddi: rhoi
cilbost: *gatepost*
yn waelach: *yn waeth*
ffrydiau: *streams*
bychain: llu. bach
arlais: *temple*
symol: gweddol
maethlon: *nourishing*
lles: daioni, *good*
baich: *burden*

Yr oedd yr olwg hoffus ar ei brawd-yng-nghyfraith yn ddigon i ddyfod â'r dagrau i'w llygaid. Tybiai Lora nad oedd yn bosibl i'r wyneb agored, onest hwnnw fod yn ddim heblaw yr hyn a fu iddi er pan adnabu ef gyntaf, dyn y gallai ymddiried ei bywyd iddo.

''R wyt titha yn edrach yn ddigon pigfain,' meddai wrth Lora, 'ond syndod dy fod ti cystal.'

A rhywsut yr oedd y caredigrwydd yn ei lais yn ddigon iddi fwrw ei holl gyfrinachau diwethaf arno, heb falio beth fyddai ei ymateb iddynt.

'Wel dyn a'th helpo,' meddai, 'y ni ddylai dy helpu di. 'R wyt ti wedi mynd trwy betha mawr er pan welis i di.'

'Mi fedra i wneud yn iawn os ca i iechyd. Mi fydda i'n siŵr o ddŵad trwyddi hi.'

'Oes rhywun arall yn gwybod hyn?' gofynnodd Owen.

'Dim ond Mr. Meurig trwydda i beth bynnag. Ac fel y gweli di, nid fel ffrind y mae o'n gwybod. Yr oedd yn rhaid iddo fo wybod un hanner, petawn i heb ddweud yr hanner arall wrtho fo.'

''D ydw i ddim yn meddwl y dywed o wrth neb. Mae enw digon da iddo fo tua'r dre acw,' meddai Owen.

'Maddau i mi am fwrw fy mherfadd wrthat ti, ond brifo mae'r peth rŵan, Owen, a phan mae pethau'n brifo mae ar rywun eisio tipyn o gydymdeimlad. Edrach arno fo fel twrna mae Mr. Meurig.'

'Ydi Esta'n gwybod am hyn?'

'Nac ydi, a chaiff hi ddim trwydda i. Mae hi o'r un gwaed â fo. Ond mae hi mor ddideimlad â charreg. 'D ydi hi ddim wedi cymaint â dweud fod yn ddrwg ganddi drosta i, a fu 'i mam hi byth acw. Mae'r ddwy yn meddwl mai iddyn nhw y mae'r gnoc ac nid i mi.'

'Y nefoedd fawr! Fedra i ddim dallt pobol.'

Ar hyn, dyma'r plant yn rhedeg dan weiddi, a dweud bod y bwyd yn barod. Wyth o gwmpas y bwrdd yn hen gegin ei mam —bron fel yn yr hen ddyddiau. Edrychai Owen yn well ar ôl

---

tybiai L.: roedd L. yn tybio, (*to think*)
adnabu ef: *she knew him*, (adnabod)
ymddiried: *to trust*
pigfain: *peaky*
cyfrinachau: *secrets*
malio: *to care, to heed*
a'th helpo: *help you*
am fwrw fy mherfadd: h.y. perfedd, *for pouring out my troubles*
cydymdeimlad: *sympathy*

ymolchi a rhoi ei gôt noson waith amdano, ac yr oedd yn mwynhau ei fwyd. Wrth ymyl Lora, eisteddai Now Bach, y rowlyn-powlyn o hogyn bach mwyaf digrif yr olwg, tua'r un oed â Derith. Geneth fawr heglog oedd Margiad, a cheg fawr, dannedd cryfion, gwynion, a llygaid fel petaent heb orffen agor. Bachgen bach swil oedd Guto yn debyg iawn i Rhys o ran pryd a gwedd, ei wallt yn olau a'i lygaid yn las tywyll. Edrychai Jane yn ddigon bodlon yn eu canol. Yr oedd hi yn hynod debyg i Lora, ond yn fyrrach ac yn dewach.

Gofynnodd Jane i Lora,

'Pryd y gwelis di Dewyth Edwart ddwaetha?'

'Welis i byth mono fo ar ôl iddo fod acw yn gofyn imi gadw 'i dŷ o.'

'Y creadur rhyfadd! Mi fûm i yno ryw ddiwrnod. Mae o wedi mynd reit fusgrall, ond y mae o'n dal i llnau'r tŷ o hyd.'

'Mae hi'n rhy hwyr imi alw yno heno yn tydi?'

'Ydi, well iti ddŵad i fyny ryw bnawn Sadwrn. Mi eill fod yn 'i wely. Mae o'n sôn am ddŵad â'i wely i'r parlwr, a gadael i'r llofftydd heb 'u llnau.'

'Mae'r hen dŷ yna yn rhy fawr iddo fo, 'd wn i ddim beth wnaeth iddo fo brynu tŷ mor fawr.'

'Tasa gynno fo wraig, mi fasa'n iawn,' meddai Owen.

'Taw sôn am ferchaid wrtho fo. Mae o'n meddwl mai nhw ydi achos holl drwbwl y byd,' meddai Jane.

'Na, mae o'n licio Anti Lora,' meddai Now Bach.

'Sut gwyddost ti?' meddai ei fam.

'Now sy'n gwneud negesau iddo fo rŵan,' eglurodd Owen.

'A mae o'n deud, "biti iddi briodi 'rioed efo'r hen sgerbwd yna",' meddai Now Bach.

Edrychodd teulu Bryn Terfyn i gyd fel llofruddion ar y lleiaf ohonynt, a dechreuodd yntau grio.

Now: h.y. Owen
rowlyn-powlyn: *roly-poly*
digrif: doniol
heglog: *long-legged*
cryfion: llu. cryf
gwynion: llu. gwyn
pryd: *complexion*
gwedd: *appearance*
yn hynod: *remarkably*
musgrall: h.y. musgrell, *decrepit*
llnau (G.C.): h.y. glanhau
mi eill: fe all, (gallu)
taw sôn am: paid â sôn am, (tewi)
sut gwyddost ti?: sut rwyt ti'n gwybod?
sgerbwd: *skeleton,* h.y. rogue
llofruddion: *murderers*

'Yli, Now Bach,' meddai ei fodryb, 'paid ti â malio dim yn neb. 'D oes gen ti mo'r help fod Dewyth Edwart yn hen ffasiwn. Mae gynno fo dafod fel miniawyd.'

'A mwstás fel cath,' meddai Derith.

Chwarddodd pawb ac eithrio Now Bach.

'Paid â thorri dy galon, Now,' meddai Lora, 'hen fistêc bach oedd hwnna. Mae dy dad a dy fam wedi gwneud mistêcs mwy lawar gwaith.'

Cymerodd Lora ei hances poces a sychu ei lygaid.

'Mae gynnoch chi sent neis, Anti Lora.'

'Oes dywad? Tyd, gorffen dy bennog.'

Sylwodd Lora fod Rhys yn edrych yn freuddwydiol pan âi'r holl sgwrsio yma ymlaen, yn sipian ei laeth enwyn yn araf, ac edrych dros ei ben ar ryw un sbotyn ar y lliain bwrdd. Gwyddai ei fam nad oedd yn ymdoddi dim i'r cwmni a chochodd at ei glustiau pan wnaeth Now Bach y camgymeriad.

Gorffenasant eu pryd efo phwdin reis hen ffasiwn ardderchog, a mwy o wyau nag o reis ynddo. Ar ôl y pryd dyma Margiad yn mynd at ei modryb a gofyn,

'Ga i dipyn bach o'r sent yna gynnoch chi pan ddo i acw, Anti Lora, os gwelwch chi'n dda?'

'Wrth gwrs. Hwda, cadwa honna.' A rhoes ei hances poced iddi. Cuddiodd Margiad hi tu mewn i'w ffrog.

Cerddasant i gyd yn rhes hir ar hyd y comin i'r lôn i ddisgwyl am y bws. Teimlai (Lora'n) oer wrth fynd i mewn i'r bws, fel petai siôl wedi disgyn oddi ar ei hysgwyddau wrth i deulu Bryn Terfyn ei gadael.

'Mi'r ydw i'n meddwl mai Anti Lora ydi'r ddynas glysa yn y byd,' meddai Guto, yn swil ar ei ffordd yn ôl.

'Wir, mae dy lygad ti yn well na dy dafod ti,' meddai ei dad.

---

malio dim yn neb: *don't mind anyone*
miniawyd: nodwydd, *needle*
chwarddodd pawb: *everyone laughed,* (chwerthin)
ag eithrio: *with the exception of*
dywad (G.C.): h.y. dweud
pennog: *herring*
pan âi: pan oedd . . . yn mynd
llaeth enwyn: *buttermilk*
gwyddai: roedd . . . yn gwybod
ymdoddi: *to melt into*
hwda: (G.C.): hwre, cymera
rhoes: rhoiodd, (rhoi)
rhes: *a row*
comin: *common*
lôn (G.C.): ffordd, heol
disgyn: cwympo
y ddynas glysa (G.C.): y fenyw berta

''R ydw inna hefyd,' meddai Margiad, 'a mae hi wedi gaddo potal sent i mi.'

'A mae hi'n ffeind,' meddai Now Bach, 'mae Dewyth Edward yn deud na fuo ddim gwell hogan mewn croen.'

Wrth ddychwelyd i'w tŷ hwy yn y stryd yn y dref, meddai Derith,

''R ydw i'n licio Now Bach, ond bod gynno fo wallt hyll.'

'Mi gawson ni fwyd da yn do, mam? A mi'r ydw i'n licio Dewyth Owen,' meddai Rhys.

'A Margiad wyt ti'n licio,' meddai Derith.

'Dew, mae gynni hi freichia cry.'

'Lle cest ti'r ''Dew'' yna?' gofynnodd y fam.

'Mi'r oedd pawb yn 'i ddeud o.'

'A mi welis i Margiad yn rhoi cusan i ti,' meddai Derith.

'Y hi ddaru, nid y fi. 'D oeddwn i ddim yn licio'r ffordd yr oedd hi'n gafael yn fy mhen i, i ngneud i'n geffyl.'

'Mi'r wyt ti'n rhy dendar o lawar,' meddai ei fam, 'rhaid iti ddysgu cymyd dy gnocio.'

'Ddim gin genod.'

Erbyn hyn yr oeddynt wedi cyrraedd eu stryd eu hunain, ac yr oedd lleithder nos o haf wedi disgyn ar y palmant. Yr oedd (Lora) ar dân am gael mynd i'r tŷ, rhoi'r plant yn eu gwelyau, a mynd ati i sgrifennu yn ei dyddlyfr. Y hi ei hun a oedd yn y fan honno, y hi ei hun fel yr oedd heddiw, yr unig hi ei hun mewn bod, y hi ei hun wedi dyfod trwy bethau na freuddwydiasai y deuent i neb ond i bobl eraill, a'r rheiny'n bobl mewn papur newydd. Yrŵan yr oedd yn mynd i gyfarfod â hi ei hun, a dweud ei chyfrinachau wrthi hi ei hun. Brysiai ei chamau ymlaen.

Penderfynodd fynd i'r tŷ trwy'r cefn. Yr oedd golwg ddigalon ar y gegin wrth edrych drwy'r ffenestr ar un eiliad, golwg fel petai ei pherchenogion wedi mynd oddi cartref am byth, ond yr

---

gaddo: h.y. addo
ffeind (G.C.): caredig
mewn croen: *in skin,* h.y. *to be had*
ddaru (G.C.): wnaeth
gafael: *to grasp*
rhy dendar: *too tender*
cymyd: h.y. cymryd
genod (G.C.): merched
lleithder: *moisture, dampness*
na freuddwydiasai: nad oedd hi wedi breuddwydio
y deuent: yr oedden/y bydden nhw'n dod
camau: *steps*

eiliad nesaf yr oedd fel petai yn disgwyl ei pherchenogion yn ôl. Yr oedd tân bychan yn y grât, y gath yn rhowlyn ar glustog y gadair, ac ar y bwrdd yr oedd hambwrdd a llestri te arno, heb iddi hi ei osod yno. Daeth Loti ac Annie i'r gegin i egluro presenoldeb yr hambwrdd—meddyliasant yr hoffai gael cwpanaid o de wedi dyfod i'r tŷ.

Mynegasant hefyd fod ei mam-yng-nghyfraith wedi galw tra fu allan.

'Ond yr oeddwn i wedi dweud wrth Esta mod i'n mynd i dŷ fy chwaer heno.'

Ni ddywedodd ddim arall, dim ond meddwl a meddwl a brathu ei gwefus.

'Rhoswch funud,' meddai wrth y genethod, 'mi ro i Derith yn 'i gwely, a mi ddo' i i lawr atoch chi.'

Cymerodd Rhys lyfr ac fe aeth i'w lofft. Daeth ar ôl ei fam i'r atig, a gwyddai Lora yn iawn ei fod wedi darllen ei hwyneb yn y gegin.

Troes hithau ato yn sydyn,

'Yli, Rhys,' meddai, 'dos i dy lofft i ddarllen, a phaid â malio yno' i. Mae dy fam siŵr o baffio drosti 'i hun. Dim ods am neb. Mi awn ni i fyw i'r wlad.'

'Gawn ni, mam?'

'Cawn ryw ddiwrnod.'

Aeth Rhys i lawr i'w lofft ei hun dan chwibanu.

Yr oedd Loti ac Annie yn ei disgwyl ac wedi rhoi dŵr poeth ar y tebot.

'Mae gen i dipyn o fenyn fy chwaer, mi rown i o ar y bara ceirch yma.'

Ac felly y buont yn yfed te ac yn eu mwynhau eu hunain am hir. Yr oedd y ddwy ferch ifanc fel pe baent am amddiffyn eu gwraig lety hyd onid âi i gysgu, ac yn ymwybodol bod rhagor o

---

bychan: h.y. bach
rhowlyn: *a roll*
brathu (G.C.): *to bite*
gwyddai L.: roedd L. yn gwybod
troes: troiodd, (troi)
dos (G.C.): cer, (mynd)
paffio: *to fight*
dan chwibanu: *whistling*
mi rown i o: fe fydda i'n ei roi e
bara ceirch: *oat bread*
amddiffyn: *to protect*
hyd onid âi: *until she went*
ymwybodol: *conscious, aware*

drwbl yn ei haros. Cyn iddi ddyfod i mewn buasai'r ddwy yn dadlau pa un a oedd orau iddi, cael gwybod beth a ddywedasai ei mam-yng-nghyfraith, ai ynteu byw mewn anwybodaeth ohono.

Wedi canfod nad oedd Lora yno, yr oedd Mrs. Ffennig yr hynaf wedi troi ar ei sawdl yn ffroenochlyd a dweud,

'Mae hi'n braf arni, yn medru mynd i gymowta mor fuan.'

Yr oedd hyn yn ormod i Loti. Methodd ddal ei thafod.

'Wedi mynd i gymowta efo'r plant y mae hi, ac nid efo gŵr neb arall.'

Yr oedd Annie am ei lladd. Dyma hi, meddyliai, wedi bod yn ei llety ddim ond am ychydig wythnosau, ac yn dangos y fath diffyg chwaeth. Buasai arni gywilydd dweud y fath beth wrth Mrs. Ffennig. Dim ond o un peth yr oedd yn falch, fod Mrs. Ffennig yr hynaf wedi clywed y gwir, ac yna y munud wedyn, teimlai na wnâi'r gwir ddim lles i un yr un fath â hi. Nid ar gyfer pobl fel y hi yr oedd y gwir.

Er mor braf oedd cwmni'r ddwy eneth yna heno, (yr oeddwn yn dyheu am) gael dyfod i'r gwely i sgrifennu hwn. Y munud hwn sy'n cyfrif ac nid y munud nesaf. Y munud y dylwn i fod yn ysgrifennu oedd y munud y dywedwyd wrthyf fod fy mam-yng-nghyfraith wedi galw, er mwyn cael ysgrifennu'r hyn a oedd ar fy meddwl, gan na fedrwn ei ddweud wrthynt hwy, sef 'Yr hen gnawes'. A hen gnawes oedd hi yn galw pan wyddai yn iawn nad oeddwn yma. Mi eill ddweud yrŵan ei bod hi wedi galw, a mae hynny yn un peth iddi hi â'i bod wedi gwneud ei dyletswydd tuag ataf. Mae'n debyg y cawn i fwy o drugaredd ganddi hi a'i merch petawn i wedi gwneud yr hyn mae Iolo wedi ei wneud. Mi fuasai'r ddwy yn smalio trugarhau yn fy nghefn ac yn dangos peth mor sâl fuaswn i. Ond am mai gwrthrych eu haddoliad hwy sydd wedi pechu, rhaid i'w hymddygiad ataf fi droi'n fath o eiddigedd. Yr wyf yn siŵr eu bod yn crensian eu dannedd mai i

---

buasai: roedd . . . wedi bod
ai ynteu: *or else*
canfod: gweld
yr hynaf: *oldest/elder*
sawdl: *heel*
yn ffroenochlyd: *haughtily*
cymowta (G.C.): *to gad about*
diffyg: *lack of*
chwaeth: *taste*
na wnâi: na fyddai'r . . . yn gwneud
yr hen gnawes: *the old bitch*
mi eill: fe all, (gallu)
dyletswydd: *duty*
trugaredd: *sympathy*
smalio: *to pretend, to joke*
gwrthrych: *object*
addoliad: *worship*
pechu: *to sin*
ymddygiad: *behaviour*
eiddigedd: *jealousy*
crensian: *to crunch*

Iolo y daeth y ffolineb yma ac nid i mi! Fy nhemtasiwn fawr i rŵan fydd cadw'r hyn sydd o'r golwg oddi wrthynt. Peth caled fydd cadw i mi fy hun y peth a allai eu taro i'r ddaear. Mae'n erfyn mor ddialgar, ac nid peth da ydyw bod y carn i gyd yn eich llaw chwi eich hun. Fe ellir ei ddefnyddio mor fyrbwyll a tharo eich gwrthwynebydd yn wastad â'r ddaear. Ni ddaw dim calondid i neb o hynny. Pan mae pobl ar eu traed y maent yn ddiddorol. Ond rhaid i mi ei gadw i mi fy hun. Dyma fydd fy maich ddydd a nos. Wedi i un peth ddigwydd, mae pethau eraill yn digwydd yn rhuthr ar ei ôl. Gynt, nid oedd dim byd ond bywyd tawel. Ni allwn ddweud fy mod yn or-hoff o deulu Iolo, ond gallwn fyw efo hwynt. Nid wyf yn gallu byw na ffraeo efo hwynt erbyn hyn. Ond bydd yn amhosibl medru brathu fy nhafod am byth. Nid wyf yn ddigon o seicolegydd i fedru deall pam y mae fy nheulu-yng-nghyfraith yn ymddwyn fel hyn. Fy ngwneud yn ddigalon y mae ymddygiad Iolo, ond codi fy ngwrychyn y mae ymddygiad fy mam-yng-nghyfraith. Tybed a fuasent wedi hoffi gwraig i Iolo a ofalai lai amdano ac am ei gysur? Cyflog da sydd wedi twtio gwisg Esta, ac nid dim cynhenid yn ei natur.

Yr wythnos nesaf byddaf yn dechrau ar fy ngwaith yn yr ysgol, ac y mae'n rhyfedd cyn lleied y mae yn ei boeni arnaf. Bydd fy holl fyd wedi newid wedyn. Ond nid ar hynny y mae fy meddwl. Mae fy meddwl ar un smotyn o hyd, yn troi fel gwyfyn o gwmpas lamp.

---

ffolineb: *folly*
yr hyn sydd o'r golwg: *that which is not known*
erfyn: *weapon*
dialgar: *vindictive*
carn: *hilt, handle*
mor fyrbwyll: *so impulsively*
gwrthwynebydd: *opponent*
gwastad: *level*
calondid: *encouragement*
yn rhuthr: *quickly*
cynt: *previously*
brathu (G.C.): *to bite*
ymddwyn: *to behave*
ymddygiad: *behaviour*
codi fy ngwrychyn: fy ngwylltio, *anger me*
a ofalai: a fyddai'n gofalu
twtio: tacluso
cynhenid: naturiol, *instinctive*
cyn lleied: *so little*
gwyfyn: *moth*

PENNOD IX

Deuent yno ati i'r gegin bob nos wedi swper, am wahanol resymau personol. Yr oedd Annie Lloyd yn blino ar siarad Loti, os byddai'r tywydd wedi eu cadw i mewn trwy nos. Byddai Mr. Meurig wedi blino ar sŵn tŷ gwag. Nid oedd yn chwaraewr golff nac yn gerddwr. Efallai mai Loti oedd yr unig un a ddeuai er mwyn Mrs. Ffennig ei hun. Digon posibl bod y ddau arall yn gallu eu darbwyllo eu hunain fod eu cwmni yn dderbyniol yn y gegin ac yn help i Lora anghofio. Ni wnaent hynny, oblegid yn ei unfan y byddai ei meddwl er ei bod yn siarad â hwy. Weithiau fe'i câi ei hun yn siarad un peth ac yn meddwl peth arall, ac yr oedd hynny erbyn hyn yn hollol yr un fath â'i dull o fyw. Yr oedd un rhan ohoni yn ei meddyliau a'i dyddlyfr, a'r rhan arall yn ei gwaith bob dydd a'i hymwneud â phobl eraill. Yr oedd y cyntaf yn ddwfn a thywyll, fel petai mewn ogof, y llall yn ysgafn ac yn fas. Yr oedd yna fywyd arall ar dro, pan welai Owen, a siarad am y gyfrinach gydag ef. Ond anaml y byddai hynny. Er y byddai'n ofni darganfod esiampl newydd o anonestrwydd Iolo, a bod anonestrwydd yn rhan o'i fywyd, eto ni ddaethai dim arall i'r golwg, a theimlai hithau erbyn hyn fod barn Mr. Meurig yn iawn, fod y twyllo wedi digwydd i gynnal y garwriaeth efo Mrs. Amred. Wrth iddi siarad ar y mater gydag Owen, fe wrandawai ef arni yn amyneddgar, ond fe wawriodd arni y gallai fod ei brawd-yng-nghyfraith yn syrffedu arni. Dal i dywallt dŵr i'r un ddysgl yr oedd, ac yn gwneud hynny heb gofio fod gan y gwrandawr ei boen ei hun yn ei wendid. Am Mr. Meurig, nid ynganodd

---

deuent: bydden nhw'n dod
darbwyllo: perswadio
ni wnaent: fydden nhw ddim yn gwneud
yn ei unfan: *in the same place*
fe'i câi ei hun: *she found herself,* (cael)
dull: ffordd, *way*
bas: *shallow*
ar dro: weithiau
barn: *opinion*
cynnal: *to support*
carwriaeth: *courtship*
yn amyneddgar: *patiently*
fe wawriodd arni: *it dawned on her,* (gwawrio)
syrffedu: *to get tired of*
tywallt (G.C.): arllwys
dysgl: cwpan, llestr
gwendid: *frailty*
nid ynganodd: *he didn't mention,* (ynganu)

air am y peth wrtho byth wedyn. Damwain, ar funud o gynnwrf, oedd i fater y llyfr banc ddyfod i'w wybodaeth o gwbl. Gan nad adwaenai'r dyn yn rhy dda, ni byddai siarad am y peth wrtho o unrhyw gysur. Petai'n ffrind—

Ar ffin y bywyd hwn yr oedd bywyd arall, ei pherthynas ag Esta a'i mam. Er na wyddent y cyfrinachau a wyddai hi, yr oedd diflaniad Iolo yn boen iddynt na allent ei chyfrannu â'i gilydd er hynny. Daethai gagendor rhyngddynt. Fe fyddai hwnnw yn siŵr o ledu neu gau. Lledu yr oedd yn debyg.

Ar noson fel hyn, a hwythau eu pedwar yn y gegin, y glaw yn pistyllian y tu allan, y daeth Esta yno. Chwarae cardiau yr oeddynt am na fedrent gynnal sgwrs. Yr oedd yn gas gan Lora chwarae cardiau, fel yr oedd yn gas ganddi bob chwarae arall ar ôl gadael ei phlentyndod. Ni allai ddeall meddwl neb a gâi'r pleser o gael y gorau ar rywun arall drwy ei fedr, a dim ond er mwyn plesio a rhwystro sefyllfa annifyr y chwaraeodd heno. Yr oedd yn rhaid iddi roi ei holl ewyllys ar waith er mwyn chwarae rhyw fath o chwarae.

Yr oeddynt yn chwerthin am ben rhyw stori a oedd gan Mr. Meurig am ryw hen ŵr o'r wlad wedi dyfod ato rywdro i wneud ei ewyllys, ac yn lle dweud i bwy yr oedd am adael ei bethau yr oedd wedi enwi pawb nad oedd arno eisiau gadael dim iddynt. 'Hwn-a-hwn—dim. Hon-a-hon—dim.' Yr oedd yn werth, meddai, talu am ddangos i'r diawliaid hynny pan mor agos y buont i gael arian ar ei ôl. Ac felly y gwelodd Esta hwynt pan ddaeth i mewn trwy ddrws y gegin bach. Cynigiodd Lora ei lle iddi chwarae, ond ni fynnai. Gwrthododd gwpanaid o de. Dywedodd fod yn rhaid iddi fynd. Gofynnodd Lora iddi ei hun pam yr oedd yn rhaid iddi ddŵad. Aeth i'w danfon i ddrws y gegin bach, a gofynnodd iddi yn y fan honno a oedd yna rywbeth neilltuol yr oedd arni ei eisiau. Na, ni wnaethai ddim ond galw.

---

cynnwrf: *agitation*
gan nad adwaenai: *seeing that she did not know,* (adnabod)
er na wyddent: er nad oedden nhw'n gwybod
diflaniad: *disappearance*
lledu: *to widen*
yn pistyllian: *pouring down*
medr: *ability*
rhwystro: *to prevent*
annifyr: *unpleasant*
ni fynnai: doedd hi ddim eisiau, (mynnu)
neilltuol: arbennig, penodol
ni wnaethai: doedd hi ddim wedi gwneud

'Ond mae'n amlwg bod gynnoch chi gwmpeini,' meddai.

Aeth allan heb wên ar ei hwyneb, ac ni ddywedasai 'Nos dawch' wrth y lleill.

'Ond 'd ydi'r eneth yna yn surbwch?' meddai Mr. Meurig—'ydi hi fel yna yn yr ysgol?'

'Ddim pan mae Miss Immanuel o gwmpas.'

''D wn i ddim sut mae Mrs. Ffennig yn 'i diodde hi,' meddai ef wedyn.

''I diodde hi mae hi,' meddai Loti Owen.

'Mae arna i ofn ein bod ni wedi tarfu eich chwaer-yng-nghyfraith,' meddai Mr. Meurig pan ddaeth Lora i mewn.

'Nid y chi sydd wedi 'i tharfu hi, mae hi felna ers tro.'

Ac edrychodd y ddau ar ei gilydd fel petai yna ddealltwriaeth rhyngddynt ar hynny.

Rhywsut chwalwyd y cwmni, ac aeth Loti ac Annie i'w hystafell eu hunain, a gadael y ddau arall yn y gegin. Yr oedd y chwerthin wedi gadael yr ystafell, a phob awydd i siarad. Brathai Lota ei gwefus. Meddyliai yntau tybed a allai ef dorri trwy'r tew o amddiffyniad a roesai hi iddi ei hun.

'Ydach chi'n dweud mai fel yna y mae eich chwaer-yng-nghyfraith bob tro y daw hi yma?'

'Mae hi wedi newid yn hollol er pan aeth Iolo i ffwrdd.'

'Mi'r oeddach chi'n ffrindiau mawr cyn hynny, on'd oeddach chi? Mi fyddech yn mynd i'r fan yma a'r fan acw.'

'Byddan. Ond—'

'Mi'r ydw i'n ddigwilydd yn holi.'

'O nac ydach wir. Methu egluro yn iawn yr ydw i. Ydach chi'n gweld, fel chwaer i Iolo, yr oeddwn i'n naturiol yn rhoi croeso iddi yn fy nhŷ ac yn mynd i ffwrdd efo'n gilydd a phethau felly. Ond fedra i ddim ddweud mod i wedi teimlo tuag ati fel ffrind iawn.'

'Fedrwch chi ymddiried ych cyfrinachau iddi?'

'Mi'r oeddwn i'n ymddiried cyfrinachau oedd yn perthyn i Iolo a minna, pethau teulu felly, ond 'd ydw i ddim yn meddwl y

---

surbwch: *sour*
tarfu: *to scare, to upset*
chwalwyd: *dispersed,* (chwalu)
awydd: chwant, *desire*
tew: trwch, *thickness*
amddiffyniad: *defence*
a roesai hi: yr oedd hi wedi'i roi
ymddiried: *to trust*

baswn i'n medru dweud fy nhu mewn wrthi, hyd yn oed yr adeg honno. Faswn i byth yn medru sôn am grefydd, na fy nheimladau at bobol yr ydw i yn 'u caru wrthi.'

'Oes gynnoch chi rywun y medrach chi drin pethau felly efo chi? Maddeuwch i mi, Mrs. Ffennig. 'R ydw i yn ych holi chi fel twrna ond 't ydw?'

''D oes dim raid i chi ymddiheuro. Mi wna les i mi siarad fel hyn. 'R ydw i wedi mynd i ryw un rhigol o fyw, ac o feddwl, ac mi fydd yn beth da i mi fedru troi oddi wrth y peth sydd fwya ar fy meddwl i i ryw gyfeiriad arall. 'D ydw i ddim yn meddwl y ca i 'i wared o oddi ar fy meddwl byth, ond mi eill siarad amdano fo efo ffrind roi rhyw ryddhad i mi.'

'Geill, a mi eill ffrind roi golwg arall ar bethau i chi, a newid golwg y briw i chi.'

'Mae'n anodd gweld hynny rŵan.' Synfyfyriodd eiliad.

'Oes, mae gen i ffrind, ond y mae hi'n byw yn Llundain, a dim ond unwaith mewn blwyddyn y bydda i yn 'i gweld hi. A fedrwch chi ddim trin peth fel hyn mewn llythyr rhywsut.'

'Na, mae'r geiriau yn oeri ac yn newid yn y post.'

'A fedrwch chi mo'i sgwennu fo i gychwyn. Cofiwch hefyd, 'd oeddwn i ddim yn byw yma cyn priodi, a 'd oeddwn i'n nabod neb yma ond fy chwaer-yng-nghyfraith.'

'Ac yn naturiol mi aethoch yn ffrindiau?'

'Do, y math o ffrind y soniais i amdani rŵan.'

'Piti mewn ffordd, yr oedd hi rhyngoch chi a rhyw ddynes arall y gallasech chi wneud ffrind ohoni. A 'r ydw i'n siŵr ei bod hi'n falch o gael mynd allan efo dynes mor hardd.'

Onibai fod wyneb Lora eisoes yn berwi ar ôl bod yn hebrwng Esta i'r drws, fe fuasai'n teimlo ei bod yn gwrido.

''D ydw i ddim yn meddwl y medrwch chi wneud llawer o ffrindiau ar ôl priodi,' meddai hi wedyn. 'Mae'ch gŵr gynnoch chi, 'r ydach chi'n dweud pob dim wrtho fo. 'D oes yna ddim lle i neb arall yn enwedig os oes gynnoch chi blant.'

---

rhigol: *rut*
y ca i 'i wared o: *that I will get rid of it*
mi eill: fe all, (gallu)
rhyddhad: *relief*
briw: *wound, sore*
onibai: *were it not (for the fact)*
hebrwng: *to escort*
eisoes: yn barod
gwrido: *to blush*

Tybiai Aleth Meurig fod digon o le i bethau eraill ym mywyd Iolo Ffennig beth bynnag, ond dywedodd, ''D ydi pawb ddim fel yna cofiwch, ond mae'n amlwg mai eich teulu oedd eich bywyd chi.'

''D oedd gen i ddim llawer o bleser mewn dim y tu allan iddyn nhw.'

'Ddaru ichi feddwl am fynd o'r lle yma i fyw, Mrs. Ffennig?'

'Na, feddyliais i ddim am y peth. Fedra i ddim mynd oddi yma yn hawdd rŵan, wedi cael lle yma. Ac wrth gwrs, mi eill Iolo ddŵad yn 'i ôl.'

Dyna'r peth olaf y disgwyliai Aleth Meurig iddi ei ddweud.

* * *

Wedi mynd i'r parlwr, meddai Loti—

'Wel, am fannars!'

'Be, yr Esta yna?'

'Ia. Faswn i'n synnu dim nad ydi honna yn watsio pwy sy'n dŵad yma, neu mae hi'n watsio Mr. Meurig. Mi fu amser pan oedd hi'n rhedeg ar 'i ôl o, ac yn dŵad i'r offis. 'R ydw i'n credu 'i bod hi wedi newid 'i hwyllys ugain gwaith er mwyn cael esgus dros ddŵad acw.'

'Synnwn i ddim. Gobeithio na wna Mrs. Ffennig ddim meddwl mai fi sy'n cega.'

'Wna hi ddim meddwl ffasiwn beth. Rhyngot ti a fi, 'r ydw i'n meddwl 'i bod hi'n reit ddiniwed efo rhai pethau. 'D ydi hi ddim yn amau digon ar bobol. Ella tasa hi wedi amau mwy ar 'i gŵr na fasa hi ddim yn y picl y mae hi rŵan.'

'Wyt ti wedi sylwi,' meddai Annie, 'fel mae Esta wedi mynd i sbïo ar 'i thraed wrth gerdded?'

'Ydi, a 'd oes gynni hi ddim traed del yn tôl. Ond mi gei sbario edrach yn wyneb pobol wrth edrach ar dy draed.'

Chwarddodd Annie.

'Pam wyt ti'n chwerthin?'

''I weld o'n disgrifio Esta i'r dim yr ydw i.'

---

am fannars!: *what manners!*
'i hwyllys: h.y. ei hewyllys
cega: *to gossip*
ffasiwn beth: *such a thing*
diniwed: *innocent, naïve*
sbïo (G.C.): edrych
del (G.C.): pert
yn tôl: *at all*
i'r dim: *perfectly*

'A'i brawd hi.'

''D ydw i ddim yn meddwl hynny.'

'Wel, mi'r ydw i wedi bod yn sylwi arno fo yn yr offis acw. 'R oedd Iolo Ffennig yn cael 'i gyfri yn ddyn dymunol iawn am 'i fod o'n medru cau 'i geg, ond 'd oedd o ddim. Mi'r oedd gynno fo'r enw 'i fod o'n weithiwr da, ond 'r oeddwn i wedi sylwi ers tro mai medru rhoi'r argraff 'i fod o'n gweithio yr oedd o. 'D ydi 'i lyfrau o ddim yn dwt o gwbl.'

'Mi'r oeddwn innau wedi sylwi 'i fod o'n siarad fel petai o'n darllen lot, ond 'd oedd o ddim. Medru gwneud sioe dda o benawdau papur newydd yr oedd o.'

'Ac Esta yn gwneud sioe ail-law o'r rheiny wedyn yn y gymdeithas ddeallus.'

'Be di honno?'

'O, wyddost ti, rhyw gymdeithas Saesneg sydd yn y dre yma yn astudio celfyddyd.'

'Mae Mr. Meurig yn ddyn dymunol yn tydi?' meddai Annie ar drywydd arall.

'Mae o'n feistr ardderchog. Ond faswn i byth yn 'i licio fo'n ŵr.'

'Fasa fo ddim yn gofyn iti.'

'Nid dyna'r pwynt. Treio dweud yr ydw i nad ydi dyn ardderchog ddim yn ddyn hoffus bob amser.'

'Be sy ddim yn hoffus ynddo fo?'

'Fedra i ddim dweud. Ond 'd ydw i ddim nes ato fo nag oeddwn i bum mlynedd yn ôl.'

'Dyn pell?'

'Ia.'

'Ond 'r oedd rhywbeth reit hoffus ynddo fo heno wrth ddweud y stori yna.'

'Oedd. Y tro cynta imi 'i weld o'n toddi cymaint.'

Ar hynny clywsant sŵn Mrs. Ffennig yn cychwyn i'w gwely, a rhoesant y gorau iddi.

---

argraff: *impression*
twt: taclus
wyddost ti: rwyt ti'n gwybod
celfyddyd: *art*
trywydd: *scent, trail*
yn nes: yn fwy agos
rhoesant y gorau iddi: *they stopped,* h.y. cega, (rhoi'r gorau i)

Wrth weld golau o dan ddrws Rhys, troes ei fam i mewn ato. Dyna lle'r oedd yn gorwedd ar wastad ei gefn a'i ddwylo wedi eu plethu o dan ei ben, yn syllu i'r nenfwd.

'Beth wyt ti'n wneud yn effro o hyd? 'D wyt ti ddim yn darllen nac yn cysgu.'

'Mae hi'n rhy boeth. Am beth oeddach chi'n chwerthin, mam?'

'Mr. Meurig oedd yn dweud rhyw stori ddigri am ryw hen ŵr.'

Yr oedd wyneb y bachgen yn hollol ddifynegiant. Er mai tynnu ar ôl ei fam yr oedd o ran ymddangosiad, y munud hwnnw yr oedd yn debyg i'w dad pan fyddai ei wyneb yn gwrthod dangos dim o'i deimlad.

'Beth oedd ar Mr. Meurig eisio?'

'Troi i mewn am sgwrs wnaeth o, a mi ddaeth Miss Lloyd a Miss Owen i mewn i'r gegin, a mi fuom yn chwarae cardiau.'

'Pwy ddaru ennill?'

'Neb. Ddaru ni ddim gorffen. Mi ddaeth Anti Esta yno.'

'Beth oedd arni hi eisio?'

''D wn i ddim yn y byd. Mi aeth allan reit sydyn. Galw'r oedd hi, meddai hi. Mae'n siŵr 'i bod hi wedi dychryn gweld cimint ohonom ni.'

'Dŵad i sbecian oedd hi reit siŵr.'

'Synnwn i ddim.'

'Deudwch, mam. Ydach chi'n leicio Mr. Meurig?'

''D wn i ddim. Mae o'n ddyn reit ffeind. Ond wnes i ddim meddwl ydw i yn 'i leicio fo ai peidio. Pam wyt ti'n gofyn?'

'Yr hogia yn yr ysgol sydd yn fy mhryfocio fi, ac yn deud y bydd gen i ail dad.'

'A mi'r wyt ti wedi bod yn meddwl am hynny, on'd wyt? Mi ddwedais i wrthat ti am beidio â malio os byddai plant yn dy bryfocio di.'

---

troes: troiodd, (troi)
ar wastad ei gefn: *flat on his back*
plethu: *to plait*
nenfwd: *ceiling*
difynegiant: *expressionless*
ymddangosiad: *appearance*
cimint: h.y. cymaint
sbecian: *to snoop*
ffeind (G.C.): caredig
ai: neu
pryfocio: *to tease*
malio: *to care, to heed*

''D ydw i ddim yn poeni, mam. Meddwl yr oeddwn i, os oeddach chi yn 'i leicio fo y baswn innau yn 'i leicio fo.'

'Paid â stwnsio. Mae dy dad yn dad i ti, ac yn ŵr i dy fam; a 'd oes gan dy fam ddim hawl i gymryd neb arall yn ŵr. Cofia, 'd ydi dy dad ddim wedi marw. Ella y daw o'n ôl ryw ddiwrnod.'

''D oes arna i ddim eisio iddo fo ddŵad yn ôl.'

'Paid â siarad fel yna.'

Dechreuodd y bachgen grio.

'Dyna fo, dyna fo.'

Yr oedd ganddi drueni drosto ar y munud. Yr oedd wedi ennill ysgoloriaeth i'r Ysgol Ramadeg, a neb heb wneud fawr o sylw o'r peth. Onibai am y cwmwl a oedd drostynt buasent wedi dathlu hynny mewn rhyw ffordd.

'Gwrando, Rhys,' meddai, 'dŵad wrth dy fam beth sydd yn dy boeni di fwya?'

'Ofn ych bod chi yn poeni.'

'Mi'r ydw i yn poeni tipyn wrth reswm. Mi fasa'n rhyfedd iawn petawn i'n peidio.'

'Ia, ond 'd oeddach chi ddim yn poeni fel yna, wedi i taid a nain farw.'

'Na, mae hyn yn wahanol, a mi'r oedd dy dad gen i y pryd hynny.'

''R ydw i gynnoch chi rŵan.'

'Wel wyt, ond 'd wyt ti ddim llawn digon hen i ddallt pob dim wsti.'

'Pryd bydda i?'

'O, 'd wn i ddim. Erbyn hynny mi fyddwn i gyd wedi anghofio amdano fo, a mi fyddi dithau yn meddwl am rywun arall.'

'Am bwy?'

'Am ryw hogan,' ebe'r fam dan chwerthin.

'Wel na wna wir. Hen gnafon ydi genod.'

'Mi fu dy fam yn hogan unwaith.'

'Fel hyn yr ydw i yn ych leicio chi.'

'Ond cha i ddim bod fel hyn am byth.'

---

stwnsio: siarad dwli
ysgoloriaeth: *scholarship*
wrth reswm: wrth gwrs
wsti (G.C.): h.y. wyddost ti, rwyt ti'n gwybod
hogan (G.C.): merch
hen gnafon: *old rascals*
genod (G.C.): merched

'Biti yntê?'

''D wn i ddim. Mae arnom ni eisio i'r hen amser cas yma fynd heibio on'd oes?'

'Oes wir.'

'Mi fydda i wedi newid. Mi fyddi dithau wedi mynd yn hogyn mawr, yn ddyn ifanc, a fydd dim byd yr un fath.'

'Biti hynny hefyd yntê, mam?'

'Wel ia. Ond fel'na mae rhaid iddi fod. Fasat ti ddim yn leicio peidio â phrifio, a dal yn hogyn bach o hyd, yn na fasat? A phawb yn troi rownd i sbïo arnat ti.'

'Na faswn.'

'Dyna fo. Leiciet ti paned o de yn dy wely rŵan?'

'O mam, ac un i chitha.'

Aeth y fam i lawr, a dyfod yn ei hôl gyda the a bara menyn ar hambwrdd.

'Dyma'r tret gorau gawsom ni, yntê, mam,' meddai Rhys wrth fwyta, 'Mi fedra i gysgu rŵan.'

'A gaddo i dy fam na wnei di ddim poeni.'

'Mi dreia fy ngorau.'

'Fasat ti yn leicio symud oddi yma i fyw?'

'I ble?'

'I'r wlad, i dŷ Dewyth Edward. Mae yna ddigon o le.'

Cysidrodd Rhys.

'Mi fasa'n rhaid imi ddŵad i'r ysgol efo bws.'

'D ydi hynny ddim llawer.'

Ar hynny dyma wyneb Derith yn dyfod heibio i'r drws.

'Dyma hon wedi dŵad i dorri ar ein sbort ni,' meddai Rhys.

'Chwarae teg iddi,' meddai ei mam, ''d oes neb yn meddwl dim amdani hi o'r naill wsnos i'r llall.'

'Mae arna i eisio te parti ganol nos,' meddai Derith.

'Mi gei un efo llefrith,' meddai ei mam, ac aeth i lawr drachefn. Erbyn iddi ddyfod yn ei hôl yr oedd Derith yn eistedd ar y gwely yn gorffen bwyta brechdan Rhys. Cafodd yntau gwpanaid o lefrith. Bu'r tri yn eistedd felly ac yn yfed heb ddweud dim, a

---

peidio â phrifio: *not to grow up*
gaddo: h.y. addo
cysidrodd Rh.: Rh. *considered,* (cysidro)
o'r naill . . . i'r llall: *from one . . . to the other*
drachefn: eto

theimlai Lora, er gwaethaf y boen yr oedd dau ohonynt beth bynnag yn ymwybodol ohoni, mai yn y cwmni yma yr oedd hi hapusaf. Cwmpeini digyffwrdd oedd y lleill.

Yr oedd ei meddwl yn rhy gymysglyd o lawer i sgrifennu dim ar ôl iddi fynd i'r atig. Rhoes Derith yn ei gwely ac eistedd wrth ei hochr i synfyfyrio. Aeth yr eneth i gysgu gan ddweud fod y te parti yn un neis iawn.

Troai Lora amgylchiadau'r noson yn ei meddwl. Mae'n amlwg fod pobl yn siarad eisoes am fod Mr. Meurig yn dyfod yno. Yr oedd yn rhaid iddi fod ar ei gwyliadwriaeth gan mai yng Nghymru yr oedd yn byw, a pheidio ag anghofio ei bod yn wraig briod o hyd. Mater anos o lawer oedd Rhys. Gallai hi ei hun setlo mater Mr. Meurig, ond sut i gael bachgen deg oed i ddileu oddi ar ei feddwl yr hyn a ddigwyddasai, nis gwyddai. Os gwnâi mynd i'r wlad i fyw les, yr oedd yn rhaid mynd i'r wlad. Y ffordd orau i geisio gwella Rhys fyddai iddi hi beidio â malio. Fe allai ymddwyn felly pe na wnaethai Iolo ddim ond mynd i ffwrdd. Ond yr oedd y pethau eraill—y pethau na wyddai'r bachgen ddim amdanynt. A dyna Esta. Yr oedd ei hymddygiad heno yn warthus o flaen pobl eraill. Trwy drugaredd, gallodd gadw ei thymer heno o flaen y lleill heb wylltio wrthi. Ceisiai feddwl ym mha le yr oedd hi ei hun wedi bod yn byw cynt, a sut y gwawriodd ar un o'r tu allan fel Mr. Meurig, fod ei chwaer-yng-nghyfraith wedi mynd rhyngddi a phobl eraill y gallasai wneud cyfeillion â hwy. Yr oedd hi wedi byw mewn rhyw baradwys ffŵl ers blynyddoedd, ddim ond am ei bod yn meddwl mai priodi oedd diwedd y daith. Ond y plant oedd yn bwysig. Byddai'n rhaid iddi

---

er gwaethaf: *inspite of*
ymwybodol: *aware*
digyffwrdd: *remote*
rhoes: rhoiodd, (rhoi)
troai L.: roedd L. yn troi
amgylchiadau: *events*
ar ei gwyliadwriaeth: *on her guard*
gan mai: achos
anos: mwy anodd
dileu: *to erase*
a ddigwyddasai: a oedd wedi digwydd
nis gwyddai: doedd hi ddim yn gwybod
gwnâi: byddai . . . yn gwneud
ymddwyn: *to behave*
pe na wnaethai I. ddim: *as if I. had done nothing,* (gwneud)
ymddygiad: *behaviour*
gwarthus: *disgraceful*
trugaredd: *mercy*
cynt: *previously*
paradwys: *paradise*

fynd allan fwy gyda hwynt, a pheidio ag aros yn y tŷ i stiwio ac i siarad bob nos.

*　　　*　　　*

Aeth Aleth Meurig i'w dŷ ac eistedd yn y parlwr i synfyfyrio. Yr oedd y parlwr yn lân a difywyd heb gymaint â sŵn tip cloc ynddo. Fe ddylai fod rhywbeth heblaw soffa a chadeiriau yn y parlwr hwnnw, meddyliai. Dros y ffordd yr oedd tŷ yn rhy lawn o bobl a phlant, a gwraig yn poeni am ddyn nad oedd yn werth poeni yn ei gylch, yn gweithio'n galed. Hawdd gweled bod ei meddwl yn bell heno, yn dweud un peth ac yn meddwl peth arall. Yr oedd yn chwarae cardiau yn sâl, ac yr oedd yn wirion o ddiniwed. Mae'n debyg y derbyniai ei gŵr yn ôl wedi i hwnnw flino ar yr iâr fach yr ha' y rhedasai i ffwrdd efo hi, dim ond er mwyn bod yn barchus o flaen pobl, neu efallai, yr hyn a oedd yn fwy tebyg, am y medrai hi faddau iddo fo, ac anghofio'r hyn a wnaethai. Dal i fyw rhyw fath o fywyd efo fo, dal i fynd i'r capel, a dal i fynd i'r Ysgol Sul efo'r plant. Dal i fyw yn dda. Ffyliaid oedd pobl dda yn ei farn ef. Yr oedd hyn i'w ddweud am Iolo Ffennig, yr oedd wedi mentro torri'n rhydd o undonedd ei fywyd, a chael rhyw sbloet o garu. Yr oedd pobl Cymru yn methu mwynhau eu pleserau am fod arnynt ofn peidio â bod yn dduwiol, ac yn methu mwynhau eu duwioldeb am fod arnynt eisiau dilyn eu chwantau.

Ond holodd ef ei hun. Yn y bôn, eisiau i'w harddwch ddyfod trosodd i harddu ei dŷ ef a oedd arno. Cododd i fynd i'w wely. Amser a benderfynai a allai hi garu rhywun arall.

---

stiwio: *to stew*
gwirion (G.C.): twp
diniwed: *innocent, naïve*
iâr fach yr ha': *butterfly, flibbertigibbet*
parchus: *respectable*
ffyliaid: *fools*
undonedd: *monotony*
sbloet: *exploit*
duwiol: *godly*
duwioldeb: *godliness*
chwantau: *lusts*
yn y bôn: *basically*
harddu: *to beautify*

PENNOD X

Yr oedd yn fore Sadwrn poeth yn niwedd Gorffennaf. Penderfynodd (Lora) na wnâi lawer o waith heddiw er mwyn cael mynd allan am dro gyda'r plant. Codasai am chwech y bore er mwyn gwneud cacennau a phwdin cyn iddi fynd yn rhy boeth. Yr oedd wedi gwneud y gwelyau ac wedi llnau'r gegin a'r gegin bach ac yn barod i ddechrau hwylio tamaid o ginio plaen. Ar hynny dyna gloch y ffrynt yn canu, ac am funud meddyliodd fod rhywun wedi dyfod i'w rhwystro ar yr union ddiwrnod y medrai fynd allan gyda'r plant. Erbyn iddi fynd i'r drws, dyna lle'r oedd Margiad, Guto a Now Bach yn sefyll yn rhes yn swil.

'Mae mam wedi gofyn imi roi'r llythyr yma i chi,' meddai Margiad.

Dychrynodd Lora am eiliad, yr unig feddwl a ddaeth iddi oedd fod Owen yn waelach. Ond dyma beth oedd yn y llythyr:

Annwyl Lora,

Gobeithio na wnei di ddim dychryn wrth weld y fflyd plant yma. Yr oedd yn rhaid imi anfon Margiad i'r dre y bore yma i nôl rhywbeth oedd y doctor wedi ei ordro i Owen oddi wrth y drygist, nid yw ddim gwaeth o drugaredd. A 'd oedd na byw na marw gan Margiad heb ddŵad yna i nôl rhyw botel sent oeddet ti wedi ei addo iddi. Y hi sydd wedi gofyn i mi sgwennu'r llythyr yma, mae hi'n rhy swil i ofyn. Wedyn mi elli feddwl fod yn rhaid i'r lleill gael dŵad efo hi wedi cael achlust ei bod hi'n dŵad i dy weld ti. A mi'r ydwyf wedi bod yn meddwl tybed fasech chi i gyd yn licio dŵad yma am wythnos ym mis Awst. Mae Owen am gymryd wythnos yn rhagor na'i wyliau o'r chwarel i dwtio tipyn o gwmpas y fan yma at y gaeaf, ac er mwyn ei iechyd. Mi fuasai'n beth braf petai hynny'n digwydd yr un

---

na wnâi: na fyddai hi'n gwneud
codasai: roedd hi wedi codi
llnau (G.C.): h.y. glanhau
hwylio: paratoi
rhwystro: *to prevent*
union: *exact*
rhes: *a row*
yn waelach: yn waeth
fflyd: *crowd*
o drugaredd: *mercifully*
d' oedd na byw na marw gan M.: *nothing would do for M.*
achlust: sôn, *rumour*
twtio: tacluso

wythnos â gwyliau Miss Owen, er mwyn iti gael bod yn hollol rydd dy feddwl. Cofion, dy chwaer Jane.

''R oeddan ni wedi meddwl mynd dros yr afon ar ôl cinio, a mynd â'n te efo ni,' (meddai Lora). 'Mi awn ni i gyd. Rŵan Margiad a Rhys, dowch i'n helpu i efo cinio, Derith, dos di a Now Bach i'r ardd i chwarae. 'D wn i ddim be sydd yma iti wneud, Guto.'

'Mi garia i'r bara menyn ar y bwrdd.'

'I'r dim. Mi gaiff Rhys a Margiad olchi'r letys a mi dorra inna frechdan.'

Yr oedd pawb reit ddistaw o gwmpas y bwrdd cinio, neb wedi gallu dechrau sgwrs, heb sŵn ond sŵn y cyllyll a'r ffyrc.

'Fyddwch chi fel hyn yn yr ysgol?' meddai Lora.

'Na fyddwn,' meddai pawb.

Ond nid oedd hynny yn ddigon i gychwyn sgwrs. Ar hynny, dyma Now Bach, a deimlai, mae'n amlwg, nad oedd yn beth naturiol bod yn ddistaw lle'r oedd llawer o blant, yn dweud,

'Mi ddaru mam ddeud wrthon ni am gofio ar boen ein bywyd beidio â sôn am Yncl Iolo.'

Chwarddodd pawb ac eithrio Rhys a Lora yn fwy na neb.

'Dyna pam 'r oeddat ti mor ddistaw, Now?'

'Ia, 'r oedd arna i ofn deud dim, rhag ofn imi sôn.'

Chwarddodd Lora. 'O diar, mi'r wyt ti'n hogyn digri, Now,' meddai, 'mi ei drwy'r byd yma dan roi dy draed ynddi o hyd, ond hitia befo.'

Ond ni welodd Now Bach ei fod wedi rhoi ei droed ynddi o gwbl. Bu'r sylw yn ddigon, modd bynnag, i gychwyn sgwrs.

Pan oeddynt bron â gorffen cinio, daeth Esta i mewn drwy'r cefn. Cafodd syndod o weled yr holl blant, ac ni ddywedodd ddim wrthynt. Meddai'n drwsgl,

'Wedi dŵad yma i ofyn yr oeddwn i gaiff Derith ddŵad efo mi am dro i Fangor y pnawn yma?'

'O ga i, mami?'

---

dos di (G.C.): cer di, (mynd)
i'r dim: *splendid*
mi ddaru (G.C.): fe wnaeth
ar boen ein bywyd: *on pain of death*
ac eithrio: *with the exception of*
digri: doniol
hitia befo (G.C.): paid â gofidio, *never mind*
modd bynnag: *however*
yn drwsgl: *clumsily*

'Na chei, Derith,' ac wrth Esta, 'mi'r oeddan ni wedi trefnu ein tri i fynd am dro tros yr afon y pnawn yma, a mynd â'n te efo ni. Mi ddoth plant fy chwaer i lawr, a rŵan mi'r ydan ni am fynd i gyd efo'n gilydd, rhag inni aros yn y tŷ trwy'r pnawn.'

'O wel,' meddai Esta, 'chi ŵyr.'

'Ia, fasa fo ddim yn iawn i Derith dorri oddi wrthon ni.'

Aeth Derith i weiddi crio, ac edrychodd Rhys fel petai ar fin codi i'w tharo.

'Dyna fo, Rhys. Gad iddi. Mi ddaw ati 'i hun. Chaiff hi mo'r ffordd 'i hun am bob dim.'

Daliodd Esta yno fel petai'n disgwyl i'r fam ildio.

Ond ni wnaeth, ac yr oedd distawrwydd poenus dros y gegin, a phlant Bryn Terfyn yn edrych fel petaent yn hoffi cael mynd i ymguddio i rywle.

''R ydw i'n treio cadw'r teulu'n gyfan, hynny sydd ar ôl ohono fo, a mae'n rhaid i Derith ddysgu na chaiff-hi ddim pob ffafriaeth.'

'O wel, mi a' i ynta.'

'Liciach chi ddŵad efo ni, Esta?'

Aeth gwep Rhys yn dduach.

'Na, ddim diolch,' o ben draw ei cheg.

Wedi i Esta fynd gorweddai rhyw anghysur dros bawb, fel petaent yn gwybod fod rhywbeth o'i le, ond heb wybod beth ydoedd. Ceisiodd Lora hel y cysur yn ôl, a cheisio ymddangos yn llawen. Aeth ati i olchi llestri, a gwneud y te yn barod i fynd allan. Gwyddai fod Margiad yn diswyl am gael mynd i'r llofft. Dringasant i'r atig.

'Yn fan yma'r ydach chi'n cysgu rŵan, Anti Lora?'

'Ia. Mae yma le braf.'

''R un fath â tŷ ni yntê?'

'Ia.'

Chwiliodd Lora yn y drôr am y botel sent.

'Dyma hi yli.'

---

chi ŵyr: *you know* [*best*] (gwybod)
ar fin: *on the verge of*
ffafriaeth: *favouritism*
gwep: wyneb
hel: casglu, crynhoi
gwyddai: roedd hi'n gwybod

'O, neis. Bedi o?' gofynnodd Margiad fel petai hi'n awdurdod ar bersawrion.

'Jasmine ydi o. Darllen o. J-a-s-m-i-n-e yn Saesneg.'

'Hwn ydach chi yn 'i licio ora, Anti Lora?'

'Ia, y fo fyddai Iolo yn 'i roi imi bob amser. Y fo roth hwnna i mi y Nadolig dwaetha.'

'O biti i chi roi hwn imi. Oes gynnoch chi ddim rhywbeth arall?'

'Na, mae'n well gen i iti gymryd hwnna.'

'Ydach chi'n siŵr?'

'Yn berffaith siŵr.'

'Mi gofia i rŵan pa sent ydach chi yn 'i licio. Mi bryna i botel i chi efo 'nghyflog cynta.'

'Bendith arnat ti,' meddai Lora, a gafael yn yr eneth, ei gwasgu a'i chusanu.

'Fydd arnoch chi hiraeth ar ôl Yncl Iolo, Anti Lora?'

'Ddim cimint â thasa fo wedi marw. Ond y mae o'n fwy o boen.'

Ni chymerodd Margiad lawer o sylw wedyn, dim ond chwilota drwy'r trincedi o un i un pan oedd ei modryb yn newid ei ffrog, eu hedmygu, a gofyn o un i un, 'Bedi hwn? Bedi hwn?'

'Liciet ti fynd i molchi i'r bathrwm?' meddai Lora.

'O ga i?' Dyna'r union gwestiwn yr oedd Margiad yn disgwyl amdano.

'Mae yna lian glân ar ochr y bàth.'

Yr oedd cael mynd i ystafell ymolchi mewn tŷ mewn tref fel cael mynd i'r nefoedd i'r eneth o'r wlad. Ar hynny daeth Derith i mewn, yn edrych yn druenus.

'Dos efo Margiad i'r bathrwm, mi wnaiff hi olchi dy wyneb di.'

Aeth hithau yn llaw Margiad, ond yn ddigon penisel a difywyd.

---

bedi o?: h.y. beth ydy o?
awdurdod: *authority*
persawrion: *perfumes*
rhoth: rhoddodd, (rhoddi/rhoi)
bendith arnat ti: *bless you*
gwasgu: *to squeeze*
chwilota: *to rummage*
trincedi: *trinkets*
union: *exact*
llian: (G.C.): h.y. lliain, *cloth, towel*
penisel: *downcast*

Nid oedd 'Dros yr afon' yn lle delfrydol i blant chwarae ynddo. Gormod o gerrig a rhy ychydig o dywod. Ond caent drochi eu traed, er na chaent redeg llawer hyd y tywod. Rhoes Lora hen gôt ar y cerrig a gorweddodd arni, 'r oedd yn braf clywed yr haul ar ei choesau, a'r awel yn dyfod at ei phen. Trwy gil ei llygaid gallai weld y plant yn cerdded yn y dŵr, a lliwiau eu dillad yn croesi ei gilydd. Medrodd alltudio pob dim o'i meddwl, a bod yn ymwybodol o ddim, ond ei bod hi yno yn gorfforol yn unig, yn gorffwys mewn tawelwch, a dim ond digon o sŵn i'w suo i gysgu.

Deffrodd yn sŵn sisial, a rhywun yn dweud yn ddistaw,

'Piti ei deffro, y gryduras.'

Agorodd ei llygaid. Yr oedd y plant yno i gyd, a llais Margiad oedd 'y gryduras'.

'Gawsoch chi gysgu, mam?' gofynnodd Rhys.

'Fel top. Rŵan am y basgedi yna, 'r ydw i yn teimlo fel y gog, ac mae arna i eisio bwyd.'

'A finna,' meddai pawb, a Derith cyn hapused â'r un ohonynt. Tynnwyd y danteithion allan.

'O,' meddai'r plant i gyd.

'Pwy fasa'n meddwl y basa bwyd yn brin,' meddai Guto.

'Wel diolch i dy fam am y menyn a'r wyau yna, 'r ydw i wedi rhoi tipyn o fenyn siop efo'r margarîn yn y brechdanau yna, a rhoi wyau rhyngddynt. Mae yna sardines, a marmite ac wy yn y rheina, wy a chiwcymber yn y rheina, a banana a raisins a chnau yn y lleill.'

'Wel sbïwch ar y teisis yma,' meddai Now Bach.

''U bwyta nhw sydd eisio.'

A'u bwyta a wnaed, gan glirio pob dim.

'Dyna'r te parti gorau ges i 'rioed,' meddai Guto.

---

delfrydol: *ideal*
caent: bydden nhw'n cael
trochi: *to submerge*
cil: *corner*
alltudio: *to exile*
suo: *to lull*
sisial: sibrwd, *to whisper*
y gryduras: h.y. y greadures, *the creature, (fem.),* h.y. *poor thing*
cog: *cuckoo*
cyn hapused â: mor hapus â
danteithion: *delicacies*
sbïwch (G.C.): edrychwch
teisis: cacennau
a wnaed: a wnaethpwyd, (gwneud)

'Llawer gwell nag un Ysgol Sul,' meddai Margiad, 'dim ofn colli te hyd y llian na dim.'

'Oeddach chi yn'i licio fo, Anti Lora?' gofynnodd Now Bach.

'Yn ofnadwy. Mi'r ydw i'n teimlo y medrwn i redeg ras rŵan.'

'Mi wnawn ni ynta,' meddai Rhys.

Rhedodd y chwech, a gadael i Now Bach a Derith ennill.

* * *

Yr oedd y tŷ yn ddistaw unwaith eto. Pawb wedi mynd. Derith yn ei gwely a Rhys yn cychwyn. Lora yn dechrau hwylio swper i Miss Owen. Ar hynny dyna Mr. Jones y gweinidog yn galw. Bu'n gogor-droi o gwmpas cyn dyfod at bwrpas ei ymweliad, ac yr oedd yn ddigon amlwg oddi wrth ei ymddygiad nad wedi galw i ofyn sut yr oedd ei hiechyd yr oedd. Daliai i syllu ar ryw un sbotyn ar y bwrdd o hyd, yn lle edrych arni hi. Yr oedd yn amwlg fod ganddo rywbeth nas hoffai i'w drosglwyddo.

'Mrs. Ffennig,' meddai, 'mae'n reit gas gen i ddweud yr hyn sydd gen i i'w ddweud,'—rhywbeth ynghylch Iolo ydy, meddai hi wrthi ei hun,—'ond yr oeddwn i'n meddwl ei bod hi'n ddyletswydd arna i ddŵad yma i ddweud wrthoch chi, fod pobl yn siarad am fod Mr. Meurig yn dŵad yma mor amal.'

'Dŵad yma yn amal?'

'Felly mae pobl yn siarad. Ella nad ydych chi ddim yn gwybod hynny?'

'Mae gan Mr. Meurig berffaith hawl i ddŵad yma on'd oes?'

'O, perffaith hawl. Ond mi wyddoch chi cystal â minnau, unwaith y bydd pobl wedi dechrau siarad, y bydd pob math o gelwyddau yn cael eu taenu amdanoch chi.'

'Wnes i ddim meddwl am hynny.'

'Mi fyddai hynny yn biti am ddynes yr un fath â chi.'

'Dim gwahaniaeth gan mai'r gwir ydi'r gwir.'

'Nac ydi wrth gwrs, ond wyddoch chi, unwaith y bydd celwydd wedi 'i ddweud, er iddo fo gael ei brofi'n gelwydd

---

gogor-droi: *to dither*
ymddygiad: *behaviour*
nas hoffai: nad oedd e'n ei hoffi
trosglwyddo: *to hand over*
mi wyddoch chi: rydych chi'n gwybod
celwyddau: *lies*
taenu: *to spread*

wedyn, mae yna ryw frwsiad ohono fo yn cael ei adael ar ôl, dest ddigon i guddio'r gwir o'r golwg, a thrwy hynny y bydd pobl yn eich gweld chi wedyn.'

'Wel ia, mewn byd fel yna mae'n rhaid i ddyn fyw, gwaetha'r modd.'

'A mewn rhyw achos o natur wahanol, fuasai o ddim yn gwneud gwahaniaeth o gwbl, (ond) dwedwch chi eich bod chi'n meddwl cael ysgariad rhyw dro, am i'ch gŵr eich gadael chi. Mi fasa'n gwanio eich achos chi petai'r ochr arall yn medru codi rhyw hen straeon amdanoch chi i'r gwynt, er iddyn nhw fod yn gelwyddau noeth.'

'Ond yn siŵr, Iolo sydd wedi fy ngadael i, a fedar neb fy nghyhuddo fi o hel dynion.'

'Na fedr, ond mi wyddoch chi beth ydi twrneiod, twrnai'r ochr arall ydw i'n meddwl. Mi wnânt achos mawr i fyny yn eich erbyn chi, efo dim ond straeon pobl.'

'Ond y gwir a saif.'

'Nid bob amser, hyd yn oed mewn llys barn. A ydi Miss Ffennig yn dŵad yma rŵan?'

'Ydi, ond nid mor aml ag y byddai hi.'

'Ydi hi wedi digwydd dŵad yma a Mr. Meurig yma?'

'Do, unwaith.'

'Cymerwch awgrym yn garedig, Mrs. Ffennig, a maddeuwch imi am fusnesu, ond weithiau mae'r bobl sydd y tu allan yn gweld mwy na'r bobl sydd y tu mewn.'

'Ydi,' meddai hithau yn dawel ac yn drist, 'ond ga inna ddweud beth mae'r un tu fewn yn 'i feddwl?'

'Mrs. Ffennig bach, agorwch eich calon.'

'Ella na hoffwch chi ddim clywed y gwir plaen.'

'Mae'n well iddo fo fod allan.'

'Mae agos i dri mis rŵan er pan mae Iolo wedi mynd i ffwrdd, a 'd oes neb wedi malio beth sydd yn dŵad ohono i a'r plant ond Mr. Meurig a'r ddwy ferch ifanc sy'n aros yma.'

---

brwsiad: *remains, slur*
dest ddigon: *just enough*
gwaetha'r modd: *worse luck*
gwanio: gwanhau, *to weaken*
codi . . . i'r gwynt: *raise, bring to the fore*
celwyddau noeth: *bare faced lies*
cyhuddo: *to accuse*
hel dynion: *to chase men*
y gwir a saif: *the truth will stand,* (sefyll)
malio: *to care, to heed*

'Wel mi'r oedd yn naturiol i Mr. Meurig ddŵad yma ar y cychwyn, a'ch gŵr chi'n gweithio iddo fo, ac yn ôl pob cownt yn glarc da iddo fo.'

'Mae *o* wedi bod yn fwy na mistar da, Mr. Jones, a mi allasai pobol eraill fod wedi dangos eu cydymdeimlad efo mi, pobol y capel er enghraifft, drwy ddŵad yma i ofyn sut yr ydw i. Mi ddaeth digon yn yr wythnos gyntaf, nid o gydymdeimlad, ond o chwilfrydedd.'

'D oedd eich profedigaeth chi ddim yn hollol yr un fath â phetai Mr. Ffennig wedi marw yn sydyn.'

'Mae pobol yr un fath efo hynny hefyd, Mr. Jones, anghofio mae pawb. Ond mae Mr. Meurig, Miss Lloyd a Miss Owen yn dŵad i mewn i'r gegin ambell noson i gael gêm o gardiau a dyna'r cwbl. Petai o o ryw wahaniaeth, fydd Mr. Meurig byth yn fy nghael i ar fy mhen fy hun.'

'Ie, ond mae'n ddigon bod rhywun yn 'i weld o'n dŵad trwy'r drws, mae'n debyg.'

'Ddigon posib. A mi ddoth fy chwaer-yng-nghyfraith yma ryw noson pan oeddan ni i gyd yn chwerthin am ben rhyw stori ddigri ddwedodd Mr. Meurig. Mae'n debyg 'i bod hi'n meddwl mod i yn mwynhau fy hun yn braf.'

'Wel maddeuwch i mi, Mrs. Ffennig, os ydw i wedi rhoi poen i chi.'

'Diolch i chi, Mr. Jones, am geisio fy helpu i, a mi *fydd* yn help i mi gael gwybod y pethau yna. Yr ydw i yng nghanol fy helynt rŵan, a mae'n siŵr bod pobol y tu allan yn meddwl mod i wedi anghofio pob dim yn barod. Ymhen blynyddoedd y bydda i yn anghofio, os gwna i.'

Dywedodd hyn gyda'r fath ddigalondid yn ei llais, fel na allodd y gweinidog ddweud ei neges arall. Daethai yno yn bennaf i ddweud y byddent yn torri Iolo Ffennig allan o'r seiat y nos Fawrth ddilynol. Ond ni allai ddweud hynny wrth ei wraig wedi clywed ei hymresymiad. Yr oedd am siarad â'i flaenoriaid nos drannoeth a cheisio cael ganddynt roi'r bwriad heibio.

---

yn ôl pob cownt: *by all accounts*
chwilfrydedd: *curiosity*
profedigaeth: gofid, *tribulation*
helynt: trafferth, trwbl
daethai: roedd e wedi dod
seiat: cymdeithas grefyddol
ymresymiad: *reasoning*
blaenoriaid: *chapel elders*
nos drannoeth: y noson wedyn
rhoi'r bwriad heibio: *cancel the decision*

Daeth Loti Owen i'r tŷ cyn iddo ymadael, a'i swper heb fod yn barod, ond nid oedd arni eisiau dim ond cwpanaid o de a brechdan, meddai. Cymerodd hi yn y gegin efo Mrs. Ffennig (a) bu'r ddwy yn hir yn sgwrsio.

Yr wyf yn teimlo—ni allaf ddweud sut yr wyf yn teimlo—heblaw y gwn mai da ydyw y medraf fwrw'r hyn sydd ar fy meddwl ar bapur. Mae'n amhosibl ei fwrw ar bobl beth bynnag. Mae fy mhoen yn mynd yn fwy yn lle yn llai. Mae un peth yn sicr, mae rhyw bwerau yn gweithio y tu ôl imi yn ddiarwybod imi. Ar un wedd, busnesu yr oedd Mr. Jones y gweinidog wrth ddŵad yma heno, ond mi glywais rywbeth yn ei lais a oedd yn swnio'n wahanol i'r busneswyr arferol. Mae wedi awgrymu pethau na feddyliaswn amdanynt cynt. Ai o gydymdeimlad y daw Mr. Meurig yma? Ynteu a oes ganddo fwriad arall? Yr oedd yn dda i mi fod Loti Owen wedi dŵad i mewn pan ddaeth. Nid oedd wedi synnu pan glywodd am neges Mr. Jones. Ymddangosai fel petai ganddi rywbeth ar ei meddwl, ond na hoffai ei ddweud, ond cytunai fod bwriad Mr. Jones yn un cywir iawn a bod yn well imi wybod.

Ond a ydyw'n well imi wybod na bod heb wybod? Mor braf oedd hi ar lan y môr ychydig oriau ynghynt efo'r plant, mor braf oedd y teimlad anifeilaidd hwnnw o gael ymollwng a chael gwared o feddyliau, a rhoi ei gorff yn ddiymadferth i gwsg. Yr oedd yn braf cael gwared o'r plant y munud hwnnw hefyd er mor annwyl oeddynt. Maent hwy heb wybod dim bron hyd yma, ond eu pleserau o ddydd i ddydd, ac yn gallu anghofio eu siom yn sydyn. Eu hanwybod yn peri iddynt roi eu troed ynddi. Peth mor naturiol yw hynny i'r rhai na throediodd y ffordd hon o'r blaen. Mae Rhys a Margiad yn rhyw hanner sylweddoli fy mod i mewn poen. Mi roes hi ei throed ynddi yn y llofft wrth geisio bod yn garedig, ac am wn i mai wrth geisio bod yn garedig, y mae pobl yn rhoi eu traed ynddi. Yr oedd cael y botel sent yn beth mawr iddi hi, nid oedd ei chael y Nadolig gan Iolo yn beth mawr i mi. Yr oedd yr anrheg gyntaf a gefais ganddo erioed yn beth mawr iawn. Nid oedd ei rhoi i Margiad heddiw yn golygu dim imi, fe'i rhoddais iddi mor ddifeddwl ag y prynodd Iolo hi i mi reit siŵr. Mae'n siŵr fod Mrs. Amred wedi cael rhywbeth llawer drutach ganddo—dyna fi'n dangos cenfigen rŵan. Fe gafodd Margiad drysor, ac mor falch oedd hi o

---

pwerau: *powers*
diarwybod: *unknown*
ar un wedd: *on the one hand*
na feddyliaswn: nad oeddwn i wedi meddwl
ai o . . .?: *is it from . . .?*
ynteu: neu
ymollwng: *to let oneself go*
yn ddiymadferth: *helplessly*
anwybod: *ignorance*
peri: *to cause*
na throediodd: *who haven't tread* (troedio)
mi roes hi: fe roiodd hi, (rhoi)
trysor: *treasure*

gael bachio fy nhrincedi a chael mynd i'r bathrwm—cael y pethau nad ydynt ganddi.

Bûm yn meddwl wrth olchi llestri heno ac yn ceisio cofio pa mor hael y bu Iolo yn ei anrhegion i mi, ac ni allwn gofio am fawr iawn. A ydyw'n bosibl fy mod i wrth roi wedi llwyddo i'm darbwyllo fy hun ein bod yn rhoi i'n gilydd. Mae'r gorffennol yn goleuo imi rŵan, ac yr wyf yn gweld pam y bu ein bywyd yn ymddangosiadol hapus. Rhaid i gariad fod i gyd ar un ochr cyn y bydd priodas yn hapus, meddai rhyw nofelydd enwog. Efallai mai dyn wedi suro oedd o. Mae cen ar lygaid pobl wedi suro hefyd, fel ar lygaid pobl ddall. Ffyliaid sydd yn dal i roi heb dderbyn mae'n debyg, ac nid yw ffyliaid byth yn dysgu oddi wrth ei gilydd. Ysgwn i prun fydd y ffŵl yn achos Mrs. Amred? Ai fel hyn y bydd hi? Amau mwy a mwy, a mynd ymhellach fel efo miniawyd? Bûm yn meddwl y dylwn roi cloeau newydd ar y drysau—beth petai Iolo yn dyfod yn ôl tra fyddaf i ffwrdd?

---

bachio (G.C.): *to handle, to meddle with*
darbwyllo: *to convince*
yn ymddangosiadol: *seemingly*
cen: *scales, film*
ffyliaid: *fools*
miniawyd: nodwydd, *needle*
cloeau: *locks*

PENNOD XI

Yr oedd Lora wrthi yn twtio'r tŷ ar fore Sadwrn ac yn paratoi dillad y plant i gychwyn ar eu gwyliau i Fryn Terfyn. Yr oedd Loti Owen wedi cychwyn ar ei gwyliau y bore hwnnw, a theimlai'r tŷ yn wacach nag y gwnaethai er y gwanwyn. Am bedwar o'r gloch yr oedd popeth yn barod ganddi, a dechreuodd hwylio te. Fe wyddai y byddai allan o'r byd bron ym Mryn Terfyn. Câi wisgo beth a fynnai a mwynhau awelon y comin. Y peth mwyaf yno oedd cael byw ar wahân heb gymdogion, na neb i fusnesa pwy a ddeuai i'r tŷ.

Byddai wythnos o fyw felly fel dyfod allan o garchar, a gobeithiai y gallai anghofio llyffetheiriau'r carchar hefyd, y meddyliau a oedd wedi ymgordeddu am ddigwyddiadau'r tri mis diwethaf. Rhoesai ei dyddlyfr yn ei bag, ond ni thybiai y byddai arni ei eisiau o gwbl. Yng nghanol y tawelwch hwn, daeth sŵn cloch y ffrynt, a gwyddai ei bod yn edrych yn flin wrth agor y drws i Mr. Meurig.

'Wedi dŵad yma i ofyn yr ydw i, a ga'i redeg efo chi yn y car i dŷ'ch chwaer?'

'Well gen i beidio.'

'Wel pam?'

'Wna fo ddim ond rhoi gwaith siarad i bobl.'

'Gwrandewch. Mi fyddwch yn nhŷ'ch chwaer ymhen chwarter awr, heb orfod llusgo'r bagiau yma na rhoi'r plant ar y bws, ac mi'r ydach chi am adael i ragfarn pobol naca hynny o gysur i chi.'

'Os gwelwch yn dda, wnewch chi roi hynny o gysur meddwl imi wrth beidio â dŵad? 'R ydw i'n ddiolchgar iawn i chi am eich cynnig.'

---

twtio: tacluso
yn wacach: yn fwy gwag
nag y gwnaethai: nag yr oedd wedi'i wneud
fe wyddai: roedd hi'n gwybod
câi: byddai hi'n cael
beth a fynnai: *what she wished,* (mynnu)
comin: *common*
a ddeuai: a oedd yn dod
llyffetheiriau: *shackles, fetters*
ymgordeddu: *to entwine*
rhoesai: roedd hi wedi rhoi
llusgo: *to drag*
rhagfarn: *predjudice*
naca: h.y. nacáu, gwrthod, *to deprive*

'Ydach chi'n poeni cymaint â hynny ynghylch beth ddyfyd pobol?'

'Ydw rŵan.'

Daeth y plant i'r tŷ.

'Arhoswch i gael te efo ni, Mr. Meurig. 'D oes gynnon ni ddim ond brechdanau a letys ar ôl clirio'r pantri.'

Talodd yntau yn ôl iddi yn chwareus.

'Oes arnoch chi eisiau imi aros? Beth ddyfyd pobol?'

'Gan ych bod chi yn y tŷ, waeth i chi aros ddim. 'D ydi hynny o amser fyddwch chi yma yn gwneud dim gwahaniaeth.'

'Wel diolch yn fawr. Mae hyn yn bleser heb 'i ddisgwyl.'

Hoffodd Lora ef y munud hwnnw, yr oedd yn llawer mwy unig na hi, ac yn llawer mwy digymorth yn y tŷ.

''D wn i ddim byd sut yr ydach chi'n medru gwneud bwyd mor dda ar adeg mor anodd, Mrs. Ffennig. Mae'r plant yma'n lwcus.'

'Chawn ni ddim bwyd fel hyn yr wsnos nesa,' meddai Rhys.

'Mi gei fwyd gwell, 'y ngwas i, digon o fenyn a llaeth enwyn ac wyau.'

Gwnaeth Rhys ystumiau ar ei wyneb.

'Fasa well gin i fynd i Landudno nag i'r wlad,' meddai Derith.

'Mae dy fam yn cael mynd i'r lle y mae hi'n licio am dro,' meddai Lora, ''r ydw i wedi diflasu ar y tai yma ar benna'i gilydd.'

'Ac ar drigolion y tai,' meddai (Mr. Meurig) yn bryfoclyd.

'Rhai ohonyn nhw. Fydd neb yn fy watsio i yn y fan honno.'

Wrth fynd allan drwy'r drws gofynnodd ef fel petai'r peth wedi ei daro yn hollol sydyn.

'Fuoch chi ddim yn meddwl, Mrs. Ffennig, cael clo newydd ar y drws ffrynt, gan eich bod yn mynd i ffwrdd?'

''R ydw i wedi cael rhai yn barod, ac ar y drws cefn hefyd.'

Wrth fwyta ei swper ym Mryn Terfyn teimlai Lora ei bod fil o flynyddoedd oddi wrth y te a fwytasai ychydig oriau cyn hynny

---

beth ddyfyd pobol: *what people say,* (dweud)
yn chwareus: *playfully*
waeth i chi: *you might as well*
llaeth enwyn: *buttermilk*
ystumiau: *grimaces*
ar benna'i gilydd: *on top of one another*
trigolion: *inhabitants*
yn bryfoclyd: *provocatively*

yn ei thŷ ei hun. Yr oedd bwyta swper yng nghegin Bryn Terfyn fel bwyta allan bron, gan fod awelon y mynydd yn cerdded trwyddi o ddrws y ffrynt i ddrws y cefn. Teimlai hi ei hun fel plentyn wedi dyfod adref i gael mwythau. Gallai ddweud i'r dim sut yr ymddygasai ei mam pe daethai adref yn awr yn yr helynt hwn, a hithau yn fyw. I'w mam yr oedd dioddef ei phlant yn ddioddef iddi hi, yn gorfforol bron. Ni allai ddisgwyl am ddim byd felly ym Mryn Terfyn erbyn hyn. Câi gydymdeimlad gan Owen fel gan bawb sy'n teimlo hyd i bwynt neilltuol, y pwynt hwnnw lle mae'r dioddefydd yn gorffen a hwy eu hunain yn dechrau. Am Jane, bron nad edrychai hi ar ryw helynt fel hyn fel pe bai'r sawl sy'n dioddef ar fai. Nid oedd ganddi amynedd efo rhyw bobl fel Iolo Ffennig, ac os oedd wedi dyfod â thrwbl i'w chwaer, ei bai hi oedd ei briodi. Ar wahân i Margiad a Rhys, ni theimlai'r plant ddim, ond fod rhywbeth wedi digwydd. Deallai Margiad rywfaint am fod ganddi ddychymyg. Deallai Rhys am fod ei berthynas â'i fam yn un a wnâi iddo deimlo fod unrhyw boen a ddeuai iddi hi yn boen iddo ef.

Meddyliais wedi dŵad yma na buasai arnaf angen hwn o gwbl. Meddyliais y gallwn anghofio pob dim, a mwynhau'r caeau, y comin, y bwyd, y gwynt, yr arogleuon a'r golygfeydd. Yn fwy na dim, y teimlad o fod yn dyfod at fy nheulu. Ond gwelaf nad oes gysylltiad yn unman. Yr wyf wedi fy nhorri i ffwrdd oddi wrth fy ngorffennol pell. Fy chwaer sydd yn fy hen gartref rŵan. Fe wn y byddant yn garedig wrthyf ymhob modd ond yr un a ddyheaf, cael rhywun i ddeall fy nheimlad. Dyna'r unig garedigrwydd a ofynnaf, a gofynnaf yr amhosibl. Arnaf fi y mae'r bai, yr wyf yn ddwl yn disgwyl i neb ddeall, ddim mwy nag y buaswn innau'n deall teimlad rhywun arall. Ni welaf ddim amdani, ond byw dau fywyd, cymryd arnaf wrth bobl fy mod yn dygymod, a bod yn onest yn unig gyda hwn. Gofynnaf ambell funud, am beth yr wyf yn poeni mewn gwirionedd. Am i Iolo garu rhywun arall? Nid wyf yn meddwl. Yr wyf yn berffaith sicr y blina ar y llall yn fuan. Tegan caled yw hi heb deimlad

---

mwythau: *indulgence, caresses*
i'r dim: *exactly*
yr ymddygasai: y byddai . . . yn ymddwyn, (*to behave*)
pe daethai: pe bai hi wedi dod
helynt: trafferth, trwbl
câi: byddai hi'n cael
neilltuol: arbennig, penodol
dioddefydd: *sufferer*
a wnâi iddo: a oedd yn gwneud iddo
a ddeuai: a oedd yn dod
arogleuon: *smells*
golygfeydd: *views*
cymryd ar: *to pretend*
dygymod: *to put up with, to come to terms with*

o gwbl, ac y mae rhyw gymaint o farddoniaeth yng nghyfansoddiad Iolo. Ond ni chlywais i erioed mo Mrs. Amred yn dweud dim i ddangos teimlad o unrhyw fath. Nid rhaid imi genfigennu wrthi.

Ond y boen y dof yn ôl ati o hyd ac o hyd ydyw, nad oedd Iolo yn deilwng o ymddiriedaeth ym mhethau cyffredin bywyd. Hawdd iawn yw i bobl golli eu pennau mewn cariad, a dyfod yn gall wedyn. Ond nid peth i'w daflu i ffwrdd fel yna yw ymddiriedaeth. 'Mae o wedi 'i thwyllo hi,' medd pobl yn aml pan fo mab wedi rhoi'r gorau i ferch ar ôl bod yn ei chanlyn. Ond nid twyllo yw oeri o'r teimladau, twyllo yw'r hyn a wnaeth Iolo â mi, mynd â'm harian prin, nid am fod arian yn bwysig, ond am eu bod yn sefyll dros ein hymddiriedaeth y naill yn y llall. A dyna'r peth na all pobl ei weld. Y weithred yna sy'n dangos nad oeddwn i'n cyfri dim. Ai hynyna ydyw ein poen fwyaf yn y byd yma? Meddwl nad ydym yn cyfri i bobl y buom yn cyfri ar un adeg? Neu, a ydwyf fi yn fy holi fy hun, am fy mod yng ngwaelod fy mod yn caru Iolo o hyd? A beth wyf i'w wneud ynglŷn â Mr. Meurig? Mae arnaf ofn fy mod yn dechrau ei hoffi. Yr oedd yn hynod o hoffus brynhawn heddiw. A ydwyf i'w gadw draw rhag ofn i bobl siarad a minnau'n hoffi ei gwmni? Gwae fi fy myw mewn cymdeithas mor gul. Mae Derith yn cysgu a'i breichiau ar led heb boen yn y byd. Fe fûm innau felly unwaith, a'r cof yn rhy fyr i edrych yn ôl. Marw yw llawer peth yr edrychaf yn ôl ato heddiw, heb ynddo ddim i'm cyffroi. Tybed a fydd anonestrwydd Iolo rywdro yn rhywbeth marw yn fy nghof?

---

cyfansoddiad: *constitution*
teilwng: *worthy*
ymddiriedaeth: *trust*
call: *wise*
rhoi'r gorau i: *to give up*
yn ei chanlyn (G.C.): *courting her*
gweithred: *action*
yng ngwaelod fy mod: *deep down*
yn hynod: *extremely*
gwae fi fy myw: *woe me living*
ar led: *wide apart*
cyffroi: cynhyrfu, *to agitate, to upset*

PENNOD XII

Yr oedd ar Lora eisiau myned i Dŷ Corniog i weled Dewyth Edward ar ei phen ei hun. Yr oedd y sgwrs ddiwethaf a gafodd ag ef ar ei ben ei hun yn un anffortunus iawn; yn ffrae, a rhoi iddi ei henw iawn. Ond lawer gwaith wedyn bu'n meddwl amdano ac am ei eiriau. Yr oedd rhywbeth yn sych a glân yn Dewyth Edward, o'i ddillad hyd i'w eiriau. Yr oedd arni eisiau ei adnabod yn helaethach. Fel pob cybydd nid hawdd ei adnabod am fod ei gybydd-dod yn ei gadw draw oddi wrth bobl. Yr oedd ymwneud â phobl yn golygu rhoi—a derbyn.

Nid hawdd oedd cael ymadael â neb ym Mryn Terfyn a cherdded ar hyd llethr y mynydd i Dŷ Corniog. Yr wythnosau diwethaf y sylwasai mor anodd oedd cael ymadael â phobl a chael bod ar ei phen ei hun. Dyna mae'n debyg, paham y dechreuasai roi ei meddyliau ar bapur. Cael siarad â hi ei hun yr oedd heb i neb fod yn gwrando arni. Ond yr oedd i hynny ei gyfyngdra. Byddai'n beth braf weithiau cael siarad â rhywun fel Dewyth Edward na wyddai ddim am yr amgylchiadau, na dim am gysylltiadau gŵr a gwraig. Tybiai'r lleill i gyd eu bod yn gwybod *peth* o'r amgylchiadau, a barnent a beirniadent yn ôl fel y gwelent hwy bethau drwy gil drws yr hyn a wyddent.

Dywedodd amser brecwast ddydd Llun yr hoffai fynd i weld Dewyth Edward ryw ddiwrnod.

'Mi ddo i efo chdi,' oedd gair cyntaf ei chwaer, ''r ydw i heb fod ers tro.'

'Fyddi di'n mynd yn amal?' gofynnodd Lora.

'Wel ddim yn amal iawn. Pam mae arnat ti eisio ei weld o rŵan?' Ni welodd Jane ergyd yr 'amal' yng nghwestiwn Lora.

---

anffortunus: *anffodus*
yn helaethach: yn fwy
cybydd: *miser*
cybydd-dod: *miserliness*
ymwneud â: *to deal with*
llethr: *slope*
ei gyfyngdra: *its limitations*
na wyddai ddim: nad oedd yn gwybod dim
barnent: roedden nhw'n barnu, *(to judge)*
drwy gil drws: *through a half open door*
ergyd: *a blow*

'Am fy mod i wedi dŵad mor agos ato fo. A mi faswn i'n licio tro ar hyd ochor y mynydd yna.'

'Mi'r oedd hi'n nes iti o'r dre, efo bws y Bwlch, mae hwnnw yn stopio bron wrth 'i dŷ fo.'

Cochodd Lora. Fe welodd hi ergyd Jane. Mae'n siŵr fod Jane yn meddwl ei bod ar ôl ei bres rŵan.

''D oedd gen i ddim amser i fynd i' weld o na neb arall. A siŵr gen i na fasa arno fo ddim eisio fy ngweld i'n amal.'

''R oedd gen ti fwy o amser na fi.'

'Oedd, mi'r oedd, ond peth gwirion ydi cerdded tai, pan fedar rhywun ddefnyddio'i amser i wella'i feddwl, trwy ddarllen llyfrau.'

'Fasa fo ddim wedi gwneud drwg iti roi tro o gwmpas dy hen deulu.'

'I ffraeo efo nhw. 'D oedd dda gan Dewyth Edward mo Iolo.'

'I be wyt ti am fynd i' weld o rŵan ynta?'

'Mae arna i eisio 'i nabod o'n well.'

''D oes dim llawer o waith nabod arno fo,' meddai Jane. 'Mae o'n gybydd a dyna fo.'

''D ydi o ddim mor gybyddlyd efo rhai pethau,' meddai Owen. 'Dyna fo wedi prynu'r tŷ yna sydd lawer rhy fawr iddo fo, a'i ddodrefnu fo'n dwt.'

'Mi faswn i'n licio mynd i' weld o, a dyna'r cwbwl,' meddai Lora. ''D wn i ddim pam na chaiff dyn wneud yr hyn mae o'n 'i hoffi weithiau, dim ond am 'i fod o'n 'i hoffi fo, heb orfod egluro o hyd pam mae o'n gwneud pob dim.

Cododd ac aeth allan (i'r cae).

''D wn i ddim beth ydi'r mater ar Lora. Mae hi mor bigog â draenog,' (meddai Jane).

'Synnu 'i bod hi cystal yr ydw i,' (atebodd) Owen, ''d wn i ddim sut y basan ni, tasan ni wedi mynd drwy'r un peth.'

'Mi ddyla fod wedi ymysgwyd allan ohono fo bellach.'

'Paid â siarad mor greulon. Tasa hi wedi medru gwneud hynny, mi fasa'n dangos nad oedd gynni hi fawr o feddwl o Iolo.'

---

yn nes: yn fwy agos
pres (G.C.): arian
i' weld: h.y i'w weld
gwirion: twp
cerdded tai: ymweld â thai pobl
cybyddlyd: *miserly*
dodrefnu: *to furnish*
mor bigog â draenog: *as prickly as a hedgehog*
ymysgwyd: *to shake oneself*

'Beth petai o wedi marw, mi fasa gynni hi fwy o le i gwyno wedyn?'

'Na fasa wir. Mi fasa'n gwybod lle basa fo, a mi fasa'n gwybod 'i theimlada tuag ato fo.'

'O wel,' oedd ateb Jane wrth glirio'r bwrdd.

Yn y cae, teimlai Lora, oni bai am y plant, fod yn edifar ganddi ddyfod. Ym mha le bynnag yr oedd pobol, yno yr oedd gwrthdaro beunydd. Rhyw hwyl ddiniwed a chytuno ar bob dim oedd ymweliad â Bryn Terfyn cyn hyn. Mynd adref a theimlo eu bod wedi eu mwynhau eu hunain. Yr oedd ymadawiad Iolo wedi gwneud i bob gair a leferid o'r ddeutu swnio fel carreg nadd ar lechen. Teimlai yr hoffai roi rhywbeth yn ei chlustiau rhag clywed.

Mynnu cael dyfod efo hi a wnaeth Jane, er gwaethaf pob hym i'r gwrthwyneb, a Lora yn teimlo fel plentyn na adewid iddo fynd ei hunan i unman. Tŷ moel oedd Tŷ Corniog, ar y mynydd, ac ar yr un math o dir â Bryn Terfyn, ond ei fod â'i dalcen i ffordd gul a ddôi yn sydyn i ffordd well yr âi'r bws o'r dref ar hyd-ddi. Nid oedd mor unig ychwaith, gan fod nifer o dai ar y ffordd arall lle rhedai'r bws. Yr oedd holl ryddid y mynydd o'i gwmpas, a'r olygfa o'i flaen yn ymledu i Sir Fôn.

Eisteddai Dewyth Edward wrth y tân yn y gegin. Yr oedd wedi synnu eu gweld, ac yr oedd Lora wedi synnu ei weld yntau mewn lle mor dwt a glân. Newydd olchi llestri cinio meddai, a buasai wedi gwneud crempog pe gwyddai eu bod yn dyfod.

'Mi wna i un i chi,' meddai Lora.

'Na chei wir, gan dy fod ti wedi dŵad, well gen i siarad efo

---

fod yn edifar ganddi: *that she regretted*
gwrthdaro: *to clash*
beunydd: bob dydd
diniwed: *innocent*
ymadawiad: *departure*
a leferid: *that was spoken,* (llefaru)
o'r ddeutu: o'r ddwy ochr
carreg nadd: *hewn stone*
llechen: *a slate*
rhag: *lest*
hym (G.C): awgrym, *hint*
i'r gwrthwyneb: *to the contrary*
na adewid: *who wasn't allowed,* (gadael)
tŷ moel: tŷ heb dir
a ddôi: a oedd yn dod
yr âi: yr oedd . . . yn mynd
ar hyd-ddi: *along it*
ychwaith: *either*
ymledu: *to spread*
pe gwyddai: pe bai e'n gwybod

chdi. Mi faswn i wedi bod i lawr acw i ddiolch iti am olchi fy nillad i, oni bai am yr hen gricymalau yma.'

'Ydi o'n ddrwg iawn?' gofynnodd Lora.

'Ambell bwl. 'D ydw i ddim yn medru golchi'r lloriau yn dda iawn rŵan. Mae yna ddynas o'r gwaelod yna yn dŵad i wneud hynny i mi ddwywaith yr wythnos.'

'Fedra i ddim golchi i chi hefyd?' gofynnodd Jane.

'Gad ti hynny i Lora a mi. Mae'n ods gen i pwy i olchi nillad isa fi.'

'Chlywis i am neb mor gysetlyd,' meddai Jane.

''D ydi cysêt ddim yn beth drwg i gyd,' meddai'r hen ddyn.

'Ga i fynd i weld ych llofftydd chi, Dewyth?' meddai Lora.

'Dos di â chroeso.'

Yno yr oedd pob dim fel pin mewn papur. Pedair llofft digon helaeth, ac ychydig ddodrefn ynddynt. Yr oedd Lora wedi dotio. Rhoes ei phig i mewn yn y ddau barlwr, a'r pantri. Popeth yr un fath yno.

'Mae gynnoch chi le rhyfedd,' (meddai Lora) wedi eistedd yn y gegin wedyn.

'Mae croeso iti ddŵad yma i fyw ata i,' meddai yntau.

'I be daw hi, a rhoi'r gorau i le da?' meddai Jane.

''D ydi o ddim o dy fusnes di, Jane,' meddai yntau, 'mi gâi fynd i'r ysgol yr un fath oddi yma, mae'r bws yn mynd o ben y lôn yna.'

Ni ddywedodd Lora ddim am ei bod yn cysidro. Ni ddaethai i'w meddwl fod gan ei hewythr le mor braf. Mwy na dim, fe hoffai'r moelni maith o'i gwmpas. Gardd heb lawer o ddim ynddi heblaw tatws a letys. Lein ddillad braf allan ar y mynydd, heb ddim coed ond rhyw un ddraenen yn yr ardd. Cofiai mai fel hyn y byddai gartref ers talwm ym Mryn Terfyn, eithr rŵan y

---

cricymalau (G.C.): *rheumatism*
pwl: *a bout*
lloriau: *floors*
mae'n ods gen i: *it matters to me*
nillad isa: h.y. fy nillad isaf: *underclothes*
cysetlyd: *fussy*
cysêt: *fuss, priggishness*
helaeth: mawr
dotio: *to dote*
rhoes ei phig: rhoiodd ei thrwyn, (rhoi)
mi gâi: fe fyddai hi'n cael
lôn (G.C.): ffordd, heol
cysidro: *to consider*
ni ddaethai: doedd e ddim wedi dod
moelni: *bareness*
maith: mawr
ers talwm (G.C.): yn yr hen amser
eithr: ond

sylweddolodd peth mor braf oedd y moelni yma, a'r ehangder llwm a rôi ddigon o awel i ddyn—mor wahanol i'r stryd fyglyd, straegar yn y dref. Nid oedd cynnig ei hewythr yn un mor ddwl yn ei meddwl erbyn hyn, ac yr oedd yn bosibl gwneud y tŷ yn ddelach nag oedd hyd yn oed.

'A mi gaet fod ar (dy) ben dy hun efo'r plant,' meddai Dewyth Edward, 'tŷ handi ydi'r tŷ yma, efo'r lobi yma yn mynd reit trwyddo fo. Mi gawn i'r gegin a'r parlwr sydd yr ochor yma, a mi gaet titha y pantri a'r parlwr sydd yr ochor acw, ac mi allan fwyta i gyd yn y gegin yma.'

'Wir, 'r ydach chi wedi planio pethau yn dda,' meddai Jane.

''D ydw i wedi planio dim,' meddai yntau yn groes, 'deud sut dŷ sy gen i 'r ydw i.'

'Wel ia,' meddai Lora, 'digwydd bod yn dŷ hwylus i ddau deulu fyw ynddo fo y mae o.'

'A mae croeso iti ddŵad yma efo'r plant i fyw, Lora,' (meddai'r hen ŵr).

'Diolch,' oedd yr unig beth a ddywedodd hithau.

'Mi fydd yn wirion iawn, os gadewith hi'r tŷ braf yna sy gynni hi yn y dre, mae gynni hi ddigon o ddŵr poeth a phob dim yn hwnnw.'

'Meindia dy fusnes, Jane,' meddai yntau, 'yr unig adeg y mae dŵr berwedig yn handi ydi diwrnod lladd mochyn, a 'd oes yna ddim o hynny rŵan.'

Cafodd Lora amser i feddwl dros y cynnig wrth groesi'r mynydd yn ôl gan fod Jane yn bur dawedog.

''D wn i ddim pwy fasa'n licio byw efo'r hen greadur,' oedd un o'i sylwadau.

'Wel mae un peth o'i blaid,' meddai Lora, 'd ydi o ddim yn un busneslyd.'

---

ehangder llwm: *bare expanse*
a rôi: a oedd yn rhoi
myglyd: *stuffy*
straegar: *gossipy*
delach (G.C.): pertach
mi gaet: fe fyddet ti'n cael
yn groes: *angrily*
hwylus: cyfleus
gwirion (G.C.): twp
yn bur dawedog: yn eithaf tawel
o'i blaid: *in his favour*

PENNOD XIII

Yr oedd yr wythnos yn dirwyn i'w therfyn. Buasai'n wythnos braf mewn llawer ystyr. Cafodd Lora ddigon o waith, digon o chwarae a digon o sgwrsio. Bu'n helpu Jane yn y tŷ ac Owen allan. Ar y bore Gwener aeth Lora a'r plant i gyd ar ôl brecwast i ochr y mynydd i hel gruglus. Buont wrthi yn hir ac yn ddyfal yn hel y ffrwythau mân, ond casglodd chwe phâr o ddwylo gryn dipyn cyn deg o'r gloch. Addawodd wneud teisen iddynt i de. Aeth i'r llofft wedyn i wneud y gwelyau, a chan fod gwynt ffafriol i farcud, addawodd fynd allan efo'r plant i'r caeau pellaf i chwarae. Pan ddaeth i'r buarth yr oedd Margiad a Rhys yno yn ei disgwyl. Ar hynny clywsant bib y postmon wrth y llidiart, a rhedodd hithau i gyfarfod ag ef, a chael mai llythyr iddi hi ydoedd. Cerddodd yn ôl yn araf gan ei ddarllen.

'Oddi wrth pwy mae o, mam?' gofynnodd Rhys.

'Oddi wrth Mr. Meurig,' meddai hithau yn hollol ddifeddwl.

Yr oedd ei chwaer ar riniog y drws yn ei chlywed yn dweud hyn, wedi rhedeg yno ar ôl clywed y bib.

'I beth mae ar Mr. Meurig eisio sgwennu i ti?' gofynnodd.

Cochodd Lora.

'Dim byd neilltuol.'

'Oes gynno fo ryw newydd am Iolo?'

'Nac oes. Pam?'

'Meddwl yr oeddwn i mai fo fasa'n cael y newydd gynta, gan mai fo oedd 'i fistar o.'

'Na, petasa yna newydd o gwbl, 'i fam o a'i chwaer o fasa'n clywed gynta.'

'Ydi o'n wir bod Mr. Meurig acw o hyd—yn dy dŷ di?'

---

yn dirwyn i'w therfyn: *coming to an end*
buasai: roedd wedi bod
i hel gruglus: *to collect juniper berries*
yn ddyfal: *busily*
mân: bach
addawodd: *she promised,* (addo)
a chan fod: *and seeing that*
barcud: *kite*
buarth: *farmyard*
pib: *whistle*
llidiart (G.C.): gât
ar riniog y drws: *on the doorstep*
neilltuol: arbennig, penodol
mistar: *boss*

'Mae gynno fo dŷ 'i hun.'

'Mi wyddost yn iawn beth ydw i'n feddwl. Mae sôn 'i fod o'n byw a bod acw.'

'Os ydi taro i mewn ambell gyda'r nos yn fyw a bod, mi mae o.'

'Mi wyddost beth mae hynny yn 'i feddwl.'

'Na wn i, ddim ond 'i fod o wedi dangos mwy o gydymdeimlad na llawer o bobl.'

'Cydymdeimlad wir! Mae o'n ŵr gweddw, a mae arno fo eisio gwraig.'

'Fedar o mo mhriodi i, yn na fedar?'

'Mi fedar baratoi'r ffordd ar gyfar hynny.'

'Pan oeddat ti acw mi'r oeddat ti'n meddwl 'i fod o'n beth doeth i mi fynd i gadw tŷ iddo fo.'

''R oedd hynny'n wahanol.'

''R ydw i'n gweld. 'R oeddat ti'n meddwl y basa hi'n saffach i bobol beidio â charu wrth fyw dan yr un to nag wrth i ddyn ddŵad acw ambell noson at dair o ferched.'

'Siŵr gen i mai nid i weld y ddwy arall y mae o'n dŵad. 'R oedd gynno fo bob siawns i weld y ddwy honno cynt.'

Yr oedd Rhys wedi symud tipyn yn ei flaen cyn dechrau'r sgwrs yma, a phan welodd ei fam yn ei ddilyn i'r cae, rhedodd yn ei ôl i gyfarfod â hi. Gwyddai oddi wrth wyneb gwridog ei fam nad oedd pethau'n iawn.

'Be sy, mam?'

'Anti Jane sydd wedi bod yn gas.'

'Am Mr. Meurig?'

'Ia.'

Stopiodd yn y fan yna wrth gofio cynnwys y llythyr. Mae'n wir nad oedd ond nodyn, yn dweud fod y stryd yn wag hebddi, a'i fod yn dyheu am ei gweld yn dyfod yn ôl. Ond yr oedd yn ddigon iddi weld beth oedd ei feddwl. Ni allai hithau deimlo'n gas tuag ato am ddweud hynny.

---

mi wyddost: rwyt ti'n gwybod
gŵr gweddw: gŵr wedi colli ei wraig
byw a bod: *lives and breathes*, h.y. *is always*
doeth: *wise*
yr un to: *the same roof*
yn ei flaen: *ahead*
gwyddai: roedd e'n gwybod
gwridog: *flushed*
cynnwys: *contents*

'Rŵan, Rhys, wnei di aros yn y fan yma, a pheidio â dŵad ar f'ôl i. Dŵad wrthyn nhw mod i wedi mynd i'r pentra.'

'I be, mam?'

'Dim ods. Am fynd i weld Dewyth Edward yr ydw i, ond 'd oes dim eisio i neb ond chdi a fi wybod hynny.'

Aeth (Lora) drwy'r buarth i lwybr y mynydd a throi i lawr i gyfeiriad y pentref. Wedi cyrraedd y ffordd troes yn ôl i'r mynydd gan ddilyn llwybr defaid i gyfeiriad arall nes dyfod at y llwybr lletach a arweiniai at dŷ ei hewythr. Poenai ei bod wedi dechrau dweud dim wrth Rhys.

Yr oedd Jane yn ei thymer wedi bwrw ei chwynion am ei chwaer wrth Owen. Ond ni fargeiniodd y buasai ei gŵr yn troi arni. I Jane, nid oedd ond un safbwynt, sef safbwynt crefyddwyr y bedwaredd ganrif ar bymtheg. Mi startiodd drwyddi pan ddywedodd Owen,

''R wyt ti wedi bod yn frwnt iawn wrthi hi.'

'Sut felly?'

'Wyt ti'n cysidro beth mae hi'n ddiodda?'

''D ydi hi ddim yn edrach fel petai hi'n diodda dim.'

'Nac ydi. Rhaid iddi ddal gwyneb er mwyn y plant, a mae o'n costio reit ddrud iddi.'

'Sut y gwyddost ti?'

'O, 'd oes dim rhaid i neb ddweud 'u cyfrinachau wrtha i i wybod hynny. Ond mi ddangosodd ddigon y noson y soniodd hi am yr arian wedi mynd. Rhaid iti gofio bod Lora yn ddynes onest iawn.'

'Nid y hi sydd wedi mynd â'r arian.'

'Naci, ond treia roi dy hun yn 'i lle hi. Dynes fel y hi yn cael 'i thwyllo gan 'i gŵr. Cofia 'i fod o'n dad i'w phlant hi. Beth bynnag ddigwydd iddo fo rŵan, mi fydd hyn fel blotyn du rhyngddi a'r hyn fuo.'

---

dwad wrthyn nhw (G.C.): *tell them,* (dweud)
buarth: *farmyard*
troes: troiodd, (troi)
yn lletach: yn fwy llydan
a arweiniai: a oedd yn arwain, *(to lead)*
bwrw ei chwynion: *to unburden her complaints*
safbwynt: *point of view*
mi startiodd drwyddi: *she was shocked*
ä'r hyn fuo: *and that which was*

'Beth bynnag am 'i phoen hi, mi ddyla beidio â rhoi gwaith siarad i bobol.'

'Ar y bobol sy'n siarad y mae'r bai ac nid arni hi.'

'Mi alla i rwystro fo rhag dŵad yno.'

'Mae'n debyg na tharodd o 'rioed i'w meddwl hi 'i fod o'n dŵad yno i ddim ond i gael sgwrs.'

'O wel, dyna fo—mi gafodd agor 'i llygad y bore yma, beth bynnag.'

'Do, mewn ffordd frwnt iawn.'

Dyna'r tro cyntaf erioed i Owen ddweud gair cyn gased wrth ei wraig.

Pan gyrhaeddodd Lora Dŷ Corniog yr oedd ei hewythr yn codi taten ar flaen fforc o'r sosban i edrych a oeddynt yn barod.

'Be yn y byd mawr sy'n bod?'

''R ydw i wedi dŵad yma i ddweud ella y bydda i'n dŵad yma i fyw atoch chi yn gynt nag yr oeddwn i'n meddwl.'

'Gora po gynta. Be sy wedi gwneud iti benderfynu?'

'Jane fy chwaer.'

'Eistedd a chym bwyll i ddeud dy stori.'

'Mi ddigwyddis gael llythyr y bore yma oddi wrth Mr. Meurig, a mi ddeudodd (Jane) mewn ffordd neis nad ydi 'i fwriad o ddim yn onest wrth ddŵad acw.'

'Ydi o'n dŵad acw?'

'Mi fydd yn taro i mewn ambell gyda'r nos.'

'Bedi o o'r ods i Jane pwy sy'n dŵad acw?'

'Dyna ydw inna yn i ddeud.'

'Fuo Jane yn gas?'

'Do, yn gas iawn.'

'Mi fedar fod, mae Owen yn well siort. Ond hitia befo. Tyd yma ata i.'

'Mi ga i weld wedi mynd yn f' ôl.'

'Yli, gloyfa'r tatws yna, a thyd â llaeth enwyn a menyn o'r pantri ar y bwrdd.'

---

rhwystro: *to prevent*
cyn gased: mor gas
a chym bwyll: *and take time,* (cymryd)
hitia befo (G.C.): paid â gofidio, *never mind*
gloyfa'r tatws (G.C.): *drain the potatoes,* (gloywi)
llaeth enwyn: *buttermilk*

Fel llawer gwaith o'r blaen, teimlai Lora fod bwyta yn lleddfu rhyw gymaint ar ei briw. Yr oedd y tatws yn wyn ac yn sych fel blawd, y menyn a'r llaeth enwyn yn odidog.

Wrth groesi'r mynydd i Fryn Terfyn, teimlai Lora'n ysgafnach wedi cael dweud wrth rywun. Yr oeddynt wedi gorffen eu cinio a gofynnodd Jane dros ei hysgwydd a oedd arni eisiau rhywbeth i'w fwyta. Heb egluro dywedodd hithau nad oedd, ac aeth ati i wneud y deisen gruglus i'r plant. Ond ni bu erioed de mor ddifwynhad, er bod Owen a'r plant yn canmol ac yn bwyta yn harti o'r deisen. Edrychai Jane a Lora'n druenus.

Wedi te aeth Lora allan i'r cae i esgus chwarae gyda'r plant. Wedyn eisteddodd ac edrych arnynt. Gadawodd Margiad y lleill a dyfod ati.

'Am be ydach chi'n poeni, Anti Lora?'

'Dim byd lawer. 'D ydi dy fam a finna ddim yn dallt ein gilydd yn dda iawn.'

'Mae hi'n gas iawn efo minna weithiau hefyd.'

'Ydi hi?'

'Ydi, 'r ydw i'n cael drwg os do i adra'n hwyr o'r cwarfod plant, ne oddi wrth y bws ysgol, ne os sonia i am fynd i lawr i'r pentra gyda'r nos.'

Cofiodd Lora mor hoff y byddai Jane o fynd i lawr i'r pentref gyda'r nos ers talwm, ac fel y rhedai adref o bobman wedi colli'i gwynt.

'Ond mae'r wsnos yma wedi bod yn braf, Anti Lora.'

'Wel yr ydw i'n siŵr 'i fod o wedi gwneud lles inni i gyd, ac i Rhys yn enwedig.'

'Ydi wir, mae o'n rêl boi. Mi fydd arna i hiraeth mawr wedi i chi fynd.'

'Liciat ti ddŵad acw am wsnos—o ganol yr wsnos nesa?'

'O, Anti Lora, dyna beth oeddwn i dest â'i ofyn i chi. Mae Guto a Now Bach yn mynd i Lanberis at frawd nhad. 'D oes arna i ddim eisio mynd i fanno.'

---

lleddfu: *to soothe*
briw: *wound, sore*
godidog: *splendid*
y deisen gruglus: *the juniper berries tart*
difwynhad: *pleasureless*
yn harti: *heartily*
esgus chwarae: *to pretend to play*
cael drwg: *to have a row*
cwarfod (G.C.): h.y. cyfarfod
ers talwm (G.C.): amser hir yn ôl
dest â: *about to*

Ar hynny daeth Owen atynt, a rhedodd Margiad at y lleill.

'Wel,' meddai Owen dan eistedd, 'welis i 'rioed ffasiwn beth â Jane y bore yma. Sbwylio wsnos braf efo rhyw gulni gwirion.'

'Do, mi aeth yn rhy bell.'

'Mae arna i ofn mod i wedi bod reit gas wrthi hi.'

'Mae'n ddrwg gen i, Owen, 'd ydw i'n gwneud dim ond achosi poen ble bynnag yr a' i. Mae pawb yn ffraeo o'm hachos i.'

'Paid ag edrach ar y peth fel yna. Wneith o ddim drwg i Jane glywed beth glywodd hi'r bore yma.'

''D oes yna ddim byd yn y dre acw bellach ond atgofion,' (meddai Lora wedyn,) 'mi leiciwn i ddechrau o'r newydd.'

Cododd Owen ei glustiau. Nid oedd gronyn o wir mae'n amlwg yn straeon pobol na chyhuddiad Jane.

Cyn iddynt gychwyn adre fore trannoeth yr oedd Jane wedi dyfod ati ei hun ddigon i fod yn eitha clên. Gwrthododd gymryd tâl am eu llety a rhoes fenyn a thatws iddynt fynd adre.

Yr oedd tipyn o lythyrau dan y drws pan gyraeddasant y tŷ, un ohonynt oddi wrth ffrind (Lora,) Linor, yn dweud y byddai'n dyfod i edrych amdani yr wythnos wedyn.

Cododd ei chalon a disgynnodd wedyn. Efallai mai ymbellhau fyddai eu hanes yr un fath â hanes rhai eraill y buasai'n gyfeillgar â hwy. Eisteddodd ar y gadair freichiau yn y gegin heb awydd gwneud dim. Daeth Rhys ati ac eistedd ar fraich y gadair.

'Mi gawsom amser braf, ond do, mam?'

'Do, ngwas i?'

'Am be ydach chi'n ddigalon ynta?'

'Hen beth digalon ydi dŵad adre oddi ar wyliau bob amser.'

Cysidrodd yntau.

'Mi ddaw Miss Owen heno.'

'Na, dydd Llun meddai hi yn y llythyr yma. Mae Anti Linor yn dŵad yr wsnos nesa.'

---

ffasiwn beth: *such a thing*
culni: *narrowness*
o'r newydd: *afresh*
gronyn: mymryn, tamaid
cyhuddiad: *accusation*
bore trannoeth: y bore wedyn
clên (G.C.): dymunol, caredig
rhoes: rhoiodd, (rhoi)
edrych amdani: ymweld â hi
disgynnodd: cwympodd
ymbellhau: *to distance, to grow apart*
y buasai: yr oedd hi wedi bod
awydd: chwant, *desire*

'A Margiad. Ond 'd ydan ni ddim ond newydd weld Margiad.'

'Hitia befo! Mi fydd yn newid iddi hi.'

'Mae hi wedi newid hefyd, 'd ydi hi ddim hanner mor rỳff.'

'Nac ydi hi?'

'Nac ydi, mae hi'n ofnadwy o ffeind wrth Guto a Now Bach, ond 'i bod hi yn 'u trin nhw fel babis.'

Daeth rhyw sbardun (i Lora) o rywle (a) dechreuodd baratoi cinio. Tynnodd y cynfasau llwch oddi ar y dodrefn. Aeth ati i dynnu llwch y tŷ i gyd. Erbyn te yr oedd pob dim wedi ei wneud, a hwythau'n mwynhau te plaen iawn o fara menyn a jam.

Erbyn gyda'r nos nid oedd ganddi ddim i'w wneud. Yr oedd y plant allan yn chwarae, wedi ymuno â'u hen fywyd fel pe na buasent oddi wrtho awr. Sylweddolodd Lora mai dyma'r tro cyntaf iddi fod mor unig â hyn er pan fuasai Iolo yn y fyddin. Efallai y troai Mr. Meurig i mewn. Yr oedd arni eisiau ei weld ac nid oedd arni eisiau ei weld ychwaith—effaith ei lythyr y diwrnod cynt. Dirwynai'r munudau ymlaen yn araf. Yr oedd yn rhaid cael rhywbeth blasus i swper, i'r plant beth bynnag. Yr oedd ganddi ddigon o wyau. Aeth allan i'r ardd i gasglu persli a theim i wneud omeled.

Daeth Mrs. Roberts y drws nesaf, at y gwrych.

'Gawsoch chi amser braf, Mrs. Ffennig?'

'Do wir, diolch, digon o awyr iach, a gwaith a chwarae.'

'Mi wna les i chi.'

'Oes gynnoch chi ddigon o deim a phethau felly, Mrs. Roberts?'

'Wel, mi gymera i dipyn gynnoch chi os ca i.'

'Â chroeso.'

Sylwodd Mrs. Roberts pa mor hiraethus yr edrychai Lora wedi dyfod yn nes ati.

---

hitia befo! (G.C.): *never mind!*
ffeind (G.C.): caredig
sbardun: *spur*
cynfasau llwch: *dust sheets*
tynnu llwch: *to dust*
pe na buasent: pe nad oedden nhw wedi bod
y troai Mr. M. . . . : y byddai Mr. M. yn troi i mewn, h.y. yn galw
dirwynai: roedd . . . yn dirwyn, (*to wind*), h.y. *to drag*
persli: *parsley*
teim: *thyme*
gwrych (G.C.): clawdd
yn nes: yn fwy agos

'Piti i chi ddŵad yn ôl mor fuan, Mrs. Ffennig, mi fasa wsnos arall wedi gwneud lles mawr i chi.'

''D wn i ddim, rhywsut gartre mae ar rywun eisiau bod.'

Ochneidiodd.

'Rhaid i chi dreio anghofio, Mrs. Ffennig. Cofiwch fod arnoch chi ych hun eisiau byw.'

Dyna cyn belled y mentrasai ei chymdoges byth mewn sgwrs, ar ôl y diwrnod bythgofiadwy hwnnw ym mis Mai.

''R ydw i'n gwneud fy ngorau i anghofio, Mrs. Roberts, ond rhywsut mae yna bethau erill o hyd sydd yn eich pwnio chi fwy i mewn i'ch poen. Nid y peth 'i hun sy'n poeni rhywun, ond y pethau sy'n dŵad yn 'i gysgod o.'

Nid oedd gan ei chymdoges yr amcan lleiaf at beth y cyfeiriai, ond dywedodd yn deimladwy,

'Ia'n 'te? Ydach chi'ch hun heno?'

'Ydw, nes daw'r plant i mewn.'

'Wel dowch yma am funud.'

A chydsyniodd Lora yn llawen. Yr oedd cegin Mrs. Roberts yn gysurus, mor gysurus â'i hun hithau, ond yn wahanol, ac yr oedd pleser yn y gwahaniaeth.

Ond am beth i sgwrsio ni wyddai ei chymdoges, heb iddi ddweud wrthi yn blwmp ac yn blaen ddarfod i Iolo Ffennig fod o gwmpas yr wythnos hon, ac nid adwaenai ei chymdoges yn ddigon da i dorri newydd mor syfrdanol iddi. Yn lle hynny,

'Mae Rhys yn edrach yn well o lawer.'

'Ydi, y mae o. A mae o'n cymysgu'n well efo plant erill. 'R oeddwn i'n poeni yn 'i gylch o, 'i fod o'n aros yn y tŷ efo mi bob munud.'

---

ochneidiodd: *she sighed,* (ochneidio)
cyn belled: mor bell
y mentrasai: yr oedd . . . wedi mentro
bythgofiadwy: *memorable*
pwnio: gwthio
amcan: syniad
y cyfeiriai: yr oedd hi'n cyfeirio, (*to refer to*)
yn deimladwy: *sympathetically*
ydach chi'ch hun . . . .?: *are you on your own . . .?*
cydsyniodd: cytunodd
ni wyddai: doedd . . . ddim yn gwybod
yn blwmp ac yn blaen: *straight out*
darfod i (G.C.): daru i
nid adwaenai: doedd hi ddim yn adnabod
syfrdanol: *startling*
yn i gylch o: *regarding him*

Yr oedd Lora ar fin dweud wrth ei chymdoges fod arni flys mynd i'r wlad i fyw. Ond ymataliodd, rhag ofn i'r newydd fynd o gwmpas, ac efallai y newidiai hithau ei meddwl.

Yr oedd Mrs. Roberts, wrth weld Mrs. Ffennig mor gyfeillgar, bron â dweud wrthi am Iolo Ffennig. Ond ymataliodd am reswm nas gwyddai.

Wrth droi yn ôl am ei thŷ, dywedodd Lora,

'Diolch yn fawr iawn i chi am y sgwrs, Mrs. Roberts. Wyddoch chi ddim faint o gymwynas wnaethoch chi efo mi wrth ofyn imi ddŵad i mewn. Mae dŵad yn ôl i dŷ—ar ôl bod i ffwrdd, yn beth ofnadwy o fflat.'

A theimlodd ei chymdoges nad oedd Mrs. Ffennig yn ddynes mor bell ag y tybiai ei chymdogion.

Yr oedd y tri yn mwynhau eu homeledau ac yn loetran uwchben eu swper. Am unwaith nid oedd eisiau brysio i godi oddi wrth y bwrdd swper i wneud rhywbeth arall, ac nid oedd ar y plant eisiau mynd allan i chwarae.

''R adeg yma neithiwr, 'r oeddan ni ym Mryn Terfyn,' meddai Rhys.

'Gel oeddwn i'n 'i licio,' meddai Derith.

'Ydi, mae o'n hen gi annwyl.'

'Fasach chi'n licio mynd i'r wlad i fyw?' (gofynnodd Lora.)

'O basan,' meddai'r ddau efo'i gilydd.

'Ond 'd oes yno ddim tŷ gwag,' meddai Rhys.

'Mi fasan yn cael mynd at Dewyth Edward. Mae gynno fo dŷ reit fawr, a fasan ni ddim yn gweld ein gilydd o hyd.'

'Ond mi fasa'n rhaid inni adael Miss Owen a Miss Lloyd ar ôl,' meddai Rhys.

'Wnawn ni ddim meddwl am hynny rŵan, mi feddyliwn ni am rywbeth arall. Beth pe tasan ni'n mynd dros dipyn o adnodau erbyn fory.'

Er loetran wedyn drwy olchi'r plant a'u rhoi yn eu gwelyau, nid oedd y noson ond cynnar. Disgwyliai a disgwyliai am ganu'r gloch. Agorodd ddrws y ffrynt ac edrych i fyny ac i lawr y stryd. Nid oedd yno neb. Tywyllwch dros y ffordd yn nhŷ Mr. Meurig.

---

arni flys (G.C.): arni chwant, arni awydd
ymataliodd: *she refrained,* (ymatal)
cymwynas: ffafr
loetran: *to loiter*
adnodau: *verses from the Bible*

Aeth i eistedd i'r gegin. Ceisiodd ddarllen a methu. Nid oedd ganddi flas i ysgrifennu yn ei dyddlyfr. Sylweddolodd nad oedd wedi cynefino ag unigrwydd. Aeth i'w gwely rhag diflasu mwy. Dechreuodd ei meddwl weithio ac ail-droi'r ffrae rhyngddi a'i chwaer, a gwrthryfela. I beth yr oedd eisiau iddi falio yn syniadau ei chwaer na neb arall? Efallai hefyd, wedi'r cwbl, fod y ffrae gyda'i chwaer wedi rhoi mwy o fwyniant iddi nag wythnos dawel, ddidramgwydd. Yr oedd rhyw fwyniant mawr mewn dyfod i adnabod pobl yn y gwaelod, fel y gwneid drwy ffraeo, rhagor na dyfod i'w hadnabod ar yr wyneb.

---

nid oedd ganddi flas: *she didn't feel like*
cynefino: *to get used to*
unigrwydd: *loneliness*
rhag: *lest*
gwrthryfela: *to rebel*
mwyniant: mwynhad, pleser
didramgwydd: *uneventful*
fel y gwneid: *as was done,* (gwneud)

PENNOD XIV

I Aleth Meurig yr oedd yr wythnos y bu Lora Ffennig i ffwrdd y fwyaf unig a gwag a gawsai ers blynyddoedd. Yr oedd ei dŷ ef yn wacach am fod y stryd yn wacach. Ceisiai ei gysuro ei hun nad oedd wythnos yn hir. Âi i'r Crown am ryw awr bob nos i gael sgwrs â hwn a'r llall, ac wedi dyfod i'r tŷ treuliai ryw awr arall i synfyfyrio yn fwyaf arbennig ar ei deimladau tuag at Lora Ffennig. Sylweddolai ei fod yn dyheu fwy a mwy am ei chwmni, a'i fod yn mynd i'w hoffi mewn dull tawel, heb lawer o gyffro.

Ar y nos Fercher pan ddeuai adref o'r Crown, wedi cyrraedd ei stryd ei hun gwelai yn y llwyd tywyll ddyn tal yn cerdded ar ochr arall y stryd ac yna yn croesi tuag ato. Gwyddai ei fod yn adnabod y cerddediad, ac adnabu'r dyn pan ddaeth yn nes, neb llai na Iolo Ffennig. Cyn iddo gael amser i synnu, yr oedd yr 'Hylô, Ffennig, pwy fasa'n meddwl ych gweld chi yn y fan yma,' allan o'i enau.

'Wedi bod yn chwilio am Lora yr ydw i.'

''D ydi hi ddim gartre, mae hi wedi mynd efo'r plant at 'i chwaer.'

'Ysgwn i pryd y daw hi adre?'

''D wn i ddim, heblaw nad ydi Loti Owen ddim yn dŵad tan fore Llun.'

'Beth sy a wnelo—?'

'Mae hi'n aros yno rŵan.'

'Mae arna i eisiau cael gair efo chitha hefyd, os ca i, Mr. Meurig.'

'Dowch i mewn am funud.'

Wedi eistedd yn y parlwr cychwynnodd Iolo Ffennig ar ei neges.

---

a gawsai: yr oedd e wedi'i chael
gwacach: mwy gwag
âi: byddai e'n mynd
synfyfyrio: *to muse*
pan ddeuai: pan oedd e'n dod
gwyddai: roedd e'n gwybod
cerddediad: *walk*
adnabu: *he recognised,* (adnabod)
yn nes: yn fwy agos
genau: ceg
beth sy a wnelo-?: *what's that to do with—?*, (gwneud)

'Eisiau gwybod sydd arna i sut y mae hi'n edrach ar i mi gael ysgariad.'

'Ia—wel—'

''R ydw i'n dallt ych bod chi'n troi o gwmpas Lora—bod chi'n mynd ar 'i hôl hi.'

'Bedi ystyr hynny?'

'Peidiwch â chymryd arnoch nad ydach chi yn fy nallt i, Mr. Meurig—mi wyddoch yn iawn beth ydw i'n 'i feddwl—eich bod chi'n caru efo hi.'

'Dyma'r tro cyntaf i mi wybod am y peth.'

'Peidiwch â chymryd mor ddiarth. Mae pawb arall yn gwybod.'

'Ydyn, mae'n siŵr, maen nhw'n gwybod llawer mwy na fi. Os ydach chi'n galw gweld dynes mewn cwmni o bedwar, ryw ychydig nosweithiau mewn wythnos yn garu, mae o'r caru rhyfedda y clywais i 'rioed sôn amdano fo.'

'Mi'r ydach chi *yn* mynd trosodd yno felly?'

'Ydw, mi'r rydw i'n hoffi mynd trosodd, ond fel mae'r anlwc ni byddaf byth yn gweld Mrs. Ffennig ar 'i phen 'i hun. Mae'n debyg eich bod chi'n meddwl y caech chi (ysgariad) am 'i bod hi'n cymdeithasu efo mi.'

'Ddim yn hollol.'

'Yr unig ffordd hyd y gwela i ydi i Mrs. Ffennig ofyn am ysgariad oddi wrthoch chi, a mi fydd yn rhaid iddi aros tair blynedd cyn y gall hi wneud hynny ar y sail eich bod chi wedi 'i gadael hi.'

'Mi hoffwn i briodi Mrs. Amred rŵan.'

'Ac mi'r ydach chi'n disgwyl i Mrs. Ffennig wneud y ffordd yn rhydd i chi?'

'Mae'n amlwg nad ydi hi ddim yn fy nisgwyl i yn ôl.'

''D wn i ddim am hynny.'

'Mae hi wedi gofalu cael cloeau newydd ar y drysau. Feddyliais i 'rioed y basa hi'n meddwl am beth fel yna.'

---

ysgariad: *divorce*
cymryd ar: *to pretend*
peidiwch â chymryd mor ddiarth: *don't pretend to be so innocent*
y caech chi: y byddech chi'n cael
sail: *basis*
cloeau: *locks*

'Wel ella bod amgylchiadau bywyd yn ein gwneud ni'n fwy amheus.'

Cododd Iolo Ffennig i fynd. Y munud hwnnw y sylwodd Aleth Meurig nad oedd mor drwsiadus ag yr arferai fod. Nid oedd ei goler yn lân, ac yr oedd ôl llawer o wisgo ar ei siwt. Yr oedd arno eisiau torri ei wallt. Yr oedd golwg hanner siomedig, hanner pwdlyd arno, fel plentyn wedi methu cael ei ffordd ei hun am dro. Ond ymsythodd a dweud 'Nos dawch.'

Wedi iddo fynd, yr oedd yn dda gan Aleth Meurig gael gorwedd ar ei hyd ar y soffa am ei fod yn crynu drwyddo i gyd. Erbyn hyn synnai ei fod wedi gallu siarad hyd yn oed ag Iolo Ffennig. I feddwl ei fod wedi gallu bwrw dros gof y tro anonest a wnaethai ag ef wrth fynd â'i arian. Dechreuodd feddwl mewn difrif beth *oedd* ei neges heno, beth a wnâi yn y dref o gwbl, a beth a wnâi yma yr wythnos hon pan oedd ei wraig oddi cartref. Llwyddai Esta Ffennig i ddyfod i dŷ ei chwaer-yng-nghyfraith pan fyddai ef yno. Onid oedd yn bosibl ei bod hi a'i mam yn gwybod ym mhla le yr oedd ei brawd? Neu, mewn ffordd arall, onid oedd yn bosibl fod y brawd wedi anfon ei gyfeiriad i'w fam a'i chwaer. Os oedd am briodi Mrs. Amred yr oedd yn rhaid iddo gael ysgariad oddi wrth ei wraig, heb aros y tair blynedd, a beth yn fwy naturiol felly nag iddo ddyfod i geisio canfod sut yr oedd y gwynt yn chwythu, a gweld beth oedd teimladau ei hen feistr tuag ati. Gorau yn y byd iddo ef, ei gŵr, fyddai cael ysgariad trwy allu cyhuddo ei wraig.

Yr oedd yn rhaid meddwl yrŵan sut i weithredu yn y dyfodol agos. Byddai Lora Ffennig yn dyfod yn ôl nos Sadwrn yn bur debyg. Os galwai ef yno nos Sadwrn neu nos Sul, efallai y galwai Esta Ffennig yno. Byddai Iolo Ffennig yn sicr o gael gwybod, efallai y noson honno, os byddai yn y dref o hyd. Penderfynodd

---

trwsiadus: *well-dressed*
ôl: *mark, trace*
pwdlyd: *sulky*
ymsythodd: *he straightened himself up,* (ymsythu)
ar ei hyd: *flat out*
bwrw dros gof: anghofio
a wnaethai: yr oedd e wedi'i wneud
mewn difrif: *seriously*
onid oedd . . .?: *wasn't it . . .?*
canfod: *to perceive*
cyhuddo: *to accuse*
gweithredu: *to act*
yn bur debyg: yn eithaf tebyg

felly 'r âi'n syth o'r swyddfa ganol dydd Sadwrn i Landudno ac aros yno hyd fore Llun.

Yna aeth i feddwl am y driniaeth a gâi Lora Ffennig gan ei theulu-yng-nghyfraith. Nid oedd ganddynt ronyn o gydymdeimlad tuag ati. Pan ymlwybrai at y stesion ddydd Sadwrn, (gwelodd Esta Ffennig) ar y stryd, a daeth yn union at y pwynt.

'Yr oedd yn ddiddorol iawn gweld eich brawd yn y dre yr wythnos yma.'

Cochodd Esta Ffennig at fôn ei gwallt.

'Mi fedrodd ei nelu hi yn dda iawn at yr wythnos yr oedd Mrs. Ffennig i ffwrdd.'

Dyna'r cwbl. Ond yr oedd yn ddigon i Aleth Meurig wybod bod Iolo Ffennig wedi bod yn aros gyda'i fam a'i chwaer, onid oedd yno o hyd.

Bore Llun, galwodd Loti Owen i'w ystafell.

'Ylwch, Miss Owen,' meddai, 'wnewch chi gymwynas â mi?'

'Â chroeso.'

'Mae arna i eisiau eich iwsio chi yn lle postmon am dro.'

'Popeth yn iawn.'

'Mae Iolo Ffennig wedi bod o gwmpas tra bu Mrs. Ffennig i ffwrdd.'

'Naddo 'rioed.'

'Oes arnoch chi ddim eisiau mynd i'ch lodging yn yr awr ginio?'

''R ydw i'n cael cinio efo Mrs. Ffennig rŵan bob dydd nes bydd yr ysgol wedi dechrau.'

'Wel dyma'r neges. Gofyn iddi, os gwelwch yn dda, ddŵad i lawr i ngweld i ar fater o fusnes. Mi ges i sgwrs efo'i gŵr hi nos Fercher, a 'r ydw i'n credu y dylai Mrs. Ffennig wybod beth oedd 'i neges o yma. Mi gedwais i draw oddi yno nos Sadwrn a

---

âi: byddai e'n mynd
triniaeth: *treatment*
a gâi L.: y byddai L. yn ei chael
gronyn: mymryn, tamaid
ymlwybrai: roedd e'n ymlwybro, (*to make one's way*)
yn union: *straight to*
bôn: *base of, roots of*
ei nelu hi: h.y. ei hanelu hi, (*to aim/ time it*)
onid oedd: *if he wasn't*
cymwynas: ffafr
mi gedwais i: h.y. fe gadwais i

nos Sul, rhag ofn i'w chwaer-yng-nghyfraith alw yno. Mae'n hollol bwysig na wêl hi mohona i pan fydd neb arall yno.'

'Wela i.'

* * *

'Steddwch, Mrs. Ffennig'—yn ei lais mwyaf twrneiol.

'Peidiwch â dychryn'—yn ei lais cyfeillgar. 'Mi gewch glywed rŵan pam y gyrrais i amdanoch chi i ddŵad i lawr yma yn lle dŵad i'r tŷ i'ch gweld chi. Mae pob rheswm yn dweud y dylech chi gael gwybod beth sydd wedi digwydd.'

Felly, meddyliai hi, nid eisiau ei gweld ynghylch y llythyr a oedd arno.

Petrusodd ef ychydig.

'Oes rhywun wedi dweud wrthoch chi fod eich gŵr wedi bod hyd y fan yma?'

Gwelodd hi'n gwelwi.

'Nac oes, fuo fo?'

'Do.'

Aeth pob mymryn o liw o'i hwyneb. Meddyliodd ef y buasai'n llewygu. Ond daeth ati ei hun. Yna dywedodd wrthi cyn ddoethed ag y medrai y cwbl a fuasai rhyngddo ef a'i gŵr nos Fercher. Nid yn hollol fel y digwyddodd. Yr oedd y pwyslais yn wahanol. Gwnaeth ei feddwl yn gwbl glir ei fod yn sicr mai dymuniad Mrs. Amred oedd cael priodi. Yna dywedodd wrthi yr hyn a ddywedodd wrth Esta Ffennig.

'Maddeuwch imi os bûm i'n busnesa gormod, ond yr oeddwn i'n meddwl y byddai o fantais i chwi wybod pa un ai dyfod ar sgawt wnaeth o i'ch gweld chi, ai ynteu oedd o'n aros efo'i fam. Maddeuwch imi os es i yn rhy bell.'

'Na, mae'n well gen i gael gwybod ymhle'r ydw i efo phobol. Dyna oedd drwg yr amser a aeth heibio, nad oeddwn i ddim yn

---

na wêl hi . . . : nad yw hi'n fy ngweld
twrneiol: fel cyfreithiwr
petrusodd: *he hesitated,* (petruso)
gwelwi: *to grow pale*
mymryn: gronyn, tamaid
llewygu: *to faint*
cyn ddoethed ag: mor ddoeth ag, (*wise*)
y cwbl a fuasai: popeth a oedd wedi bod
pa un ai: *whether*
ar sgawt: *on a jaunt*
ai: neu

gwybod. A diolch i chi am adael i mi gael gwybod hyn, a'i gael o lygad y ffynnon, yn lle ei gael yn hanner gwir a hanner celwydd, drib drab gan hwn a'r llall.'

Aeth allan fel dynes wedi ei tharo â gordd.

*   *   *

Yr oedd sŵn y plant yn y gegin, a chlywai aroglau poeth y stof o'r gegin bach. Yr oedd te wedi ei osod ar y bwrdd, a Derith a Rhys wrthi yn gorffen ei hwylio, y brechdanau wedi eu torri a phob dim yn barod, y tegell yn canu ar y stof.

'Wel dyma bedi trêt, paned heb 'i disgwyl.'

'Y fi roth y cwpanau a'r soseri ar y bwrdd,' meddai Derith.

'Ia, pwt?'

A rhag iddi grio dyma hi'n dechrau canu, 'Hwb i'r galon, doed a ddêl.'

'Rydach chi'n hapus, mam?' oddi wrth Rhys.

'Ydw, dyma fi wedi cael te yn barod am y tro cynta ers blynyddoedd.'

'Oedd gin Mr. Meurig rywbeth pwysig i' ddweud?'

'Nag oedd, dim byd pwysig iawn.'

Edrychodd Rhys arni, ond ni welodd ddim yno.

'Be tasan ni'n mynd am dro i Golwyn Bay ryw ddiwrnod cyn i'r ysgol ddechrau?'

'O, mam,' meddai'r ddau.

'Mi awn ni.'

Y noson honno gofynnodd Loti a gâi ei swper efo Lora a'r plant yn y gegin, ac ar ôl i'r plant fyned i'w gwelyau y cawsant gyfle i gael sgwrs.

''R ydw i wedi cael rhyw newydd digon cynhyrfus heddiw.'

'O.'

Ni wyddai faint y gallai Loti Owen fod yn ei wybod, gan mai hi a ddaethai â neges Mr. Meurig. Prun bynnag fe fyddai'n siŵr o

---

o lygad y ffynnon: *from the horse's mouth*
gordd: *sledge-hammer*
rhoth: rhoddodd, (rhoddi/rhoi)
pwt: cariad
hwb: *a boost*
doed a ddêl: *come what may,* (dod)
a gâi: a fyddai hi'n gallu cael
cynhyrfus: *disturbing, upsetting*
ni wyddai: doedd hi ddim yn gwybod
a ddaethai â: a oedd wedi dod â

gael gwybod gan rywrai fod Iolo wedi bod gartref. Mae'n siŵr nad Mr. Meurig yn unig a'i gwelsai.

'Dyna oedd neges Mr. Meurig i mi, dweud bod fy ngŵr wedi bod gartre, hynny ydi, yn y dre yma, ac ella yn nhŷ ei fam. Fel y gellwch chi feddwl, mae'r peth wedi fy nghynhyrfu fi'n arw.'

'Yn naturiol.'

'Mae'n debyg y clywch chi bob math o straeon, ond mi welodd Mr. Meurig Iolo ei hun, a mi ŵyr o beth oedd 'i neges o. Ond y peth mwya i mi ydi gwybod rŵan fod 'i fam a'i chwaer yn gwybod lle mae o, a'i fod o wedi'u gweld nhw, fwy na thebyg.'

'Mrs. Ffennig, fedrwch chi ddiodde clywed rhywbeth annymunol am eich teulu-yng-nghyfraith?'

'Medra erbyn hyn.'

'Y rheswm mod i'n gofyn ydi, mod i'n gwybod trwy brofiad y geill rhywun deimlo o hyd, er i bethau fynd yn groes. 'D oes dim eisiau i chi boeni dim ynghylch eich chwaer-yng-nghyfraith. 'D oes neb yn y dre yma yn meddwl dim ohoni hi. A mi fyddwch chi eich hun yn well eich parch wedi cael gwared ohoni.'

Ni ddywedodd Lora Ffennig ddim.

'Yr ydw i wedi'ch brifo chi, Mrs. Ffennig?'

''R ydw i wedi mynd tu hwnt i gael fy mrifo, Loti. Cysidro 'r ydw i. Meddwl gymaint o ffŵl ydw i wedi bod.'

'Ydi pethau cyn waethed â hynna?'

'Ydyn. Ond ella wedi imi gyrraedd y gwaelod fel hyn, y medra i ddechrau crafangio i'r top eto.'

''R ydach chi'n rhy ffeind wrth Miss Ffennig o lawer.'

'Nac ydw wir. Treio dal y ddysgl yn wastad yr oeddwn i, er mwyn Iolo, ond 'd ydw i ddim yn meddwl y bydd angen hynny eto.'

A gwelodd Loti Owen fod rhyw derfynoldeb yn ei llais.

O ysgytwad i ysgytwad, o boen i boen. Pan roddais i'r cloeau newydd ar y drysau, nid oeddwn yn meddwl y dôi Iolo yn ei ôl. Meddwl peth mor ofnadwy

---

yn arw: yn ofnadwy
mi ŵyr o: mae e'n gwybod
y geill: y gall, (gallu)
yn groes: yn anghywir
cyn waethed â: cynddrwg â, mor ddrwg â
crafangio: *to claw*
dal y ddysgl yn wastad: h.y. plesio pawb
terfynoldeb: *finality*
ysgytwad: sioc
y dôi I.: y byddai I. yn dod

fyddai iddo ddyfod yn ôl i'r tŷ a adawsai o'i wirfodd heb falio dim, a cherdded i mewn fel petai'n eiddo iddo o hyd, cerdded i mewn i dŷ, a phoen wedi bod yn cerdded drwyddo am fisoedd. Er ofni hynny, ni chredwn y gwnâi. Ni waeth imi gyfaddef y gwir—yr wyf wedi cael tipyn o siom—ni feddyliais erioed y byddai ar Iolo eisiau priodi Mrs. Amred. Yn wir, fy ofn pennaf oedd y buasai Iolo yn gofyn imi ei gymryd yn ôl, ac yn rhoi'r penbleth hwnnw i mi. Yr wyf yn gwbl sicr na buaswn yn ei dderbyn yn ôl, ond yr un mor sicr y buasai wedi porthi fy malchder wrth ofyn. Gall Mr. Meurig fod yn iawn mai hi sy'n pwyso arno i wneud, ond mae'n amlwg nad yw yntau'n hollol anfodlon. Trwy ddymuno ei phriodi hi mae Iolo wedi torri crib fy malchder, (ond) ni hoffwn i weld neb yn frwnt wrtho, er na wnâi o ddim drwg iddo fo ddioddef peth anghysur.

Mae fy nheimladau at ei chwaer yn wahanol. Teimlaf mai hi yw adyn y ddrama, am ei bod wedi dangos ei chasineb tuag ataf. Ysgwn i a ŵyr hi rywbeth am ei anonestrwydd, ai ynteu a yw hi'n byw yn y baradwys o feddwl bod Iolo yn ddyn gonest, bod ganddo rywbeth yn fy erbyn i, a'i fod wedi dianc fel condemniad arnaf fi? Fe wnâi les iddi wybod ei hanes. Ond i beth y dywedaf wrthi? Gennyf fi y mae'r carn, ond i beth y defnyddiaf y carn hwnnw? Faint gwell yw dyn yn y diwedd o fod wedi cael ei elyn ar lawr a sefyll yn fuddugoliaethus a'i droed ar ei gefn? Nid oes gan y buddugoliaethus ddim byd i'w ddisgwyl wedyn. Mae'r wybodaeth yna gennyf fi fel peth i'w ddisgwyl, peth na ŵyr Esta. Mae'r oruchafiaeth gennyf, ac ni ddaw dim ond diflastod o'i ddefnyddio. Pa ryw ragluniaeth a roes ym mhen y plant yma i wneud te imi? Hynny a'm hachubodd. Gofynnaf i mi fy hun, 'Fy achub rhag beth?' Ni wn, os nad fy achub rhag cyrraedd gwaelod anobaith, a phan mae dyn wedi cyrraedd y fan honno, nid yw'n gyfrifol am ei weithredoedd wedyn. Mae wedi mynd yn rhy isel i geisio codi. Ond ar ôl y te yna, a'r sgwrs efo Loti heno, teimlaf y gallaf gael rhyw ddiddanwch o fywyd eto. Daw Linor yma drennydd. Os wyf yn ei hadnabod o gwbl fe fydd yn deall. Ond wedyn mae cyfeillion dyn hyd yn oed yn newid.

---

a adawsai: yr oedd e wedi'i adael
o'i wirfodd: *voluntarily*
y gwnâi: y byddai e'n gwneud
penbleth: *quandry*
ni waeth imi gyfaddef: *I might as well admit*
porthi: bwydo
wedi torri crib fy malchder: *has hurt my pride*
adyn: *villain*
a ŵyr hi: a yw hi'n gwybod
carn: *weapon*
gelyn: *enemy*
buddugoliaethus: *victorious*
goruchafiaeth: *supremacy*
diflastod: *distaste*
pa ryw ragluniaeth ...?: *what providence ....?*
a roes: a roiodd, (rhoi)
hynny a'm hachubodd: *that's what saved me,* (achub)
gweithredoedd: *actions*
diddanwch: *consolation, comfort*
trennydd: y diwrnod ar ôl yfory

PENNOD XV

Pan aeth Lora a'r plant i'r stesion i gyfarfod â Linor, teimlai Lora ei bod yn hynod siabi yn ei hen ffrog gotyn, wrth ochr ei ffrind a edrychai fel petai newydd gerdded allan o fambocs ac nid o drên. Edrychai'n drwsiadus yn ei siwt ysgafn o las tywyll, gyda het a menig ac esgidiau i gyd-fynd â hi, a'i sanau neilon. Yr oedd Linor Ellis yn wraig weddw ifanc, wedi colli ei gŵr yn y bomio a fu ar Lundain, ac yntau yn y gwasanaeth tân, a hithau erbyn hyn yn athrawes hynaf mewn ysgol. Yr oedd golwg lewyrchus arni o'i bag dillad hyd ei bag llaw. Ond wedi bod bum munud yn ei chwmni teimlai Lora fod y gwahaniaeth yn y dillad wedi diflannu, a'u bod yr un fath ag oeddynt gynt pan oeddynt yn fyfyrwyr ym Mangor. Ysgrifenasai Lora bob dim am ei helyntion diweddar i Linor heb gelu dim am yr arian, rhoddasai'r holl fanylion, cymaint ag a ellir ei roi o fanylion ar unrhyw bwnc mewn llythyr. Y pethau na allai eu cyfleu oedd ei hagwedd a'i thymer at y cyfan.

Byddai'n dda gan Lora pe gellid anghofio'r helynt a pheidio â sôn amdano o gwbl. Ond yr oedd hynny'n amhosibl gan mai dyna'r peth uchaf ar feddwl y ddwy am amser. Y peth mawr i Linor oedd sut y *teimlai* ei ffrind, sut y derbyniai hi'r holl beth. Y peth mawr i Lora oedd sut yr *edrychai* Linor ar yr holl fater.

Yr oeddynt yn mwynhau te hwyr o frechdanau a thomatos a chacennau, ac yn sgwrsio am y naill beth a'r llall, gan mwyaf am hen gyfeillion coleg, (pan agorwyd) drws y cefn (a cherddodd) Esta Ffennig i mewn. Edrychai Lora yn hurt. Ni ddaeth i'w meddwl y buasai ei chwaer-yng-nghyfraith yn twllu ei thŷ byth

---

hynod siabi: *extremely shabby*
cotyn: *cotton*
bambocs: *bandbox,* h.y. bocs i ddal hetiau
trwsiadus: *well-dressed*
i gyd-fynd â: *to go with*
hynaf: *senior*
llewyrchus: *prosperous*
helyntion: trafferthion, *troubles*
celu: cuddio
rhoddasai: roedd hi wedi rhoddi/rhoi
a ellir: *that could be,* (gallu)
cyfleu: *to convey*
hurt: *stunned*
twllu: h.y. tywyllu, *to darken*

wedyn heb iddi ofyn iddi. Edrychai yn bwdlyd ddigon, ond pan welodd Linor newidiodd ei hwyneb yn wên drosto.

'Gymerwch chi paned?' gofynnodd Lora.

'Diolch,' meddai hithau yn sych.

Ni allai Lora ddweud gair o'i phen nac ymuno yn y sgwrs. Yr oedd hyn yn ormod hyd yn oed i'w natur gysglyd hi, a theimlai ei gwaed yn codi. Siaradai Esta â Linor fel pe na bai Lora yno o gwbl. Ymddangosai fel petai yn nhŷ Linor ac yn yfed ei the. Gwnaeth Lora y camgymeriad o ofyn i Esta ai yn yr Ysgol Ramadeg yr oedd o hyd, ac nid oedd dim a roddai fwy o fwynhad i'r olaf na chael siarad am yr ysgol a Miss Immanuel. Pan ddychwelai Lora o'r gegin bach efo dŵr poeth ymhen tipyn clywodd Esta yn gofyn i Linor,

'Fuasai yna ryw siawns imi gael lle fel sy gen i rŵan yn Llundain,' a Linor yn ateb yn bendant,

'Dim o gwbl. Mae miloedd o rai'r un fath â chi yn Llundain, wedi cael addysg dda, o achos bod ar gymaint o awduron ac aelodau seneddol a phobol felly eisiau ysgrifenyddion, ac y mae'n rhaid i bawb fod yn smart iawn acw ymhob ffordd.'

Bu'r demtasiwn yn ormod i Lora.

'I beth mae arnoch chi eisio mynd i Lundain, a chitha mewn lle mor dda.' Ymddangosai fel petai'n cysidro. 'O wrth gwrs, mae arnoch chi eisio bod wrth ymyl Iolo.'

Cochodd Esta, a duodd drwyddi. Gwnaeth esgus i fynd yn fuan wedyn.

'Fasat ti'n credu, Linor?'

'Na faswn, mi fasa'n amhosibl imi gredu y basa neb yn cymryd bwyd mewn tŷ, ac anwybyddu gwraig y tŷ.'

'Dyna iti fel mae Esta yn fy nhrin i ers misoedd. Fu hi ddim yn y tŷ yma er pan ddois i o Fryn Terfyn o'r blaen, a fasa hi ddim wedi dŵad heddiw oni bai 'i bod hi'n gwybod dy fod ti yma.'

'Sut y gwyddai hi?'

'Mae Derith yn ôl a blaen yno o hyd.'

---

pwdlyd: *sulky*
cysglyd: *placid*
ymddangosai: roedd hi'n ymddangos, (*to appear*)
aelodau seneddol: *members of Parliament*
duodd: *frowned*, (duo)
anwybyddu: *to ignore*
sut y gwyddai hi?: sut roedd hi'n gwybod?

A'r pryd hwnnw y cafodd Lora siawns i sôn am ymweliad Iolo ag Aber Entryd a'i sgwrs â Mr. Meurig. Rhwng cromfachau, oblegid yr oedd y plant o gwmpas.

Wedi swper a'r plant yn eu gwelyau y buont yn trin y mater.

''R ydw i wedi bod yn meddwl am fater y drws cefn yna,' meddai Linor, 'mi ddylet 'i gloi o ar ôl te.'

'Mi faswn yn siŵr o nghloi fy hun allan neu rywbeth wedyn, a phe sy bwysicach, mi rôi fwy o le i Esta amau bod Mr. Meurig yn dŵad yma.'

'Dim ods am hynny. Fasa neb yn 'i chredu hi mewn llys ond yr hyn fasa hi wedi 'i weld. Peth arall, 'd oes arnat ti ddim eisiau iddi dorri i mewn pan mae rhywun yma. Mae'n rhaid iti amau pobol nes y dali di nhw. Piti na basat ti wedi amau mwy ar Iolo, mi llasat fod wedi rhwystro hyn rhag digwydd.'

'Na faswn, mi faswn wedi rhoi poen fawr i mi fy hun, a mi faswn yn meddwl y drwg lle na basa fo bob amser.'

'Ella wir. Mae'n anodd gwybod. A mae'n debyg dy fod ti'n tirio a thirio i dreio gwybod pam y dechreuodd o gyboli efo'r Mrs. Amred yna.'

'Wel, yn ôl 'i deulu fo, am fy mod i'n rhoi gormod o sylw i'r tŷ a'r plant.'

'Tasat ti ddim yn gwneud hynny mi fasa rhywbeth o'i le wedyn.'

''R oeddwn i'n meddwl mai'r unig ffordd i gadw cartre wrth 'i gilydd oedd gwneud y cartra hwnnw yn gysurus. Ond mae Esta yn perthyn i ryw set o bobol grach ddeallus yn y dre yma sy'n meddwl fel arall.'

'Ond cofia y medar rhywun fynd yn slaf i'w dŷ.'

'O, 'd oeddwn i ddim. Darllen y byddwn i yn fy amser sbâr ac nid mynd i siarad i dai bwyta'r dre yma. Ond mi ffeindiais i ar ôl y rhyfel nad oedd gan Iolo ddim dileit mewn dim rhywsut.'

---

cromfachau: *brackets*
oblegid: achos, oherwydd
a phe: *and what*
mi rôi: fe fyddai'n rhoi
mi llasat fod wedi: h.y. mi allasat . . . *you could have,* (gallu)
tirio: gweithio'n galed
cyboli: *to mess with*
wrth 'i gilydd: *together*
crach ddeallus: *pseudo-intelligent*
slaf: *slave*
dileit: *delight*

'Mae'n siŵr bod Iolo yn beio'r rhyfel am yr hyn wnaeth o, yn lle ymholi tipyn â'i gydwybod 'i hun.'

'Mae'n dda gen i dy glywed ti'n dweud hynny,' ebe Lora ac ochneidio.

'Mi 'r ydw i'n meddwl fod mynd â d' arian di yn waeth na rhedeg i ffwrdd efo dynes. Temtasiwn arall ydi honno. A mae yna ryw bobol aflonydd fel Iolo. 'D oes dim eisiau rhyfel i'w gwneud nhw felly. Fedran nhw byth droi i mewn iddyn nhw 'i hunain i gael llonyddwch. A mae'n siŵr fod Mrs. Amred wedi bodloni rhywbeth yn natur Iolo.'

''R ydw i'n cyd-weld, a mae arna i ofn fod Iolo yn ddyn go wan.'

'A chofia mae merched yn ddrwg, (mae) yna ferched yn y byd sy'n dychmygu eu bod nhw mewn cariad efo gwŷr priod. Yna maen nhw'n dechrau rhoi sylw iddyn nhw, a gwenieithio iddyn nhw, ac os oes gan y gŵr ryw fymryn o gŵyn am 'i gartref, mae o'n dechrau dweud 'i gŵyn wrth y ddynes arall. A dyna iti nefoedd rhai merched sengl, cael gwŷr priod i ddweud cyfrinachau am eu cartrefi wrthyn nhw. Nid caru'r dyn y maen nhw ond caru'r oruchafiaeth sy ganddyn nhw ar wraig y dyn. Sut ddynes ydi'r Mrs. Amred yna?'

'Dynes reit ddel a chlws pan weli di hi'r tro cynta, a weli di ddim gwahaniaeth ynddi hi yr eildro na'r trydydd. Mae hi'n galed fel haearn, ac yn ôl Mr. Meurig, os na chaiff hi'r hyn mae arni eisio, mi fynn ddial.'

'Druan o Iolo.'

'Dyna ddwedais innau.'

'Mae'n siŵr mai hi sydd am fynnu priodi.'

'Dyna farn Mr. Meurig. Ond cofia mi fedar Iolo fod yn styfnig.'

'Wyt ti'n licio Mr. Meurig?'

---

ymholi: *to examine*
cydwybod: *conscience*
ochneidio: *to sigh*
aflonydd: *restless*
bodloni: *to satisfy*
cyd-weld: cytuno
go wan: eithaf gwan
gweneithio: *to flatter*
mymryn o gwyn: *small complaint*
goruchafiaeth: *supremacy*
clws (G.C.): h.y. tlws, pert
haearn: *iron*
mi fynn: *she will insist upon,* (mynnu)
dial: *revenge*

'Ydw'n arw. Hyd y gwela i mae o'n ddyn iawn. Mae Loti Owen yn 'i ganmol o'n fawr fel mistar.'

'Fasat ti'n medru 'i briodi fo rywdro?'

'Dyna ti'n gofyn cwestiwn rŵan. Na, 'd ydw i ddim yn meddwl. Pan wyt ti'n priodi, rhaid iti wirioni digon am ddyn i beidio â gweld dim o'i ffawtiau o.'

'Oes gen Mr. Meurig ffawtiau?'

''D wn i ddim. Oes reit siŵr. Ond 'd ydw i ddim wedi gwirioni amdano fo, er bod lot o bobol fforma yn meddwl 'y mod i, yn ôl fel mae'r siarad.'

'Ydyn reit siŵr. Dyna'r gwaetha o fyw yng nghanol pobol sy wedi cyd-dyfu efo'i gilydd o'r un gwreiddiau. 'U busnes nhw ydi dy fusnes dithau. Maen nhw'n cymryd gofal ohonot ti pan fyddi di mewn rhyw helynt, a maen nhw'n cymryd gofal ohonot ti pan fyddi di ar y ffordd i uffern, uffern yn ôl 'u barn nhw felly. Rŵan y peth mawr iti ydi peidio â malio. Cerdda a dy ben i fyny drwy'r dre yma.'

'Mi fasa'n dda gen i fedru gwneud. Ond 'r ydw i'n teimlo bod pawb yn fy meirniadu fi.'

'Lol i gyd. Ond mi adawn ni'r pwnc yno, a pheidio â mynd yn ôl ato fo eto. 'R ydw i am dy dretio di i Landudno neu Golwyn Bay yfory.'

Aeth Lora i gysgu'n hapusach y noson honno nag y gwnaethai ers talwm. Yn lle ysgrifennu yn ei dyddlyfr bu'n ail sgwrsio y sgwrs a fu rhyngddi a'i ffrind a theimlo'n fodlon fod rhywun a'i deallai yn cysgu o dan yr un gronglwyd â hi.

*   *   *

Wrth syllu yn ffenestri'r siopau ar eu ffordd i gael te, gwelsant yn un ffenestr ffrog o liw llwydlas, ffrog hydref a llewys tri chwarter iddi, un blaen ac o doriad da. Meddai Rhys, y munud y gwelodd hi,

---

gwirioni: *to dote*
ffawtiau: *faults*
fforma: h.y. ffordd yma, *around here*
helynt: trwbl
lol: *nonsense*
mi adawn ni: *we will leave,* (gadael)
y gwnaethai: yr oedd hi wedi'i wneud
ers talwm (G.C.): ers amser hir
cronglwyd: to
llwydlas: *blue/gray*
toriad: *cut*

'O, mam, dyna ffrog neis i chi.'

'Ia, Rhys,' meddai Linor, 'dest y ffrog i dy fam. Mi awn ni i mewn i weld beth ydi 'i phris hi.'

A chyn i neb allu ateb, yr oeddynt i mewn yn y siop, Lora wedi treio'r ffrog a chael ei bod yn ffitio, a Linor wedi talu amdani.

Yr oeddynt yn yfed te yng nghanol tyrfa arall o bobl ac yn ei fwynhau. Ar y diwedd cynigiodd Linor sigarét i Lora. Wrth ei gweld yn hanner petruso eiliad dywedodd Rhys,

'Cymerwch un, mam, i chi gael bod yn hapus.'

'Ia,' meddai Linor, 'dechrau dy arferiad o beidio â malio.'

Fe wnaeth.

Daeth Loti Owen atynt i'r gegin ar ôl swper i gael sgwrs, a thra fu Lora yn y llofft, aeth y ddwy ati i olchi llestri.

'Deudwch i mi, Miss Owen, sut ddyn ydi'ch mistar?'

'Dyn rhagorol fel mistar, dyn hollol strêt, ac egwyddorol, a dyn reit hael.'

'Mae'n siŵr eich bod chi'n fy ngweld i'n od, yn gofyn cwestiwn fel yna fel bwled o wn.'

'Ddim o gwbl. Ella'ch bod chi'n meddwl am y siarad sydd ymysg pobol am 'i fod o'n dŵad yma.'

'Ella mod i.'

''D oes dim byd yn hynny, mi alla i'ch sicrhau chi, (ond) 'r ydw i'n gobeithio, er hynny, na ddaw straeon pobol ddim yn wir yn y pen draw. 'D ydw i ddim yn meddwl y gwnâi o ŵr da i Mrs. Ffennig. Mae yna ambell ddyn mor agos i berffaith ag y geill dyn fod, ond fedrwch chi mo'i garu o rywsut. Felly y bydda i'n meddwl am Mr. Meurig. (Hefyd) mae gen i ryw syniad y basa fo'n rhy fywiog i Mrs. Ffennig. Mae hi'n gweithio'n galed, ond 'r ydw i wedi sylwi bod arni eisiau llonydd weithiau, a 'd oes arni hi ddim eisiau mynd allan i ddangos 'i hun fel lot o ferched y dre yma. Mi fasa ambell un yn rhoi ffortiwn am 'i harddwch hi. 'R ydw i'n siŵr y basa ar Mr. Meurig eisiau i'w wraig fynd allan lawer efo fo.'

---

dest: *just*
tyrfa: *crowd*
petruso: *to hesitate*
arferiad: *habit*
rhagorol: *ardderchog*
strêt: *straight*
egwyddorol: *principled*
y gwnâi: y byddai e'n gwneud
y geill: y gall, (gallu)

Daeth Lora i lawr o'r llofft a gorffennwyd y sgwrs.

Wedi i Loti fyned i'w hystafell ei hun, nid oedd gan y ddwy ffrind lawer i'w ddweud wrth ei gilydd wedyn. Cadwasant at eu penderfyniad o beidio â mynd yn ôl at bwnc Iolo, ac erbyn hyn nid oedd ar Lora fymryn o eisiau mynd yn ôl ato. (Ond) yr oedd y clo ar y mater hwn yn glo ar lawer pwnc arall. Rhyfedd cymaint o faterion dibwys y gellid eu mwynhau pan oedd pob dim yn iawn.

Mae pob dim da yn dŵad i ben yn rhy fuan. Dyma Linor wedi mynd a minnau wedi cael deuddydd hapus, a heno mae bywyd yn wag eto. Nid oes dim byd brafiach na bod dwy neu ddau yn medru siarad yn rhydd efo'i gilydd. Mi wnaeth les imi gael siarad efo Linor. Mae pawb arall fel petai arnynt ofn fy mrifo wrth ddweud dim am Iolo. Efallai eu bod, ond fe ddywedodd Linor echnos yr union beth yr hoffwn ei glywed—pam na fasa Iolo yn holi ei gydwybod ei hun. Ai am fod Linor wedi fy nghyfiawnhau yr wyf yn hapusach ar ôl iddi fod? Ni allaf ddweud, ond fe ddysgodd un peth imi am imi beidio â malio. Mae'r newid a ddaeth i'm bywyd i fel dyfod i fynydd heb ei ddisgwyl. Yr wyf innau yrŵan yn ceisio dringo ei lethrau heb edrych yn ôl am fod y dringo ei hun mor anodd. Ofer edrych yn ôl pa'r un bynnag, oblegid mae'n amhosibl cario dim o'r hyn a fu gyda mi. Yn y gorffennol y mae hwnnw, ac yno y mae'n rhaid iddo aros. Dim ond yn fy nghof y bydd ymadawiad Iolo yn fuan iawn. Cyn pen ychydig iawn o amser, bydd y rhan fwyaf o bobl wedi anghofio am fy helynt i, ac ni fyddaf yn neb ond y peth dirmygedig hwnnw, rhyw ddynes a'i gŵr wedi ei gadael, heb neb i gofio pam. Daw Miss Lloyd yn ôl ymhen ychydig ddyddiau, ac mi fyddwn eto yn dechrau byw fel yr oeddem ddiwedd y tymor diwethaf, pob dim wedi mynd i'w le yn ei ôl. Fel yna y bydd y pethau tu allan beth bynnag. Ysgwn i a ddaw fy meddwl byth i'r un cyflwr o dawelwch?

---

dibwys: *trivial*
y gellid: *one could,* (gallu)
yr union beth: *the exact thing*
cydwybod: *conscience*
wedi fy nghyfiawnhau: *has justified my actions*
llethrau: *slopes*
ofer: *pointless*
ymadawiad: *departure*
dirmygedig: *contemptible*
i'w le yn ei ôl: *as it was before*
cyflwr: *state*

PENNOD XVI

(Ar noson gyntaf ymweliad Margiad eisteddai hi a Lora yn y gegin yn siarad.) Canodd cloch drws y ffrynt, a daeth Mr. Meurig i mewn. Wedi cyfarch a siarad gair ag ef, dywedodd Margiad ei bod am fynd i'w gwely.

'Nos dawch, Anti Lora.'

'Dyna chdi, ella y rhoi i fy mhen heibio i ddrws dy lofft ti ar fy ffordd i ngwely. Nos dawch.'

'Nos dawch, Margiad,' oddi wrth Aleth Meurig.

'Rhywbeth wedi 'i tharfu hi, mae'n amlwg,' meddai yntau wedi iddi fynd allan.

'Oes. Helynt a hanner. Wedi gwirioni 'i phen am ryw hogyn o'r ysgol, a wedi gweld hwnnw efo rhyw hogan arall heno.'

'Druan â hi!'

'Ia, 'r ydw i wedi bod yn treio cael gynni hi weld tipyn o synnwyr.'

'Fel tasa hynny'n bosib yn yr oed yna.'

'Mae hi wedi addo treio beth bynnag. Mae hi'n hogan dda am weithio, ac yn ffeind.'

'Chwarae teg iddi.'

Yr oedd hyn i gyd i lenwi amser. Bu seibiant anghyffyrddus.

''R ydw i newydd gael llythyr oddi wrth eich gŵr!'

'Am beth eto?'

'Yr un peth. Mae'n amlwg 'i fod o'n awyddus iawn i gael ysgariad, neu mae Mrs. Amred.'

'Pam mae o'n sgwennu atoch chi?'

''D wn i ar y ddaear. Mae'n anodd gwybod oddi wrth lythyr. Fedar neb wneud dim ond dyfalu. Heblaw mi ŵyr yn iawn mai chi fedar symud gyntaf yn y mater, gan mai fo sydd wedi'ch gadael chi.'

'Gan fod y ddau wedi byw mewn pechod cyd â hyn, fedra i ddim gweld pam na eill y ddau ddal i fyw felly.'

---

tarfu: *to upset*
treio cael gynni hi: *trying to get her*
seibiant: *pause*
mi ŵyr: mae e'n gwybod
cyd â: h.y. cyhyd â, mor hir â
na eill: na all, (gallu)

''D ydach chi ddim yn nabod Mrs. Amred.'

'Ia?'

'Wel fel hyn. Petai rhywbeth yn digwydd i Ffennig rŵan, y chi fasa'n cael 'i bensiwn, ac unrhyw beth a fuasai ar 'i ôl, a 'r ydw i'n nabod Mrs. Amred yn ddigon da i wybod y mynn hi gael unrhyw beth sy'n dŵad i wraig os bydd ganddi ŵr.'

''R ydw i'n gweld. Ond pam mae o'n sgwennu atoch chi?'

'Wel, mae o'n gwybod 'i bod hi'n haws i mi eich rhoi chi ar ben y ffordd na neb arall, ac ella, o achos y straeon mae pobol yn 'u hel mod i'n dŵad yma a phethau felly, 'i fod o'n tybio y byddwn i'n hybu'r peth yn fwy er fy mantais fy hun.'

''R ydw i'n gweld rŵan,' meddai Lora tan gochi.

'Ond a dweud y gwir i chi, mi fyddai'n well gen i weld o'n sgwennu atoch chi. Mae o'n fy rhoi fi mewn lle cas iawn.'

Distawrwydd eto.

''D wn i ddim fedra i egluro,' meddai yntau gyda mwy o hyder, 'mi hoffwn i'ch gweld chi'n cael ysgariad er fy mwyn fy hun.'

Edrychodd Lora tua'r llawr. Aeth yntau ymlaen.

'Ond wrth eich annog i wneud hynny, mi fyddwn yn helpu eich gŵr, neu Mrs. Amred yn hytrach, a 'd oes arna i ddim eisiau gwneud hynny. 'D oes arna i ddim eisiau helpu'r un o'r ddau, ac eto mae arna i eisiau helpu fy hun. Ga i ofyn, ydach chi'n dal i gredu y geill (eich gŵr) ddŵad yn ôl atoch chi?'

''D oes gen i ddim lle i gredu hynny rŵan os ydi o'n dal i ofyn am ysgariad.'

'Ydach chi'n meddwl petai o'n gofyn am gael dŵad yn ôl, y gwnaech chi 'i dderbyn o?'

'Na faswn rŵan,' meddai hi heb betruso.

''D oeddach chi ddim mor sicir ychydig wythnosau yn ôl, oeddach chi?'

'Nac oeddwn, (ond) mae pethau eraill wedi digwydd er hynny sy'n gwneud imi wrthod meddwl 'i gymryd o'n ôl.'

---

y mynn hi: *she wants,* (mynnu)
ar ben y ffordd: *on the right track*
yn 'u hel: *spreading*
hybu: *to promote*
tan gochi: *blushing*
annog: *to urge*
y gwnaech chi: *that you would,* (gwneud)
petruso: *to hesitate*

'Pethau o'i ochor o?'

'Ia, a'i deulu. Mi ddaeth yma pan nad oeddwn i ddim gartre, a 'r ydw i'n gwbl sicir erbyn hyn ei fod o'n gwybod nad oeddwn i ddim gartre. Mae hynna wedi fy ngorffen i.'

Aeth Aleth Morgan yn ôl i'w dŷ a thipyn mwy o obaith ganddo ynghylch teimladau Lora Ffennig. Mae'n wir mai negyddol oeddynt hyd yn hyn, ond yr oedd hynny'n well na'i bod hi'n cario rhyw deimlad meddal y medrai hi dderbyn ei gŵr yn ôl, a rhyw ffwlbri felly.

* * *

Yr oedd Annie Lloyd yn ôl ers deuddydd, Lora yn gweithio ers dros wythnos, Rhys wedi dechrau yn yr Ysgol Ramadeg a phob dim yn ôl yn y rhigolau unwaith eto. Nid oedd Lora wedi gweld neb o Fryn Terfyn na chlywed gair er pan aethai Margiad yn ei hôl. Teimlai y dylai fynd yno wedi clywed gan Margiad nad oedd Owen cystal, ac fe âi pe gwyddai y byddai Jane yn fwy rhywiog ei thymer. Gwyddai y dylai fynd pa dymer bynnag a fyddai arni. Ond yr oedd wedi blino gwneud y pethau anodd, a gohiriai'r peth o'r naill ddiwrnod i'r llall, nes i Miss Lloyd ddweud wrthi ryw brynhawn ei bod yn meddwl bod ei brawd-yng-nghyfraith yn bur wael. Penderfynodd fynd i fyny felly i weld drosti ei hun. Wrth iddi gerdded i fyny llwybr y mynydd o'r ffordd, gwelai'r plant ar ben y clawdd o flaen y drws yn edrych i'w chyfeiriad, a gwelai hwynt yn rhedeg wedyn tuag at y llidiart, wedi ei hadnabod, mae'n siŵr. Rhuthrasant i'w dwylo wedyn a cherdded yn rhes tuag at y tŷ. Yr oedd pen Jane i'w weld heibio i gilbost y drws, a safodd yno i'w disgwyl. Lora oedd y gyntaf i siarad.

'Sut mae Owen?'

---

ynghylch: *regarding*
ffwlbri: *nonsense*
rhigolau: *grooves,* h.y. *old routine*
pan aethai M.: pan oedd M. wedi mynd
fe âi: byddai hi'n mynd
pe gwyddai: pe bai hi'n gwybod
rhywiog: *kindly*
gohiriai: roedd hi'n gohirio, (*to postpone*)
yn bur: yn eithaf
llidiart (G.C.): gât
rhuthrasant: *they rushed,* (rhuthro)
rhes: *a row*
cilbost: *gatepost*

'Digon symol ydi o. Mae'r doctor wedi 'i yrru fo i'w wely i orffwys am rai misoedd. Eisio gorffwys a maeth sydd arno, medda fo. Mi eill y peth arall gilio wedyn.'

Gwyddai Lora mai'r diciáu oedd y peth arall. Eisteddasant wrth y tân, a'r plant yn sefyll o gwmpas.

'Rhaid iti beidio â phoeni gormod,' meddai Lora.

'Hawdd iawn deud hynny.'

'Ydi,' meddai Lora gan ochneidio, a chododd a mynd i'r llofft. Yr oedd wyneb Owen wedi newid er mis Awst. Erbyn hyn yr oedd yn fudr felyn fel pwti, ond yn union o dan ei wallt yr oedd rhimyn o groen gwyn. Rhedai ffrydiau bychain, main o chwys i lawr ei arlais. Gafaelodd yn llaw Lora â'i law galed a'i lygaid yn disgleirio.

'O mae'n dda gen i dy fod ti wedi dŵad, Lora!'

'Wyddwn i ddim hyd neithiwr dy fod ti ddim cystal.'

'Nid eisio iti ddŵad yma i edrach amdana i oedd arna i, ond eisio iti ddŵad yma. 'R ydw i wedi bod yn poeni ac yn poeni ar ôl iti fynd oddi yma ar gownt yr hen ffrae yna.'

''D oedd dim rhaid iti boeni o gwbl. Mi faswn i *yn* dŵad rywdro, a mi faswn wedi dŵad cyn hyn petaswn i'n gwybod dy fod ti yn dy wely.'

'Mi wn i hynny, ond 'd oedd Jane ddim yn fodlon i Margiad ddweud hynny wrth Rhys yn yr ysgol.'

'Mi fûm innau yn ddigon helbulus fy meddwl ar ôl bod yma.'

'Rhywbeth newydd?'

'Ia. (Mae'n debyg) fod Iolo wedi bod o gwmpas pan oeddwn i yma, ac wedi gweld Mr. Meurig. Mae arno fo eisio ysgariad.'

'Chdi sydd i benderfynu hynny yntê?'

'Ia, siŵr gen i, ond mae Mr. Meurig yn meddwl mai Mrs. Amred sydd yn 'i wthio fo ymlaen er mwyn iddyn nhw gael priodi. Mae'n siŵr nad ydyn nhw ddim yn licio byw fel maen nhw.'

---

symol: gweddol
maeth: *nourishment*
cilio: *to recede*
gwyddai L.: roedd L. yn gwybod
diciáu (G.C.): *tuberculosis*
ochneidio: *to sigh*
yn fudr felyn: *dirty yellow*
rhimyn: *a line*
ffrydiau bychain: *small beads*
main: tenau
arlais: *temple*
gafaelodd: *he grasped,* (gafael)
ar gownt: *on account of*
helbulus: *troubled*

'Beth wyt ti am wneud?'

''D wn i ddim eto. Os ydyn nhw wedi penderfynu priodi, 'd oes dim byd i' rhwystro nhw ond y fi, a pheth gwirion fyddai imi ddial trwy beidio â gwneud. Ond os ydi o'n costio llawer, fedra i mo'i fforddio fo.'

'Heb iddyn nhw addo talu?'

'Dim iws dibynnu ar addewid yr un o'r ddau. Y peth sy'n fy ngwylltio fi ydi gweld fel mae Esta yn sgwennu iddyn nhw.'

'Ydi hi?'

'Mae'n rhaid 'i bod hi. Mae'n siŵr gen i mai efo hi a'i fam yr oedd o'n aros pan oedd o yma, a sut yr oedd o wedi ffitio'i amser cystal i ddŵad adre pan oeddwn i i ffwrdd?'

Daeth Jane i fyny efo hambwrdd mawr a the a brechdanau tomatos arno, a Margiad efo un llai i'w thad. Yr oedd golwg llawer siriolach ar Jane.

'Diolch yn fawr iti am ddŵad,' meddai Owen wrth i Lora droi i gychwyn ymaith, 'a brysia eto.'

'Mi ddo i'n reit fuan,' (atebodd hithau.)

* * *

Pan oedd Lora ym Mryn Terfyn, eisteddai Loti ac Annie yn eu parlwr—Loti yn ceisio astudio ac Annie yn synfyfyrio. Cododd Loti ei phen a syllu ar ei ffrind.

'Oes rhywbeth yn dy boeni di?'

'Oes, 'r ydw i'n teimlo'n reit anhapus. 'R ydw i wedi diflasu ar yr ysgol. 'R ydw i wedi diflasu ar y dre yma. 'D oes dim byd yr un fath rywsut.'

'Wel na, 'd ydi dim byd byth yr un fath.'

'Nac ydi, ond mi'r ydan ni'n disgwyl 'i gael o felly. Mi sylweddolais ddechrau'r tymor yma mod i'n rhoi'r un gwersi i'r safonau isa am yr wythfed tro ar ôl 'i gilydd. 'R ydw i wedi bod saith mlynedd yn yr ysgol yma.'

'Dim byd o'i le yn hynny.'

'Nac oes, ond meddylia sut y bydda i ymhen deng mlynedd arall.'

---

dial: *to take revenge*
addewid: *promise*
hambwrdd: *tray*
siriolach: mwy siriol/llawen
syllu: *to stare*
ar ôl 'i gilydd: *in succession*

'Mi fyddi wedi priodi cyn hynny.'

''D oes dim argoel o hynny. A mae'r Esta yna yn ddigon i droi rhywun yn llofrudd.'

Ar hynny rhoes Derith ei phen heibio i'r drws.

'Mae Rhys yn sâl.'

'Yn lle?'

'Yn y gegin.'

Rhuthrodd y ddwy yno a gweld Rhys yn taflu i fyny. Rhedodd Annie i nôl dŵr oer, a Loti yn dal ei llaw o dan ei ben.

'Well rŵan, Rhys?' gofynnodd Loti.

'Ydw, diolch.'

Aeth hithau i nôl pwced a chadach llawr i glirio'r llanast, a rhoes Annie Rhys ar ei led-orwedd ar y gadair a chlustog tan ei ben, a'i wylio. Ar hynny cerddodd Esta i mewn trwy'r gegin bach.

'Be sy'n bod?' meddai.

'Rhys sydd wedi bod yn sâl.'

'A'i fam wedi mynd i gymowta reit siŵr.'

Gwelodd Annie dân coch o'i blaen.

'Os aeth hi i gymowta mi aeth ar 'i harian 'i hun beth bynnag.'

'Beth ydach chi'n feddwl?'

'Ewch i holi'r bobol sy'n gwybod.'

Aeth Annie i'r parlwr, a meddai Loti,

'Mae Mrs. Ffennig wedi mynd i Fryn Terfyn, mi glywodd neithiwr fod 'i brawd-yng-nghyfraith yn bur sâl.'

'Mae'n amlwg fod 'i phlentyn hi'n sâl hefyd,' meddai Esta.

''R oedd Rhys yn iawn pan gychwynnodd Mrs. Ffennig, on'd oeddach chi, Rhys?'

'Oeddwn, ond mae'n rhaid i Anti Esta gael rhoi'r bai ar mam am bob dim,' meddai yntau heb godi ei ben.

Bu distawrwydd am dipyn, ac yna clywyd drws y ffrynt yn agor, a daeth Lora i mewn.

'Be sy?' oedd ei gair cyntaf.

'Rhys sy wedi bod yn sâl, Mrs. Ffennig.'

---

argoel: arwydd
llofrudd: *murderer*
rhoes: rhoiodd, (rhoi)
pwced a chadach llawr: *bucket and a floor cloth*
llanast: *mess*
lled-orwedd: *to lie down flat*
cymowta (G.C.): *to gad about*
yn bur: yn eithaf

'Be gest ti i ginio yn yr ysgol, Rhys?'

'Stiw cig, eirin wedi 'u stiwio a chwstard powdwr.'

''R oeddwn i'n meddwl. Well iti ddŵad i dy wely.'

Gallai Lora synhwyro sefyllfa anghysurus wrth weld agwedd Esta, a safai ar lawr y gegin yn edrych mor guchiog, a Loti yn edrych yn hollol anghysurus fel petai hi'n gyfrifol am yr holl sefyllfa. Golwg Esta a roes nerth ym mreichiau Lora i afael yn Rhys a'i gario ar ei braich fel babi i'r llofft.

Aeth Esta allan a Loti i'r parlwr.

'Dyna fi wedi gwneud hi rŵan,' meddai Annie, 'mi wylltiais gymaint wrth 'i chlywed hi'n sôn am gymowta fel na fedrwn i weld dim. Ond rhaid imi egluro i Mrs. Ffennig.'

Ac wedi iddi glywed Lora yn dyfod i lawr o'r llofft fe aeth i'r gegin i ddweud y cwbl wrthi.

'Peidiwch â phoeni, Miss Lloyd. Mae o wedi digwydd, a fedar neb wneud dim. Na, 'd oedd hi'n gwybod dim cynt, ddim drwydda i beth bynnag. Hwyrach na fydd o ddim yn ddrwg i gyd. 'D oes gan neb ddim help am bethau fel hyn. Mae Rhys yn poeni mwy arna i rŵan.'

'Ydi wir? Mae'n ddrwg gen i.'

'Mae o'n cwyno gan ryw boen yn 'i stumog ers tro, ond dyma'r tro cynta iddo fo daflu i fyny. Rhaid imi gael y doctor i'w olwg.'

Bu Lora yn synfyfyrio yn hir ar yr aelwyd. Rhoes ei swper i Derith a mynd â hi i'w gwely. Galwodd ar ei ffordd i lawr i weld Rhys. Nid oedd wedi cysgu. Yr oedd ganddo boen fawr yn ei ben. Eisteddodd hithau wrth ochr ei wely a rhoi ei llaw ar ei dalcen.

'Sut oedd Yncl Owen?'

'Digon symol, ond nid mor sâl ag oeddwn i'n ofni. Rhaid iddo fo fod yn 'i wely am hir yn gorffwys.'

'Biti yntê?'

'Biti mawr. Ond mae o'n siŵr o fendio. Wyt ti'n meddwl y medri di gysgu rŵan?'

---

eirin: *plums*
synhwyro: *to sense*
agwedd: *attitude*
cuchiog: *sullen*
a roes: a roiodd, (rhoi)
hwyrach (G.C.): efallai
i'w olwg: i edrych arno fe
aelwyd: *hearth*
symol: gweddol
mendio: *to mend*

'Ydw. Mi'r ydw i'n well rŵan. Ond 'd ydw i ddim wedi gorffen fy nhasgau.'

'Hitia di befo'r rheiny. Mi sgwenna i i'r ysgol i egluro. Dos di i gysgu, a mi fyddi'n iawn erbyn y bora.'

Dyna'r helynt a glywodd Aleth Meurig pan ddaeth i mewn yn ddiweddarach, a Lora bron yn rhy boenus ei meddwl i siarad.

'Ylwch, Mrs. Ffennig, 'd oes dim sens mewn peth fel hyn. Y chi yn gweithio fel slaf, ac yn cael y fath boen meddwl, a phobol erill yn medru mwynhau eu hunain.'

'Gadewch iddyn nhw. 'D oes arna i ddim eisio 'u harian nhw.'

'Mi'r ydach chi'n poeni fod eich chwaer-yng-nghyfraith wedi cael achlust am yr arian yna yn 'd ydach?'

'Ydw braidd, ond 'd oedd mo'r help.'

'Efallai y gwna fo les iddi. Mae'r bobol yna y mae hi'n troi efo nhw yn y gymdeithas gelfyddyd yna yn ymorchestu yn eu syniadau llydan am garu a phethau felly, ond mater arall ydi dwyn arian hyd yn oed i'r set yna. (Er bod) pob dim yn bwrw am ych pen chi rŵan mi ddaw gwawr rywdro.'

'Sgwn i?'

'Ylwch, ewch i'ch gwely.'

Aeth yntau adref, a daeth Loti Owen i mewn i ddweud na chymerai Annie ddim cwpanaid o de fel arfer.

'Mae hi wedi torri i lawr yn lân, ac yn poeni 'i henaid allan,' meddai.

'Dwedwch wrthi,' meddai Lora, 'na raid iddi ddim poeni o'm hachos i. Ella'i bod hi wedi gwneud cymwynas â mi yn y pendraw.'

Yr oedd Rhys yn cysgu pan roes Lora ei phen heibio i ddrws ei lofft ar ei ffordd i'w gwely. Sylwodd fel yr oedd ei wyneb wedi newid mewn ychydig fisoedd. O fod yn wyneb crwn aethai'n wyneb hir, a'i ben yn dechrau cymryd ffurf bachgen hŷn o lawer.

---

tasgau: gwaith cartref
hitia di befo'r rheiny (G.C.): *never mind about those*
slaf: *slave*
wedi cael achlust: wedi clywed sôn
celfyddyd: *art*
ymorchestu: *to boast, to brag*
yn bwrw am ych pen: *on top of you*
yn poeni 'i henaid: *worrying herself to death*
yn y pendraw: *in the long run*
cymwynas: ffafr
pan roes L.: pan roiodd L., (rhoi)
aethai: roedd wedi mynd
hŷn: henach

Byddai'n rhaid iddi fynd i weld y meddyg yn ei gylch yn y bore. Wedi dringo i'r atig cymerodd ei dyddlyfr a dechrau ysgrifennu.

Mae fy helyntion yn cynyddu, a phoen o natur wahanol erbyn hyn—salwch. Ar adeg arall buaswn yn poeni fod Esta wedi dweud yr hyn a wnaeth heno, ond fe ymlidiodd wyneb Rhys hwnyna. Mae'r plentyn yn poeni, ac nid yw'n cael y bwyd a ddylai. Ni allaf ychwaith gael wynebau plant Bryn Terfyn i ffwrdd o flaen fy llygaid. Mor ddigalon yr edrychai'r tri heno. Yr oeddynt mor falch o'm gweld, a heb ofni dangos hynny, yn wahanol i'w mam. O diar, yr ydym yn bobol fychain, y fi wedi oedi mynd i Fryn Terfyn, er imi glywed fod Owen yn waelach, a Jane heddiw mor oer a phell. Gresyn garw na allem edrych bob amser *ar bobl fel pe baem yn eu gweld am y tro olaf am byth, fe fyddem yn llawer mwy maddeugar. Ond mae rhyw hen falchder gwirion ynom sy'n cadw ein cefnau yn rhy syth i blygu, fel petaem yn colli rhywbeth ofnadwy wrth wneud hynny. 'Wna i mo hyn, wna i mo'r llall', gyda'r pwyslais ar yr* i *bob amser. Yr wyf innau yr un fath efo fy mam-yng-nghyfraith, a hithau yr un fath efo minnau.*

A beth sydd o'i le ar Miss Lloyd? Rhaid bod rhywbeth ofnadwy wedi cynhyrfu hogan dawel fel hi i ffrwydro efo Esta. Yr wyf yn teimlo fod y tŷ yma yn cau amdanaf. Hoffwn hedeg i rywle.

---

cynyddu: *to increase*
ymlidiodd: *chased, got rid of,* (ymlid)
pobol fychain: *small-minded people*
oedi: *to delay*
gresyn garw (G.C.): trueni mawr
maddeugar: *forgiving*
plygu: *to bend*
cynhyrfu: *to agitate, to upset*
ffrwydro: *to explode*
hedeg: hedfan

PENNOD XVII

Daethai pethau yn weddol dawel eto. Rhys yn well, a'r meddyg wedi dweud nad oedd fawr fwy o'i le arno na bwyta rhywbeth anaddas. Yr oedd Owen yn dal ei dir, ac yn cryfhau rhyw gymaint. Yr oedd Lora yn eithaf cysurus yn yr ysgol—ei hen ysgol. Yr oedd yn hwylus iddi fod Derith yn adran y babanod (ac) nid oedd y gwaith yn rhy drwm, ond yr oedd yn waith dygn tra parhâi. Deuent i gyd adre i ginio erbyn hyn ac eithrio Miss Lloyd. Deuai Mrs. Jones yno bum bore yr wythnos i lanhau. Eto yr oedd gan Lora ddigon i'w wneud gyda'r nos, rhwng smwddio, trwsio, paratoi gymaint ag a fedrai ar gyfer cinio drannoeth, a pharatoi ei gwaith i'r ysgol. Darganfu yn fuan nad oedd ganddi byth fawr o arian wrth gefn ar ddiwedd mis. Penderfynasai un peth, modd bynnag, ei bod yn cadw ei phrynhawniau Sadwrn i fynd â'r plant allan am dro. Nid âi â hwy i Fryn Terfyn gyda hi bellach. Deuai plant ei chwaer i lawr atynt hwy ambell brynhawn Sadwrn. Ymddangosai Miss Lloyd fel pe bai wedi dyfod dros y pwl digalon a gafodd ac âi o gwmpas fel cynt yn ddigon wyneb lawen. Gweithiai Loti Owen yn ddiwyd gyda'r nos, ac fe roddai hynny fwy o ryddid i'r ffrind a rannai'r parlwr gyda hi. Deuai Aleth Meurig i mewn fel arfer, ond fel y byrhai'r dydd deuai yn gynt, a chael Lora ar ei phen ei hun gan amlaf. Byth er pan gawsai hi ei lythyr ym Mryn Terfyn gallai synhwyro pwrpas ei ymweliadau, a cheisiai osgoi meddwl am y pwrpas hwnnw. Gwthiai ef i du ôl ei meddwl, er yn gwybod yn iawn ynddi ei hun ei fod yn gwestiwn y byddai'n rhaid iddo ddyfod i flaen ei meddwl, os na newidiai'r twrnai a throi ar ei sawdl i ryw gyfeiriad arall.

---

daethai: roedd . . . wedi dod
anaddas: *unsuitable*
rhyw gymaint: *somewhat*
hwylus: *convenient*
dygn: caled
tra parhâi: *while it lasted*, (parhau)
deuent: roedden nhw'n dod
trwsio: *to darn, to mend*

nid âi: doedd hi ddim yn mynd
pwl: *a bout*
cynt: *previously*
yn ddiwyd: *diligently*
yn gynt: *earlier*
osgoi: *to avoid*
sawdl: *heel*

Gresynai na allai fyned i ffwrdd i rywle am fwy o amser nag y buasai erioed o'r blaen, er mwyn gweld beth fyddai ei theimladau tuag ato, ac er mwyn gweld beth yn hollol oedd ei deimladau yntau. Sylweddolai hefyd ei bod yn medru twyllo ei dyddlyfr, a bod yntau yn mynd yn rhywbeth yr un fath â'r sgwrsio yn y gegin gyda'r nos, yn rhywbeth anniffuant, yn addurn i fywyd, yn lle ei fod yn mynegi ei gwir deimlad yn ei hofnau o gyfeiriad Aleth Meurig. Teimlai ei bod yn ei ddenu yno wrth beidio â dweud wrtho am gadw draw. Teimlai yr âi llawer allan o'i bywyd llwm petai ef yn cadw draw. Ar noson fel hyn a hithau wedi bod yn meddwl ychydig am ei dyfodol, cymaint ag y gadawai ei natur ddiegni iddi feddwl, daeth (ef) yno a'i chael yn trwsio sanau o flaen y tân.

'Mrs. Ffennig,' meddai, ''d ydach chi ddim am ddal ymlaen fel hyn?'

Cododd hithau ei golwg.

'Pa fel hyn?' heb allu cuddio ei bod wedi deall yn iawn.

'Mi wyddoch yn iawn beth ydw i'n feddwl, 'd ydach chi ddim yn meddwl dal ymlaen i weithio'n galed fel hyn nes byddwch chi'n drigain oed.'

'Beth arall fedra i 'i wneud?'

'Fasech chi'n medru fy mhriodi fi, petaech chi'n cael ysgariad?'

Rhoes Lora ei phen i lawr, ac ail ddechrau ar ei thrwsio yn chwyrn.

'Fedrech chi?' meddai yntau drachefn.

'Mae arna i ofn na fedrwn i ddim. Ond mae'r peth mor sydyn.'

'Hoffech chi amser i feddwl dros y peth?'

'Mae arna i ofn mai'r un fyddai f' ateb i.'

'Ond 'd ydach chi ddim yn fy nabod i'n dda iawn ydach chi?'

''D oes neb yn nabod 'i gilydd yn dda iawn cyn priodi, a 'd ydi rhai ddim wedyn chwaith. 'D oes a wnelo amser ddim â fo

---

gresynai: roedd hi'n gresynu, (*to regret*)
anniffuant: *insincere*
addurn: *ornament*
denu: *to attract*
llwm: tlawd
pa fel hyn?: *like what?*
trigain: chwe deg
rhoes L.: rhoiodd L., (rhoi)
yn chwyrn: yn wyllt, yn gyflym
drachefn: eto
'd oes a wnelo amser ddim â fo: *time doesn't have anything to do with it,* (gwneud)

rhywsut. Petaswn i wedi gwirioni amdanoch chi, nid dŵad yma i ofyn i chi fy mhriodi fi y basech chi, mi faswn wedi'ch cyfarfod chi hanner y ffordd yn rhywle, a mi fuasem ein dau wedi penderfynu priodi efo'n gilydd. (Ac wrth gwrs) mae'r plant gen i.'

'Wela i ddim rhwystr yn y fan yna.'

'Welwch chi ddim heddiw, ond mi welwch ryw ddiwrnod, a buasai ei weld ar ôl priodi yn rhy hwyr.'

''D ydyn nhw ddim gwahanol i blant erill ydyn nhw?'

'Nac ydyn am wn i, ond ella mai wedi imi ddangos mod i'n hoffi rhywun arall y basan nhw'n troi'n wahanol.'

'Fyddai hynny ddim yn beth anodd i'w wynebu.'

'Ddim o gwbwl, petawn i'n berffaith sicr pa un ai chi ai nhw fyddai'n golygu fwyaf imi.'

''R ydw i'n gweld,' meddai yntau, a throi yn sydyn yn ei gadair, 'ond mi adawn ni bethau heno. Sgwn i ddaw Miss Lloyd a Miss Owen i gael gêm o gardiau cyn imi fynd?'

'Mi ofynna i,' meddai hithau, 'ond rhaid i Rhys ddŵad i gael 'i lefrith gynta.'

'Sut mae'r ysgol newydd, Rhys?'

'Iawn diolch, Mr. Meurig. Digon o waith ar y dechrau a phob dim yn ddiarth, ond mae'r titsiars yn glên iawn.'

* * *

'O, gadewch inni roi'r gorau i'r chwarae yma wedi gorffen hon, 'r ydw i wedi diflasu,' meddai Lora, 'gadewch inni siarad wrth baned o de. Mae gweld pedwar o bobol yn syllu ar gardiau fel petai eu tynged ynddynt, heb air i ddweud wrth 'i gilydd, yn fwy nag y medra i 'i ddiodde.'

Aeth Loti i helpu gyda'r te.

'Am be gawn ni siarad?' meddai Aleth Meurig wrth gymryd ei gwpanaid. 'Dyma ni'n pedwar yn y fan yma heno, a dim byd yn gyffredin gynnon ni.'

''R ydan ni'n byw yn yr un stryd,' meddai Loti.

---

pa un ai chi ai nhw: *whether it was you or them*
mi adawn ni: *we will leave,* (gadael)
diarth: h.y. dieithr, *strange, alien*
titsiars: athrawon
clên (G.C.): dymunol, caredig
rhoi'r gorau i: *to give up*
tynged: *fate*

''R ydan ni i gyd wedi cael rhywfaint o addysg,' meddai Annie.

'A 'd oes yr un ohonom ni â diddordeb mewn dim ond ein gwaith,' meddai Lora.

'Os ydi'n diddordeb ni yn hwnnw, 'r ydan ni'n wahanol i'r rhan fwya o bobol heddiw,' meddai'r twrnai.

'Mae arna i ofn nad oes gen i ddim diddordeb yn hwnnw, chwaith,' meddai Annie.

'Be sy'n bod, Miss Lloyd?' oddi wrth y twrnai.

'Dechrau syrffedu'r ydw i, (syrffedu) ar wneud yr un gwaith y naill flwyddyn ar ôl y llall.'

'Mi ddylech briodi,' meddai yntau.

'Gwaith gawn i wedyn.'

'Ond un gwahanol. Wnaech chi ddim syrffedu ar weithio i'ch gŵr.'

Gwelodd pawb fod y siarad yn mynd i sianel peryglus.

''R ydw i'n credu,' meddai Loti, 'fod yn rhaid cael rhyw sbardun i ddal ymlaen o hyd.'

Cytunai pawb.

'Ond,' meddai hi wedyn, ''r ydw i'n ffeindio bod yn rhaid i'r sbardun fod y tu mewn ac nid y tu allan.'

'Un i mi ydi honna,' meddai Annie.

'Un inni i gyd. 'R ydan ni'n dal i ddisgwyl i rywbeth ddigwydd y tu allan inni, er mwyn inni gael rhyw newid. Mae'r newid hwnnw yn sbardun inni am dipyn nes down ni i gynefino efo fo, wedyn mi fyddwn yn disgwyl i rywbeth arall ddigwydd.'

'Hynny ydi,' meddai Aleth Meurig, 'os oes ar rywun eisiau priodi, mae'n rhaid iddo fo dreio priodi heb ddisgwyl i'r cynnig ddigwydd iddo fo neu iddi hi.'

Troes Lora ei phen ac edrych i'r tân.

'Beth ydach chi'n 'i ddeud, Miss Lloyd?' gofynnodd yntau wedyn.

'Mae'n dibynnu prun ynte mab neu ferch ydi o.'

''D oes dim gwahaniaeth heddiw.'

---

syrffedu: *to be fed up with*
wnaech chi ddim: *you wouldn't*, (gwneud)
sbardun: *incentive*
i gynefino efo fo: *to become accustomed to it*
troes L.: troiodd L., (troi)

'Pam mae'n rhaid inni fynd i fyd priodi o hyd?' meddai Loti.

Cytunai Lora ond ni wnaeth osgo i siarad rhagor. Byddai ganddi lawer i'w ddweud ar bwnc y sbardun, ond nid yn y fan yma yr oedd dweud hynny, mewn sgwrs nad oedd yn ddiffuant, ac mewn sgwrs rhwng pedwar. Condemnient hwy y set yr oedd Esta yn perthyn iddi am fynd i siarad uwchben coffi mewn tŷ bwyta, a dyma hwythau yn gwneud yr un peth yn union.

''R ydw i'n cynnig bod ni'n cau'r drafodaeth,' meddai Lora.

'Ar bwy 'r oedd eisiau dechrau siarad?' meddai ef.

'Ddaeth hi ddim yn naturiol iawn, yn naddo?'

'Naddo, siarad er mwyn siarad yr oedden ni,' meddai Miss Lloyd, 'petaen ni'n dechrau dweud ein profiad, ein *gwir* brofiad, mi fasa'r gegin yma'n wag mewn eiliad.'

'Mater i ddau fyddai hynny,' ebe Aleth Meurig.

'Neu i un,' meddai Lora yn siort.

* * *

Wedi mynd i'r tŷ y noson honno, bu Aleth Meurig yn synfyfyrio am hir ar y sgwrs a gawsant. Sgwrs ffug mae'n wir, ond yr oedd llawer o wir ynddi. Yr oedd yn berffaith sicr erbyn hyn na allai ddarbwyllo (Lora) i gael ysgariad oddi wrth ei gŵr, na'i chael i ddyfod i ffwrdd gydag ef, er mwyn i'w gŵr ddyfod ag achos o ysgariad yn ei herbyn hi. Gwelsai Lora Ffennig bai ar ei chwaer am fod mor gul, ond dim ond rhyw ddwy radd yr oedd hithau'n well. Yr oedd y tair yn y fan yna heno, meddyliai, yn gwbl amddifad o lawenydd bywyd, am fod dyletswydd yn dyfod gyntaf iddynt. Fe aent yn hen o un i un, fel yna, ac ar ddiwedd bywyd llwyd, fe ddywedai rhywun wrth ben eu bedd, 'Yr hyn a allodd hon hi a'i gwnaeth'.

* * *

---

osgo: *inclination*
diffuant: *sincere*
yn union: *exactly*
trafodaeth: *discussion*
yn siort: *sharply*
na allai ddarbwyllo: *that he couldn't persuade*
gradd: *degree*
amddifad: *bereft*
dyletswydd: *duty*
fe aent: bydden nhw'n mynd
yr hyn a allodd hon hi a'i gwnaeth: *that which she could do, she did*

Wedi mynd i'w gwely bu Lora yn ailfyw'r noson, yn meddwl am yr holl bethau y gallasai eu dweud, ond nas gwnaethai. Yr oedd Aleth Meurig wedi corddi llyn o'r tu mewn iddi na allai wneud dim iddo ond gadael i amser ei waelodi, er mwyn iddi allu edrych i'w waelod yn glir. Yr oedd yn ormod o gymysgedd iddi feddwl ysgrifennu amdano, ac yn ei tharo yn rhy bersonol. Yr oedd yn falch iawn nad aeth ymlaen efo'r sgwrs arall pan oedd y pedwar gyda'i gilydd, er bod Loti wedi dweud yr hyn a deimlai hi, fod yn rhaid cael sbardun o'r tu mewn. Ffydd mewn bywyd y buasai hi yn ei alw, a'r peth mawr oedd peidio â gadael i bethau o'r tu allan ei diffodd pan fyddai'r fflam yn isel.

---

nas gwnaethai: doedd hi ddim wedi'u dweud
corddi: *to churn*
gwaelodi: *to settle*
sbardun: *incentive*
diffodd: *to extinguish*

PENNOD XVIII

Pan anfonodd prifathrawes Ysgol y Babanod i'r ysgol fawr ryw ddiwrnod i ofyn a ddeuai Mrs. Ffennig i'w gweld ar ddiwedd y prynhawn, y peth cyntaf a ddaeth i'w meddwl ydoedd fod Derith wedi gwneud rhwybeth o'i le. Ni ddaeth i'w meddwl am eiliad fod y brifathrawes yn anfon amdani i ddweud dim byd pleserus am Derith. Rhoesai'r gorau i ddisgwyl am y pethau hynny o unrhyw gyfeiriad.

'Eisteddwch, Mrs. Ffennig,' meddai'r brifathrawes, a dyfod at y pwnc yn ddiymdroi. 'Hen fater digon cas sy gen i, ond mae'n rhaid imi sôn amdano wrth gwrs, achos y chi fedar ddelio orau efo fo. Mae'n ofnadwy o anodd imi ddweud wrthoch chi, 'r ydan ni wedi dal Derith yn dwyn.'

'Yn dwyn?'

'Ia. 'D wn i ddim a gawson ni achos tebyg iddo fo o'r blaen. Fedra i ddim egluro yn iawn.'

'Beth mae hi wedi bod yn 'i ddwyn felly?'

'Da-da'r plant ran amla. 'R oedd rhai o'r plant yn dŵad aton ni o hyd i gwyno eu bod yn colli da-da, o bocedi eu cotiau yn y cloak-room, neu o'u desgiau. A weithiau mi fydda'u brechdanau yn mynd.'

''D oedd arni hi ddim angen yr un o'r ddau. Mae'n cael arian i brynu fferins, a digon o frechdanau ar gyfer allan chwarae.'

'Wel ia, ond hyn sy'n beth rhyfedd. 'D oedd hi ddim yn bwyta'r un o'r ddau. Mi ddaru inni dreio cael ffeindio i ddechrau drwy ofyn i'r plant gyfadde. Ond 'd oedd neb yn gwneud, a wedyn mi fu'n rhaid inni fynd trwy'r desgiau, ac yn y diwedd chwilio'u pocedi, ac mi gafwyd fferins un o'r plant bore heddiw ym mhoced Derith. 'R oedd y plentyn yn medru dweud

---

a ddeuai Mrs. Ff: a fyddai Mrs. Ff. yn dod
rhoesai'r gorau: roedd hi wedi rhoi'r gorau, (*to give up*)
diymdroi: *without delay*
delio: *to deal*
da-da (G.C.): losin, fferins
mi ddaru (G.C.): fe wnaeth
cyfadde: *to admit*
mi gafwyd: *were to be had,* (cael)

yn hollol sut fferins oedden nhw, a sawl un oedd yno. A ddaru Derith ddim gwadu.'

'Mae'n ddrwg iawn gen i,' meddai Lora, 'ond er hynny, fedra i ddim dallt, achos mae'n amlwg nad oedd arni ddim o'u heisio nhw.'

'Dyna mae ei hathrawes a minnau yn fethu ei ddallt. Er inni ei holi a'i holi, mi fethson gael dim allan ohoni. Mi ddaru inni ddangos y drwg oedd hi wedi 'i wneud, ond dal i wenu yr oedd hi. Felly, yr oedden ni'n meddwl mai'r peth gorau ydi i chi ddelio efo hi, Mrs. Ffennig.'

'Diolch yn fawr i chi, Miss Huws, mi wnaf fy ngorau, er mod i'n meddwl mai'r un fath y bydd hi efo minnau. Mae'n ddrwg iawn gen i 'i bod hi wedi rhoi'r fath boen i chi a'i hathrawes.'

'Peidiwch â phoeni. Dyna ran o'n gwaith ni, ac mae pethau fel yna yn mynd yn waeth rŵan.'

Aeth Lora i chwilio am Derith, ond nid oedd hanes ohoni o gwmpas yr ysgol, a bu'n rhaid iddi fynd adre hebddi. Daliodd hi ar ben eu stryd hwy, yn cerdded a'i phen i lawr.

'Hylô, Derith, mi'r wyt ti wedi cael y blaen arna i heddiw.'

Ni chododd Derith ei phen, dim ond cerdded yn ei blaen.

'Dyro dy law i mi.'

Ond tynnodd hi'n styfnig oddi arni wedi iddi ei chymryd.

'Be sy arnat ti?'

Dim ateb.

'Tyd, brysia rŵan, iti gael helpu mam i hwylio te i Miss Lloyd a Miss Owen. 'R ydan ni'n mynd i gael pysgod i de heddiw.'

Rhoes Derith ei llaw i'w mam yn y diwedd, ond heb godi'i phen.

'Ydan ni'n mynd i gael chips efo nhw?'

'Ydan, os bydd amser.'

Wedi cyrraedd y tŷ (dywedodd ei mam,)

'Yli, Derith, tyd yma at mam i'r gegin bach iti gael tamed o deisen.'

Daeth hithau yn ufudd ddigon.

''R wyt ti wedi bod mewn helynt yn yr ysgol heddiw, yn do?'

---

gwadu: *to deny*
cael y blaen: *to get ahead*
dyro: rho, (rhoi)
rhoes D.: rhoiodd D, (rhoi)
yn ufudd: *willingly*

'Do,' meddai hithau a rhoi ei phen i lawr.

'Rŵan, cariad, 'd wyt ti ddim yn mynd i gael drwg gin mam, nes clywa i pam oeddat ti'n gwneud peth ddaru ti. 'R wyt ti wedi bod yn cymryd brechdanau a fferins y plant yn do?'

'Do,' yn ddistaw.

'A 'd oedd arnat ti ddim o'u heisio nhw yn nac oedd?'

'Nac oedd.'

'Wel pam oeddat ti yn 'u cymryd nhw? Dwad ti wrth mam rŵan. Ella dy fod ti'n sâl wyt ti'n gweld.'

Cododd Derith ei phen.

'Na, 'd ydw i ddim yn sâl. Gwneud i gael hwyl wnes i. Hwyl ar ben y titsiars.'

'Yli di, pwt, nid felna mae cael hwyl. A mae o'n beth drwg iawn i gael hwyl am ben pobol.'

'Arni hi oedd y bai.'

'Ar bwy?'

'Ar Miss Oli—titsiar ni.'

'Beth oedd hi wedi 'i wneud i chi?'

'Hen bitsh ydi hi.'

'Lle cest ti'r gair yna?'

'Mae pob un o'r plant yn 'i ddeud o.'

'Am bwy?'

'Am Miss Oli.'

'Ydi hi'n gas efo chi?'

'Ydi, mae hi'n gweiddi, ac yn ein pinsio ni yn ddistaw bach.'

'Pam ddaru iti ddwyn pethau'r plant?'

'Er mwyn cael hwyl am 'i phen hi yn chwilio amdanyn nhw ac yn methu cael hyd iddyn nhw.'

'Ond chest ti ddim. Y hi gafodd hwyl am dy ben di. A fydd y plant erill ddim yn dy licio di rŵan. Wnân nhw ddim chwarae efo chdi na dim.'

Dechreuodd Derith grio.

''R wyt ti'n gweld rŵan mor wirion y buost ti, a mor ddrwg. Fasa ti'n licio bod yn ffrindia efo'r plant yna eto?'

'Baswn.'

---

cael drwg: *to have a row*
pwt: cariad
pinsio: *to pinch*
yn ddistaw bach: *on the sly*

'Wyddost ti sut y dôn nhw'n ffrindia—wrth iti beidio byth â gwneud hynna eto. Wnei di addo i mam rŵan na wnei di ddim dwyn byth eto?'

'Gwna.'

''D ydi mam ddim am dy guro di y tro yma. A wyddost ti beth arall wyt ti wedi'i wneud? 'R wyt ti wedi rhoi poen fawr i mam.'

Dechreuodd Derith grio mwy, (a) chafodd Rhys, wrth ddyfod i'r tŷ drwy'r gegin bach, awgrym gan ei fam i beidio â dweud dim wrthi.

Penderfynodd Lora nad arhosai yn y tŷ heno i siarad â neb. Wedi rhoi Derith yn ei gwely, ac yr oedd hithau wedi dyfod ati ei hun erbyn hynny, rhoes gôt gynnes amdani, ac aeth allan i'r cei am dro i geisio cael ei meddwl yn glir. Yr oedd yn noson nodweddiadol o ddiwedd Medi gydag ychydig niwl yn yr awyr. Cofiodd mai ar noson fel hyn yn yr hydref y penderfynodd Iolo a hithau briodi. Nid oedd yr atgof yn cynhyrfu dim arni heno fel y gwnâi am flynyddoedd ar ôl priodi. Toc, gwelodd ffurf yn cerdded tuag ati, ac adnabu'r cerddediad. Esta ydoedd. Nid oedd yn bosibl ei hosgoi.

'Hylô,' meddai Esta.

'Hylô.'

''R ydw i wedi bod acw, a mi ddwedwyd wrtha i eich bod chi wedi mynd am dro, a mi ddois draw ffordd yma i chwilio amdanoch chi.'

'A'm cael ar fy mhen fy hun er eich siom,' meddyliai Lora. Yr oedd golwg wahanol ar Esta heno. Yn lle'r olwg bwdlyd sur, edrychai'n ddigalon.

'Ydach chi ddim yn oer yn fan yma?' (gofynnodd) Esta.

'Na, mae hi mor fyglyd i fod i mewn o hyd—a mi'r ydw i wedi cael newydd digalon heddiw.'

'O,' meddai Esta yn hollol ddideimlad.

'Mi glywch o reit fuan, mae'n siŵr, achos mi fydd allan drwy'r dre i gyd. Mae Derith wedi cael 'i dal yn dwyn yn yr ysgol.'

---

wyddost ti: wyt ti'n gwybod
awgrym: arwydd
nad arhosai: na fyddai hi'n aros
rhoes: rhoiodd, (rhoi)
nodweddiadol: *typical*
cynhyrfu: *to stir*

toc: yn fuan, *soon*
cerddediad: *walk*
osgoi: *to avoid*
pwdlyd: *sulky*
myglyd: *stuffy*

'O,' meddai Esta yn fyr, a dal ei hanadl. 'Dwyn be?'

'Dwyn fferins a brechdanau'r plant, dim byd arall. A 'd oedd hi ddim yn 'u bwyta nhw.'

'Beth oedd hi'n wneud efo nhw ynte?'

'Dim ond 'u cadw nhw.'

'I be?'

'I gael hwyl am ben yr athrawes yn chwilio am y pethau, meddai hi, sbeit am fod y titsiar yn gas.'

''R ydw inna wedi clywed fod titsiar Derith yn gas. Fasa ddim gwell i chi 'i thynnu hi o'r ysgol yna a'i gyrru hi i rwyle arall.'

'Na, os ydi o ynddi hi, wna hynny mo'i stopio hi. Mi gawn weld beth ddigwydd rŵan.'

Ni ddywedodd Esta ddim am dipyn. Yna meddai hi,

''R ydw innau a mam wedi bod reit ddigalon ar ôl beth ddywedodd Miss Lloyd y noson o'r blaen.'

'Mae'n debyg nad oedd o ddim yn beth iawn i'w ddweud, ond yr oedd hi wedi 'i chynhyrfu am rywbeth arall. Mae'n siŵr gen i hefyd, fod gynnoch chi amcan beth oedd cyflog eich brawd ac na fedra fo ddim rhoi moethau i Mrs. Amred a chadw'i deulu ar 'i gyflog.'

Ni ddywedodd Esta ddim. Yr oedd y ddwy yn cerdded erbyn hyn. Pan oeddynt yn troi i wahanol ffyrdd,

'Ddowch chi ddim draw acw?' gofynnodd Lora.

'Ddim diolch.'

Eisteddai Rhys wrth y tân yn y gegin, a sylwai ei fam nad oedd fawr o olwg gweithio arno.

'Lle buoch chi, mam? Mae Mr. Meurig wedi bod yma.'

'Mi fûm am dro yn cael tipyn o awyr iach, mae hi wedi bod yn dipyn o helynt efo Derith yn yr ysgol.'

''R on i'n meddwl bod rhywbeth yn wahanol i arfer.'

Wedi dweud yr holl hanes, aeth Rhys i grio.

'Paid â chrio. 'D ydw i ddim yn meddwl 'i bod hi'n lleidr, achos chadwodd hi ddim o'r pethau yna iddi hi ei hun. Sbeit yn erbyn y titsiar oedd o.'

'Gobeithio hynny wir.'

---

fferins (G.C.): losin, da-da
fasa ddim gwell: *wouldn't it be better*
wedi'i chynhyrfu: *agitated, upset*
amcan: syniad
moethau: *luxuries*

‘’R ydw i’n credu mod i wedi rhoi digon o wers iddi hi. A mae hi’n ifanc.’

‘Mi fasa’n braf cael mynd oddi yma i fyw, mam.’

‘Basa. Ella’r awn ni i dŷ Dewyth Edward. Mae’i ddrws o yn agored inni.’

Yr wyf yn teimlo’n wahanol heno ar ôl y gnoc yma. Teimlaf yn gryfach ac yn fwy abl i ymladd. Wedi clywed stori Derith, teimlwn y medrwn ymladd drosti a theimlwn nad oedd ei hathrawesau yn ei deall. Plentyn wedi ei magu ar ddyddiau anodd ydyw hi, pan oedd fy mhryder am Iolo yn ormod imi feddwl am fy mhlant.

Teimlaf yrŵan y dylwn fod wedi dweud rhagor wrth Esta. Mae’n debyg ei bod wedi meddwl fy nal allan efo Aleth heno. Nid oes ganddi ddim synnwyr digrifwch. Ni wn pam mae’n rhaid iddi hi a’i mam gael eu cadw mewn wadding rhag i boen ddyfod o hyd iddynt. Maent yn hollol hunanol.

---

gored: h.y. agored
pryder: gofid

synnwyr digrifwch: *sense of humour*
hunanol: *selfish*

PENNOD XIX

Penderfynodd Lora fynd i Fryn Terfyn ar ôl yr ysgol drannoeth, a mynd ei hun. Yr oedd Owen o hyd yn ei wely, yn edrych rhywbeth yn debyg, a Jane yn edrych yn ddigon symol. Rhaid ei bod yn mynd yn fain arnynt am arian erbyn hyn. Nid oedd ganddynt ddim i'w te ond bara menyn a jam. Yr oedd y menyn a'r bara a'r jam yn bethau cartref mae'n wir. Ond meddyliai tybed a gaent rywbeth a maeth ynddo i swper. Yr oedd Margiad yn prifio ac yn mynd yn denau, ac nid oedd Now Bach gymaint o lwmp ag y bu.

'Ydach chi'n leicio wyau?' meddai Lora yn sydyn.

'Ydan,' meddai pawb a Jane yn ychwanegu,

'Maen nhw'n brin iawn rŵan wrth fod yr ieir yn bwrw 'u plu, ne dyna beth fydd yma i de bob dydd. Mae Owen yn cael hynny sydd yma rŵan. Pam, beth oedd yn bod?'

'Dim byd, ond bod o'n pasio drwy (fy) meddwl i fod Margiad yn prifio gormod, ac y dylai hi fwyta lot o wyau.'

'Mae hi'n yfed hynny o lefrith licith hi, a'r lleill.'

''R ydw i'n bwyta lot o gaws,' meddai Now Bach.

'Wyt ti? Peth da iawn iti.'

'Mi fydd arna i eisio bwyd bob dydd cyn gynted ag y bydda i wedi gorffen cinio'r ysgol,' meddai Margiad.

'Eisio iti ddŵad acw i gael dy ginio,' meddai ei modryb.

'Mae gen ti ddigon yn barod,' meddai Jane.

'Wnâi un yn rhagor ddim llawer o wahaniaeth. Beth wyt ti'n ddweud, Margiad?'

'Mi faswn i'n licio'n ofnadwy, ond gweld bod gynnoch chi lot ydw i.'

'Mi fydd acw sbâr i'r gath bob dydd.'

'Wel diolch yn fawr, Anti Lora.'

---

trannoeth: y dydd nesaf
symol: gwael
main: tenau
a gaent: a fydden nhw'n cael
maeth: *nourishment*
prifio: tyfu
ychwanegu: *to add*
bwrw'u plu: *to moult*
wnâi . . . ddim: fyddai . . . ddim yn gwneud

'Mi fuo Dewyth Edward yma ddoe,' meddai Jane, 'a mi roth sofren i mi.'

Rhoes Lora ei chwpan i lawr yn ei soser yn sydyn.

'Be yn y byd welodd o.'

'Gweld 'i ddiwedd yn dŵad y mae o mae arna i ofn. Mae o wedi mynd yn fwy musgrell, ac yn fwy ofnus yn y tŷ 'i hun hefyd.'

'Mi ddylai fod rhywun efo fo.'

'Pam na ddowch chi, Anti Lora?' meddai Guto.

'Ia,' meddai Margiad, 'mi fasan yn cael ych gweld chi'n amlach wedyn.'

'Fasa fo ddim yn syniad dwl. 'R oedd Rhys yn dweud neithiwr y basa fo'n licio symud i'r wlad i fyw.'

Ar hynny cnociwyd llawr y llofft. Owen yn galw.

'Beth sy?' meddai Jane o waelod y grisiau.

'Ych clywad chi i gyd yn cael hwyl ar siarad i lawr yna, a finna'n cael dim ohono fo.'

Aeth Lora i fyny ato.

'Sôn am Dewyth Edward oeddan ni.'

Dechreuodd Owen chwerthin.

'Fuo Jane yn dweud fel mae o'n dechrau rhannu 'i arian?'

'Punt, mi allsai roi pumpunt i chi'n hawdd.'

'Ond mae punt gynno fo yn lot!'

'Wyddost ti, Owen, 'r ydw i'n meddwl o ddifri am ddŵad ato fo i fyw. Mae arna i eisio dechrau o'r newydd. 'R ydw i wedi blino ar fancw, a neithiwr 'r oedd Rhys yn dweud y licia fo ddŵad i fyw i'r wlad.'

'O Lora, mi faswn i wrth fy modd. 'D ydi hynna o step sydd oddyma i Dŷ Corniog yn ddim byd i bobol y wlad. Mi fasa'n braf—'D ydw i ddim yn gweld digon o bobol, Lora.'

'Nac wyt, Owen?'

'Nac ydw. Mi wyddost fel yr oedd hi yn y chwarel. Digon o hwyl a chwerthin bob dydd. Chwarae teg iddyn nhw, maen nhw'n dal i ddŵad yma. Ond mi liciwn i gael mwy o gwmpeini. A 'd oes dim ond Jane a chditha o'r hen deulu rŵan.'

---

mi roth: fe roddodd, (rhoddi/rhoi)
sofren: *a sovereign*
musgrell: *decrepit*
wyddost ti: rwyt ti'n gwybod
wedi blino ar fancw: *tired of my place over there*
chwarel: *quarry*

'Nac oes,' meddai hithau yn synfyfyrgar, 'mae o'n rhyfedd meddwl, a ninna mor ifanc.'

'Ond mi gawn ni i gyd lot allan o fywyd eto,' meddai yntau yn obeithiol. 'Mae rhywbeth bob dydd yn dweud wrtha i y ca i fyw am hir eto, dim ond imi ymdrechu.'

'Cael y sbardun i ymdrechu sy'n anodd.'

'Ia, ond mae dyn yn 'i gael o yn 'i deulu.'

Troes ei ben yn hiraethus wrth iddi fynd drwy'r drws.

'Cofia frysio yma eto.'

'Mi wna yn siŵr.'

Daeth y plant i'w danfon i'r ffordd, a chafodd yr un cwestiwn gan Guto y tro hwn.

'Sut oeddach chi yn 'i weld o, Anti Lora?'

'Yn well o gryn dipyn,' meddai hithau.

'Mae'r doctor yn dweud 'i fod o'n dal 'i dir,' meddai Margiad.

'O, mi ddaw o eto, gewch chi weld.'

'Pryd ydan ni am gael dŵad acw?' meddai Now Bach.

''D ydw i ddim wedi anghofio, mi fydd acw wely gwag pan eith Miss Lloyd i ffwrdd dros yr hanner tymor.'

'Mae hi'n oer,' meddai Margiad tan grynu.

'Wyt ti ddim wedi newid i dy ddillad gaea?' gofynnodd ei modryb.

'Na, ddim eto, mae eisio'u trwsio nhw, a 'r ydan ni wedi bod yn rhy brysur.'

Rhoes swllt yn llaw pob un ohonynt.

Pan gyrhaeddodd y tŷ, yr oedd Rhys ei hun yn y gegin, heb olwg gwneud ei dasgau arno o gwbl, a'i wyneb yn glaerwyn.

'Wyt ti'n sâl?'

'Nac ydw.'

'Be sy'n bod ynte?'

'Dim llawer o ddim.'

'Mae rhywbeth yn bod.'

'Dim ond bod y plant yn y stryd wedi bod yn chwarae heno.'

---

yn synfyfyrgar: *thoughtfully*
ymdrechu: *to make an effort*
sbardun: *incentive*
troes: troiodd, (troi)
crynu: *to shiver*
trwsio: *to darn, to mend*
rhoes: rhoiodd, (rhoi)
swllt: *a shilling*
claerwyn: *pale*

'A chditha'n methu gwneud dy dasgau.'
'Na, dim hynny.'
'Oeddan nhw'n gwneud rhywbeth o'i le?'
'Dim llawer. Chwarae gêm am ddyn yn rhedeg i ffwrdd efo dynes oeddan nhw.'
'Twt lol. Bedi'r ods?'
''R oedd yna un o'r hogia wedi gafael yn Derith yn 'i freichia ac yn rhedeg i ffwrdd efo hi dan weiddi, ''Dyma fi wedi cael Mrs. Amred''.'
''U gweld nhw trwy ffenest y parlwr oeddat ti?'
'Ia, a mi ddoth Derith i'r tŷ tan grio a phan welson nhw fi yn agor y drws, mi ddaru nhw redeg i ffwrdd.'
'Twt, raid iti beidio â malio, a threio chwerthin.'
''D ydach chi byth yn chwerthin.'
'Nac ydw, a mi'r ydw i ar fai.'
'Pam?'
''R ydw i wedi poeni gormod heb ddim eisio.'
''D oedd gynnoch chi ddim help.'
'Ella, ond mae yna bethau gwaeth. Be taswn i'n sâl fel Dewyth Owen?'
'Ydi o'n sâl iawn?'
'Na, ddim yn sâl iawn, ond mae'n rhaid iddo fo fod yn 'i wely am fisoedd. Ac ella y byddan nhw'n brin o arian. Mi'r ydan ni'n iach, ac 'r ydw innau'n cael cyflog.'
'Mae Margiad yn mynd yn denau.'
'Ydi, 'r ydw i wedi dweud y caiff hi ddŵad yma i ginio bob dydd.'
Gwingodd Rhys fel petai mewn poen, a gwelwi.
'Beth sy?'
'Poen sy gen i.'
'Yn dy stumog eto?'
'Ia, mae o wedi bod yna o hyd.'
'Mi gei aros yn dy wely fory a chael y doctor yma. Dos i dy wely rŵan. Mi ddo i â chwpaned o Benger's iti.'
Wrth weld ei gefn yn tueddu i gwmanu daeth lwmp i'w

---

twt lol: *so what*
mi ddaru nhw: fe wnaethon nhw
gwingodd Rh.: Rh. *winced,* (gwingo)
gwelwi: *to pale*
tueddu: *to tend to*
cwmanu: *to stoop*

gwddw, a chofio am drannoeth y diwrnod wedi i Iolo ddengid, ac yntau yn ei ddwbl ar y gadair.

Eisteddodd wrth ochr y gwely gydag ef wedi iddo fwyta.

'Dyna fo'n well rŵan, mam, mae'r llwgfa wedi mynd.'

'Ers faint mae'r boen yna arnat ti?'

'Ers talwm.'

'Faint ydy hynny?'

'Yn fuan wedi i nhad fynd i ffwrdd.'

'A chditha ddim yn dweud yntê?'

'O, 'd oedd o ddim yna o hyd, dim ond ambell dro, a phoen bach oedd o.'

'Mi gawn weld rŵan wedi i'r doctor fod. Treia gysgu rŵan.'

'O mae hi'n braf rŵan, 'r ydw i'n well o lawer.'

Aeth i'r atig i weld sut yr oedd Derith. Yr oedd hithau'n effro a'r golau ymlaen, a'i dol yn ei chesail.

'Be sy, Derith?'

'Dim byd.'

'Wyt ti ddim wedi mynd i gysgu?'

Dechreuodd grio.

'Hen blant cas,' meddai.

'Ia, hitia di befo nhw. Mi awn ni i ffwrdd oddi wrthyn nhw.'

'Yn bell yntê?'

'Ia, yn bell bell.'

Pan aeth (Lora) i lawr yr oedd rhywun wedi agor y drws i Aleth Meurig, ac yr oedd yn sefyll yn y gegin a'i gefn at y tân.

'Hylô,' meddai, 'dynes ddiarth iawn, 'r ydw i heb eich gweld chi ers cantoedd.'

Nid oedd arni eisiau ei weld ar y munud hwn, ac ni allai deimlo yn naturiol yn ei gwmni ar ôl ei ymweliad diwethaf.

'Na, 'r ydw i wedi bod allan y nosweithiau dwaetha yma.'

'Mae pobman yn ddistaw iawn.'

'Ydi, mae'r plant yn 'u gwlâu. 'D ydi Rhys ddim yn dda o gwbwl. 'R ydw i am yrru am y doctor 'fory.'

---

trannoeth: y dydd nesaf
dengid: h.y. diengyd, dianc
llwgfa: *faintness*
ers talwm (G.C.): amser hir yn ôl
cesail: *arm-pit*
hitia di befo nhw (G.C.): paid â gofidio amdanyn nhw
dynes ddiarth (G.C.) h.y. dynes ddieithr, *a stranger, (fem.)*
ers cantoedd: *for ages*
gwlâu: h.y. gwelyau

'Mi deleffonia i yn y bore.'

'Na, gwell gen i i chi beidio, os gwelwch chi'n dda.'

'Diar, mi'r ydach chi'n un rhyfedd. Mi gaiff Miss Owen wneud yntê.'

Ni ddywedodd hi ddim, ond nid oedd heb sylwi ar yr arlliw lleiaf o goegni yn ei lais.

'Mi'r ydach chi'n poeni.'

'Mae hynny'n naturiol efo'ch plentyn.' Ei thro hi oedd bod yn goeglyd yn awr.

''D oes arnoch chi ddim awydd siarad? Ella y basa'n well imi fynd.'

'Na, arhoswch, os gwelwch chi'n dda, mi fydda i'n falch o gael cwmni.'

Yr oedd y 'cael cwmni' yn lle 'eich cwmni' fel pigiad ar ei groen.

'Mi 'r ydw i wedi bod ym Mryn Terfyn.'

'A sut oedd eich brawd-yng-nghyfraith?'

'Yn dal ei dir, ond mi gymerith amser hir, a sut y maent yn mynd i fyw ar y siwrans 'd wn i ddim.'

'A mi'r ydach chithau'n poeni. Y chi eich hun fydd yn sâl nesa.'

'Anodd iawn peidio â phoeni. Wedi'r cyfan, nid wedi bod ar fy ngwyliau yr ydw i yr hanner blwyddyn dwaetha yma.'

'Na, mi wn i,' meddai ef yn dynerach, 'ond 'd ydi poeni ynghylch pobol erill ddim yn mynd i wneud dim lles i chi.'

'Mae o'n symud y boen o un lle i'r llall, ac yn tynnu fy meddwl oddi wrtha i fy hun.'

'Ond nid hynny sy'n mynd i wneud i chi anghofio, ond newid eich bywyd yn gyfan gwbl. Fedrwch chi feddwl am ddŵad yn wraig i mi er mwyn i chi gael crwydro dipyn bach, cael peidio â gweithio cymaint, a chael rhywun wrth eich cefn. Mae'n debyg y gellir profi fod Ffennig a Mrs. Amred yn byw efo'i gilydd, ac mi allech ddyfod ag achos o ysgariad yn eu herbyn. Ond y ffordd fwyaf didrafferth fyddai i chi ddyfod i ffwrdd efo mi i rywle dros y Sul, er mwyn i Ffennig ddyfod ag achos yn ein herbyn ni.'

---

arlliw lleiaf o goegni: *slight hint of sarcasm*
coeglyd: *sarcastic*
awydd: chwant, *desire*
pigiad: *a sting*
siwrans: *insurance*
yn dynerach: yn fwy tyner, (*gentle*)
wrth eich cefn: *to support you*

Ysgydwodd hithau ei phen, heb feiddio edrych i'w wyneb.

'Na, mae arna i ofn na fedrwn i ddim.'

'Fedrwch chi ddim wynebu'r cwilydd?' meddai ef.

'Fedrech chi?'

'Medrwn er eich mwyn chi, ond mae'n amlwg na fedrech chi ddim er fy mwyn i.'

''R ydw i wedi treio dweud fy meddwl y noson o'r blaen. Rhaid i rywbeth mawr iawn fy symbylu fi i fynnu ysgariad.'

'A 'd ydi'r rhywbeth mawr hwnnw ddim gynnoch chi tuag ata i?'

'Mae arna i ofn nad ydi o ddim. Petasa fo, nid dadlau yn 'i gylch o yn y fan yma heno y buasen ni, ond mi fasa wedi digwydd heb 'i drafod.'

Ni ddywedodd ef ddim, ac ni wnaeth unrhyw osgo i ymadael ychwaith. Wrth weld hynny aeth hithau ati i hwylio swper.

'Ydach chi ddim yn trafferthu gwneud swper er fy mwyn i?' meddai wrthi.

'Na, rhaid i minnau gael tamaid, ym Mryn Terfyn y ces i fwyd adeg te.'

'A 'does neb arall yn dŵad aton ni?'

'Na, chwarae teg i Miss Owen, mi wnaeth hi bryd i bawb rhwng pump a chwech, ond mi a' i â'u paned te iddyn nhw i'r parlwr.'

'Mae hyn fel nefoedd bach,' meddai ef wedi iddi eistedd.

Teimlai hithau ei fod, ond ni ddywedodd mo hynny. Yr oedd yn ddrwg ganddi drosto a theimlai'n garedig tuag ato ar y foment. Nid twrnai oedd y munud hwnnw ond bachgen hoffus yn mwynhau pryd o fwyd.

Wrth iddo fynd allan, ysgydwodd law â hi, heb ddweud dim.

'Mae'n ddrwg gen i,' meddai hi.

'Da boch chi,' meddai yntau, 'mi fydda i ar gael os byddwch chi mewn unrhyw gyfyngder.'

Aeth hithau'n ôl at y tân, ac edrych yn hir ar y bwrdd a'i gyllell a fforc ar y plat. Yr oedd rhyw derfynoldeb yn y llestri. Dyma, mae'n debyg, eu pryd olaf gyda'i gilydd.

---

ysgydwodd: *she shook,* (ysgwyd)
meiddio: *to dare*
symbylu: *to prompt, to spur*
mynnu: *to wish, to insist*
osgo: *movement*
trafferthu: *to trouble, to bother*
cyfyngder: trwbl, *distress*
terfynoldeb: *finality*

Clywodd Miss Lloyd a Miss Owen yn mynd i'w gwely. Rhoes yr olaf ei phen heibio i'r drws i ddweud 'Nos dawch'. Ond ni wnaeth Miss Lloyd. Wrth fynd i'r gwely agorodd Lora ddrws llofft Rhys a'i gael yn cysgu'n dawel, ei wyneb yn ddigon llwydaidd a llinellau duon dan ei lygaid. Pryderai wrth feddwl beth a ddywedai'r meddyg drannoeth.

O'r pethau a ddigwyddodd heddiw, saif un peth allan yn amlwg—wyneb dewr dymunol Owen. Mae hynny wedi gadael mwy o argraff arnaf nag wyneb trist Aleth Meurig wrth iddo fynd allan drwy'r drws heno. Wyneb Owen a chefn Rhys wrth iddo fynd i'w wely. Rŵan y sylweddolaf beth a olygai ymadawiad Iolo i Rhys. Mae'n debyg na chaf wybod beth yw ei wir boen, ai'r golled o golli ei dad, ai poen am fod hynny wedi golygu poen i mi. A dyma finnau ar noson gythryblus fel heno yn gorfod gwneud penderfyniad pwysig. Ond efallai nad oedd mor bwysig wedi'r cwbl. Yr ydym yn rhoi gormod pwys ar fod pobl yn priodi neu beidio â phriodi. Mae'n debyg y poenai lawer mwy arnaf petai'r pethau eraill heb fod. Yr wyf yn ddigon hoff o Aleth, a gwn nad wyf yn caru Iolo mwyach, yn yr ystyr y bûm yn ei garu, ond tybed a oes rhyw haen o gariad at Iolo yn fy isymwybod yn fy nghadw yn ôl, ac yn fy rhwystro rhag gwirioni am Aleth? 'D wn i ddim. Ond yr wyf yn gweld Owen o hyd a Rhys yn ei boen, ac yn gweld wynebau prudd-ddiniwed plant Bryn Terfyn. Meddwl am Margiad yn crynu yn yr oerni heno. O bobol! Mor frwnt y gallwn ni bobol mewn oed fod wrth blant! Sgwn i a ystyriodd Iolo hynny? Naddo, mae'n debyg, ddim mwy nag y buaswn innau'n ystyried petawn i wedi penderfynu priodi Aleth Meurig. Ond rhaid imi fynd i gysgu. Meddwl pam na ddaeth Miss Lloyd i ddweud 'Nos dawch' heno. Gobeithiaf nad oes dim byd mawr ar Rhys. Rhaid imi fynd i lawr eto i gael un golwg arno.

---

rhoes: rhoiodd, (rhoi)
llwydaidd: *greyish,*
pryderai: roedd hi'n pryderu, (*to worry*)
trannoeth: y dydd nesaf
saif un peth allan: mae un peth un sefyll allan
argraff: *impression*
ymadawiad: *departure*
ai . . . ai: *is it . . . or*
cythryblus: *troubled, upsetting*
mwyach: *anymore*
haen: *trace, hint*
isymwybod: *subconscious*
rhwystro: *to hinder, to prevent*
gwirioni: *to dote*
prudd: *trist*
diniwed: *innocent*
crynu: *to shiver*

PENNOD XX

Aeth Aleth Meurig yn ôl i'w dŷ, rhoes y tân trydan ymlaen yn y parlwr ffrynt, ac eisteddodd mewn cadair esmwyth. Aethai tros y ffordd heno yn llawn hyder y byddai Lora yn ei dderbyn. Ers rhai wythnosau bellach hi a oedd wedi llenwi ei feddwl. Ni wyddai pa bryd yn hollol y dechreuasai feddwl amdani os nad y bore hwnnw pan ddaeth i'r swyddfa a mynnu cael gwybod ganddo am yr arian. Ni feddyliasai amdani erioed cyn hynny ond fel gwraig i'w glerc, ond y bore hwnnw yr oedd wedi gweld rhywbeth o'i chymeriad wrth weld ei phoen. Ni allai ddweud ei fod yn ei hoffi. Gweld dynes a fynnai wybod ym mha le y safai a wnaeth, dynes fel coeden a'r dail wedi syrthio oddi arni. Bob tro y gwelsai hi wedyn, gwelsai rywbeth newydd ynddi. Eithr dynes anghyraedd-adwy oedd hi iddo hyd y prynhawn cyn iddi fynd ar ei gwyliau at ei chwaer, pan aeth yntau drosodd i ofyn a gâi fynd â hi a'r plant yn y car ac iddi wrthod. Yr un ystyfnigrwydd annibynnol ag a welsai yn ei swyddfa oedd hynny. Ond pan eisteddai wrth y bwrdd te gyda hi a'r ddau blentyn, sylweddolodd beth oedd cysur wrth fwyta tamaid o fwyd plaen. Yr oedd rhywbeth ynddi a wasgarai gysur oddi wrthi. Yr oedd yn siomedig, gobeithiai y buasai hi wedi gwneud rhywbeth i gael yr hyn y gallai ef ei roi iddi, cysur arian, llai o waith, ac y buasai yntau yn cael cysur o'i chwmni a'i gofal yn ei dŷ. Er hynny, wrth geisio ei gosod yn ei dŷ ei hun, ni allai. Heb y plant efallai, ond nid efo'i phlant. I'r tŷ arall, tros y ffordd y perthynai'r plant.

Gwyddai yntau yng ngwaelod ei fod nad oedd wedi gwirioni a ffoli fel y ffolasai ar Elisabeth, ond ni ddisgwyliai hynny byth mwy. Gwyddai y câi gysur gyda Lora am gyfnod beth bynnag.

---

cadair esmwyth: *armchair*
aethai: roedd e wedi mynd
ni wyddai: doedd e ddim yn gwybod
mynnu: *to wish, to insist*
y safai: yr oedd hi'n sefyll
eithr: ond
anghyraeddadwy: *unapproachable*
a gâi: a fyddai e'n cael
ystyfnigrwydd: *stubborness*
a wasgarai: a oedd yn gwasgaru, (*to scatter*)
yng ngwaelod ei fod: *in the bottom of his heart*
ffoli: *to dote*

Efallai bod ganddi gariad at Iolo Ffennig o hyd a bod hwnnw yn ei chadw yn ôl. Yr oedd ambell berthynas felly. Gallai rhai pobl garu rhai ac ynddynt wendidau, yn fwy na phobl nes i berffeithrwydd. Yr oedd rhywbeth yn y gwendidau yn galw am dosturi o'r ochr arall. Llusgodd ei draed i fyny'r grisiau gan obeithio y câi gysgu ac anghofio.

* * *

Pan oedd Lora ym Mryn Terfyn yr oedd Annie a Loti wedi mwynhau'r te a baratoisai Loti, o salad, sardines a chaws. Aethai Loti â'r llestri drwodd i'r gegin bach, eu golchi hwy a rhai'r plant. Yr oedd yn ôl eto yn y parlwr yn trwsio ei dillad, ac Annie yn syllu i'r tân a'i gên ar ei llaw chwith heb ddweud dim.

'Be sy'n bod arnat ti?' gofynnodd Loti.

'Dim ond fy mod i'n synfyfyrio,' meddai Annie, heb dynnu ei golwg o'r tân.

'Mi'r wyt ti'n synfyfyrio mwy nag wyt ti'n siarad ers pan ddois di'n ôl oddi ar dy wyliau.'

Nid atebodd ei ffrind.

'Liciet ti imi fynd oddi yma?' gofynnodd Loti wedyn.

Troes Annie ei phen ati ac edrych yn ei hwyneb.

''R ydw i wedi hen ddiflasu ar fy mywyd.'

'Ydi'r ysgol cyn waethed â hynny?'

''D wn i ddim ai'r ysgol ydi'r drwg. Mae'n debyg mai'r un fath y baswn i taswn i yn dy le di.'

'Tybed?'

'Beth wyt ti'n feddwl?'

'Wel, mi fasat yn gweithio efo dynion, ac nid efo merched.'

'Dyna pam yr wyt *ti* mor fodlon, mae'n debyg.'

'Mi wyddost o'r gorau nad oes gen i ddim i' ddweud wrth ddynion erbyn hyn.'

'Mae'n ddrwg gen i.'

Bu distawrwydd hir wedyn. Yna dywedodd Annie ei bod am fynd allan.

---

gwendidau: *weaknesses*
tosturi: *pity*
llusgodd: *he dragged,* (llusgo)
trwsio: *to darn, to mend*
gên: *chin*
troes A.: troiodd A., (troi)
cyn waethed â: mor wael â
mi wyddost: rwyt ti'n gwybod
distawrwydd: *silence*

‘’D ydw i ddim yn credu y do’ i,’ meddai Loti, ‘’r ydw i’n credu y byddai’n well imi gadw fy llygaid ar y plant yna nes daw Mrs. Ffennig yn ôl.’

‘Cofia,’ (oedd ateb Annie,) ‘mi elli wneud dy hun yn ormod o forwyn bach i bobol.’

‘’D ydi rhyw fymryn fel hyn o gymwynas ddim yn fy ngwneud i’n forwyn i neb. ’D wyt tim ddim yn gwerthfawrogi’r cysur wyt ti’n gael.’

‘Mi’r ydw i’n talu amdano fo.’

‘Ac yn ’i gael o’n rhad amdano. Piti na faset ti wedi bod efo Mrs. Jones am dri mis, a thalu’r hyn y byddwn i yn ’i dalu. Mi faset yn gweld gwerth yn hwn wedyn.’

‘O ’d wn i ddim,’ meddai Annie, ‘mae’r tŷ yma wedi newid yn hollol er pan aeth Mr. Ffennig i ffwrdd.’

‘Oeddet ti ’rioed mewn cariad efo fo?’

‘Paid â siarad fel het. Wyddost ti ddim beth oedd y tŷ yr adeg honno.’

‘Rhaid mai fi sydd wedi gwneud y lle yn annymunol iti.’

‘Naci. Rhyw fynd a dŵad tragwyddol, a rhuthro i mewn ac allan.’

Aeth allan a chlywodd Loti’r drws ffrynt yn clepian ar ei hôl.

Eisteddodd Loti ar gadair a meddwl yn hir. Ni welsai Annie fel hyn o’r blaen. Mae’n wir nad oedd yn hollol fel hi ei hun er y noson honno ym mis Mai pan ddaeth i ddweud am ddiflaniad Iolo Ffennig, ond ni welsai hi erioed fel heno. Hyd y gwelai nid oedd cysur Annie ddim llai yn awr, ac eithrio ei bod hi, Loti, yno. Penderfynodd y byddai’n dweud yn bendant ei bod am chwilio am le arall. Yna cofiodd rywbeth, fod Annie yn hapus iawn bob tro y byddai yng nghwmni Aleth Meurig. Y noson o’r blaen cymerasai ei ochr ef yn y ddadl, a chofiai fel y byddai’n edrych arno, a’i llygaid yn foliog fel marblis gwydr. Tybed a oedd hi mewn cariad ef fo? Neu ynteu a oedd arni eisiau priodi efo dim ods pwy? Yr oedd yn tynnu am ei naw ar hugain oed

---

mymryn: gronyn, tamaid bach
cymwynas: ffafr
gwerthfawrogi: *to appreciate*
fel het: h.y. nonsens
annymunol: *unpleasant*
tragwyddol: *perpetual*
rhuthro: *to rush*
clepian (G.C.): *to slam*
diflaniad: *disappearance*
cymerasai: roedd hi wedi cymryd
boliog: *wide, big*

erbyn hyn, ac yr oedd wedi dweud ei bod wedi llwyr ddiflasu ar yr ysgol. Yna meddyliodd fod Annie yn teimlo efallai ei bod hi yn mynd â chyfeillgarwch Mrs. Ffennig oddi arni, trwy fod yno ar amser pan fyddai hi ar ei gwyliau. Cofiodd pan ddaethai hi yno fod Annie a Mrs. Ffennig yn dipyn o ffrindiau. Yna daeth rhyw deimlad o dosturi ati hi ei hun drosti. Meddwl mor gysurus y dylai Annie fod—cartref da i fynd iddo bob gwyliau (a) chyflog gwell na hi. Nid oedd yn rhaid i Annie drwsio ei dillad isaf. Clywodd Mrs. Ffennig yn dyfod i mewn (a) sychodd ei llygaid rhag ofn iddi ddigwydd dyfod i mewn a gweld ôl crio arni. Teimlai'n well eisoes, ac aeth ati o ddifrif gyda'i llyfrau. Wedi'r cwbl yr oedd ganddi'r sbardun i weithio.

Ymhen sbel, clywodd ddrws y ffrynt yn agor a sŵn chwerthin Mr. Meurig ac Annie. Yr oedd sŵn Annie yn hollol wahanol i'r hyn ydoedd pan aeth allan. Ni chymerodd unrhyw sylw ohoni pan ddaeth i mewn, dim ond mynd ymlaen â'i darllen. Eistedd-odd Annie wrth y tân ac edrych yn fras-ddiofal trwy gylchgronau merched. Ymhen tipyn daeth Mrs. Ffennig i mewn efo hambwrdd a the a biscedi. Sylwodd Loti fod ei hwyneb yn fflamgoch. Diolchodd iddi, ond ni chododd Annie ei phen oddi ar yr hyn a ddarllenai. Wrth yfed te dywedodd Loti,

'Yli, Annie, 'r ydw i wedi penderfynu mod i'n mynd i chwilio am le arall i aros.'

'Pam?'

''R ydw i wedi dweud wrthot ti pam.'

'A 'r ydw innau wedi dweud nad oes eisio iti fynd.'

''R ydw i'n teimlo mai fi sydd wedi dŵad â'r holl annifyrrwch yma i ti. O'r blaen, mi'r oedd y parlwr yma gen ti i di dy hun. 'D oedd yma neb i dorri ar dy heddwch di, ac i fynd yn stwmp ar dy stumog di.'

''R ydw i wedi dweud wrthot ti eisys nad wyt ti ddim yn stwmp ar fy stumog i. 'D wn i ddim beth sy'n bod arna i.'

'Fedri di ddim dweud wrth neb?'

---

pan ddaethai: pan oedd hi wedi dod
tosturi: *pity*
ôl: *mark, trace*
eisoes: yn barod
sbardun: *incentive*

edrych yn fras-ddiofal: *glancing*
yn fflamgoch: *bright red*
annifyrrwch: *unpleasantness*
stwmp: *weight* h.y. *a burden*
eisys: h.y. eisoes

'Mae o'n beth anodd iawn. 'R ydw i'n teimlo y dylwn i gael cartref i mi fy hun. 'D oes arna i ddim eisio mynd ymlaen yn yr ysgol, ne mi faswn yn chwilio am le mewn ysgol arall. Gwn yn iawn beth sydd arna i eisio. Eisio priodi sydd arna i. A mi 'r ydw i'n synnu ataf fi fy hun mod i'n medru dweud y fath beth wrthot ti.'

''D oes dim un gyfrinach yn rhy ddyfn rhwng ffrindiau.'

'O, Loti, 'r ydw i wedi dy drin di'n ofnadwy.'

'Mi wyddwn i fod rhywbeth o'i le. Ond mi feddylis i dy fod ti ar fin cael rhyw salwch mawr neu rywbeth felly.'

'Ella mae rhyw salwch ydi hwn, a gwaethygu y mae o, nid gwella.'

'Ella mai anghysur yr ysgol sy'n cyfri am hynny.'

'O naci.'

A dechreuodd Annie grio.

''R ydw i'n gwybod yn iawn be sy. Gwenwyn a phob dim. Dyna hi Mrs. Ffennig a chanddi ŵr, a dyn arall wedi gwirioni amdani, a finna'n hollol rydd i briodi, a neb yn gofyn i be ydw i'n da.'

'Maddau i mi am ofyn. Oes gen ti rywbeth i'w ddweud wrth Mr. Meurig?'

''R ydw i wedi gwirioni amdano fo, ond fedar o edrach ar neb ond ar Mrs. Ffennig pan ddaw o yma.'

Crafodd Loti ei phen ac ysgwyd ei gwallt byr gan edrych ar Annie mewn dryswch. Nid oedd ymddangosiad (Annie) yn ddim i ddenu neb, ac eithrio ei chroen a oedd fel y lili. Ond yr oedd ei hymddangosiad yn un na buasai neb yn blino arno ychwaith. Tueddai at fod yn dew a byr ei gwddf, ac erbyn y byddai'n hanner cant fe fyddai'n ddynes gymfforddus ei golwg,

---

cyfrinach: *secret*
dyfn (G.C.): h.y. dwfn
mi wyddwn i: roeddwn i'n gwybod
gwaethygu: *to get worse*
anghysur: *unhappiness*
gwenwyn: *jealousy*
oes gen ti rywbeth i'w ddweud wrth Mr M.?: *does Mr M. come into this?*
mewn dryswch: *perplexed*
ymddangosiad: *appearance*
denu: *to attract*
cymfforddus: h.y. cyfforddus, *comfortable*

a'i gwallt gwinau heb wynnu, a'i chroen yn ddi-grych. Fe wnâi wraig dda i rywun, ac fe'i cadwai'n gysurus.

Wrth fynd i'w gwely sylwodd Loti na ddaeth Annie i ddweud, 'Nos dawch' wrth Mrs. Ffennig.

---

gwinau: *brown, auburn*
gwynnu: *to whiten*
yn ddi-grych: *unlined*
fe wnâi: byddai hi'n gwneud
fe'i cadwai: byddai hi'n ei gadw

PENNOD XXI

''D oes arna i ddim eisio mynd i'r hospital,' meddai Rhys yn ei wely nos drannoeth.

'Oes arnat ti eisio mendio?' gofynnodd ei fam.

'Oes, ond 'd oes dim rhaid imi fynd i'r hospital i fendio, mi fedra i fendio adra yn iawn.'

'Pwy sy'n mynd i dendio arnat ti?'

'Mi fydda i yn iawn tra byddwch chi yn yr ysgol, fydd hynny ddim llawer o amser, a mi fydd Mrs. Jones yma bob bore i roi diod i mi.'

'Basa, mi fasa hynny'n iawn, tasa dim o'i le ar dy stumog di, ond mae ar y doctoriaid eisio dy watsio di bob dydd.'

''D ydw i ddim yn sâl iawn.'

'Nac wyt siŵr iawn, ond mae arnyn nhw eisio gweld yn iawn beth sydd o'i le, a wedyn mi fedran dy fendio di.'

'Wel ia, mi allan wneud hynny a finna yn fy ngwely adra.'

'Fedar y doctor ddim dŵad yma o hyd ac o hyd i dy watsio di, a mi fydd yna fwy nag un doctor yn yr hospital. Mi eill y peth sydd arnat ti fynd yn friw a thorri, a mi allet gael helynt ofnadwy, a bod yn sâl ar hyd dy oes, a methu bwyta'r pethau 'r wyt ti yn licio'n ofnadwy.'

Stopiodd Rhys, wedi ei gornelu yn y ddadl. Rhoes ei fam ef i orwedd yn ôl ar y gobennydd a sychu'r chwys oddi ar ei dalcen. Teimlai'n euog ei bod wedi gadael i'r bachgen fynd i'r fath stad, heb fod wedi sylwi arno. Yr oedd yn denau o dan ei ddillad.

'Mi faswn i'n ddigon bodlon mynd i'r hospital petaech chi'n cael dŵad efo mi, mam.'

''D ydw i ddim yn sâl.'

'Nid felly oeddwn i'n feddwl, ond i chi gael dŵad yno i dendio arna i.'

'Lle basan ni'n cael arian i gael bwyd wedyn?'

Cysidrodd yntau dipyn.

---

nos drannoeth: y noson wedyn
tendio: *to tend*
briw: *wound, sore*
helynt: trwbl
rhoes: rhoiodd, (rhoi)
gobennydd: *pillow*

'On'd ydi o'n biti fod pethau wedi mynd fel hyn, mam?'

'Ydi, ngwas i,' meddai hithau a rhoi ei bysedd drwy ei wallt, 'ond mi ddaw pethau yn well, a ddôn nhw ddim gwell wrth inni boeni. Rhaid iti dreio mynd i gysgu. Mae'r doctor wedi dweud bod arnat ti eisio lot o gysgu.'

'Mi wna i dreio ngora.'

'Dyna chdi. Fel yna mae siarad. Mi ddo i i edrach fyddi di'n cysgu ar fy ffordd i ngwely.'

Wrth iddi droi at y drws, meddai o,

'Mam, os a' i i'r hospital, ddaw nhad i wybod?'

''D wn i yn y byd.'

'Wel mi ellith Anti Esta sgwennu ato fo.'

'Ella.'

'Wel, 'd oes arna i ddim eisio iddo fo ddŵad i edrach amdana i.'

'Ddaw o ddim siŵr iawn.'

''R ydach chi newydd ddweud na fedrwn i ddim bod yn siŵr o ddim.'

Cornelwyd hithau am eiliad.

'Mae'n ddigon hawdd imi 'i rwystro fo rhag dŵad i dy weld di, os nad oes arnat ti eisio 'i weld o.'

'Wnewch chi addo hynny i mi, mam?'

'Wel gwna.'

''D ydach chi ddim yn siŵr.

'Gwna, mi wna.'

'Ydach chi'n gweld, mam, 'd oes arna i ddim eisio 'i weld o, achos mae o wedi bod yn frwnt wrthon ni, a mae o wedi rhoi poen inni, a mi faswn i yn licio 'i ladd o weithiau.'

'Rhys, rhaid iti beidio â meddwl pethau fel yna, 'd ydi o ddim yn iawn.'

'Wnaeth yntau ddim yn iawn chwaith.'

'Naddo, ond fyddwn ni ddim yn fwy hapus wrth 'i gasáu o.'

'Ydach chi ddim yn 'i gasáu o, mam?'

'Nac ydw.'

'Ydach chi yn 'i licio fo o hyd?'

'Nac ydw, ond 'd ydw i ddim yn 'i gasáu o.'

'Pam?'

---

edrach amdana i: *to visit me*
rhwystro: *to prevent*
chwaith: *either*

'Fedra i mo'i wneud o'n glir i hogyn bach fel chdi,'—nac i mi fy hun ychwanegodd yn ei meddwl.

'Ond 'd oes arna i ddim o eisio'i weld o. Ella y gwna i beidio â'i gasáu o wrth beidio â'i weld o.'

'Dos i gysgu rŵan.'

Wrth fynd i lawr y grisiau yr oedd hi'n fwy poenus ei meddwl na phan â i i fyny. Synnodd weled Aleth Meurig yn y gegin.

'Sut mae Rhys?'

'O diar, rhyw ddigon symol.'

Dechreuodd ei gwefus isaf grynu.

''D ydi'r doctor ddim yn meddwl fod briw ar ei stumog hyd yma, ond y geill o fynd. Mae ei nerfau yn ddrwg iawn medda fo. A mi alla i ddychmygu 'u bod nhw.'

'Pam, ydi o wedi bod yn gwneud pethau rhyfedd?'

'Wrth imi edrach yn ôl, ydi, ond 'd oeddwn i ddim yn gweld hynny ar y pryd. Mae o wedi glynu fel gelain wrtha i, a fel petai arno fo ofn i ddim byd ddigwydd i mi, a rŵan, mae o newydd ddwed y basa fo'n licio lladd 'i dad.'

'Y nefoedd fawr! Mae'n rhaid bod yr hogyn wedi bod yn magu'r pethau yma er pan aeth 'i dad o i ffwrdd.'

'Mae o'n teimlo pob peth i'r byw.'

'Ŵyr Rhys ddim byd am yr arian?'

'Ddim hyd y gwn i.'

'Oes yna rywbeth fedra i 'i wneud?'

'Oes, mi 'r ydw i am ofyn cymwynas i chi rŵan, os medrwch chi. Cadw Iolo draw o'r hospital.'

''D ydach chi 'rioed yn meddwl y daw Ffennig i edrych am Rhys.'

'Ddim ohono'i hun ella. Ond ella yr anfonith (Esta) ato i ddweud bod yr hogyn dest â marw, neu rywbeth felly.'

'Mi wna i â chroeso. Ond mae o'n fater reit ddeliciet. Anodd gwybod pa un ai siarad efo'i chwaer o fyddai orau neu gael Ffennig 'i hun ar y teleffon.'

---

ychwanegodd: *she added,* (ychwanegu)
pan âi: pan oedd hi'n mynd
symol: gwael
wedi glynu fel gelain: *has clung like a leech*
i'r byw: *to the quick*
ŵyr Rh. ddim byd . . .?: dydy Rh. ddim yn gwybod dim byd . . .?
cymwynas: ffafr
ohono'i hun: *of his own choice*
dest â: *about to*

'Neu sgwennu ato fo ac achub y blaen ar Esta.'

'Ia, mi eill feddwl bod pethau'n waeth nag ydyn nhw wrth 'i alw fo ar y teleffon. Ydi Miss Ffennig yn gwybod fod Rhys yn sâl?'

'Ddim i mi wybod.'

'Mae amser rŵan tan y post. Mi 'i daliaf o ond i mi frysio.'

''R ydw i'n ddiolchgar iawn i chi.'

Yr oedd yn ôl yn ddiweddarach, ac wedi ysgrifennu, meddai, mor ddoeth ag y medrai i ddweud y sefyllfa. Dywedodd nad oedd y bachgen yn wael iawn, ond y gallai ymweliad o'i eiddo ei wneud yn waeth, oherwydd stad ei nerfau. Teimlai ef ei hun mai peth dwl oedd ysgrifennu, buasai'n rhoi achos i (Ffennig) gael hwyl am ben ei hen feistr a'i wraig, am eu bod yn meddwl y gallai fod ganddo unrhyw deimlad tuag atynt erbyn hyn. Ond o ddau gamgymeriad, efallai mai hwn oedd y lleiaf. Am Lora ei hun, tawelwyd ei meddwl ar un peth beth bynnag, er iddi hithau feddwl fel y gallai Iolo gael testun difyrrwch, ond yr oedd cael gwared o un ofn yng nghanol lluoedd yn beth da, er iddi ei bychanu ei hun wrth gael y sicrwydd. Nid oedd arni eisiau cael styrbans arall i Rhys nac iddi hi ei hun. Tra fuasai ef allan, bu hi'n meddwl y dylsai ddweud hanes Derith wrtho, rhag ofn iddo glywed trwy rywun arall.

'Dwedwch os ydw i ar y ffordd,' meddai ef.

'Ddim o gwbwl. Mae'n dda i rywun gael siarad weithiau, er na fedra i ddim siarad llawer o sens heno. 'D wn i ddim glywsoch chi am Derith?'

'Na, chlywais i ddim byd.'

Dywedodd hithau hanes y dwyn yn yr ysgol.

'Wel, druan â chi.'

'Ia, ond mae hynna wedi effeithio llai arna i nag oeddwn i'n feddwl. Mae'n anodd egluro, os nad am y rheswm mod i wedi derbyn 'i heglurhad hi yn 'i grynswth.'

''D wn i ddim am blant, wedyn fedra i ddim dweud. Ond y mae o'n edrych yn debyg i sbeit, gan nad oedd hi ddim yn bwyta

---

achub y blaen ar: *to forestall*
ond i mi frysio: *so long as I rush*
doeth: *wise*
o'i eiddo: *from him*
difyrrwch: *amusement*
lluoedd: llawer
ei bychanu ei hun: *to belittle herself*
styrbans: *disturbance*
yn i grynswth: *completely*

dim oedd hi yn 'i ddwyn. Y perygl ydi, os bydd gynni hi rywbeth yn erbyn rhywun arall, y gwna hi'r un peth. A phetai o'n dal i ddigwydd wnâi ustusiaid a phobol felly ddim derbyn yr eglurhad.'

Ni ddywedodd hi ddim. Yr oedd yn siomedig mai dyna'r agwedd a gymerodd. Ond nid ei blentyn ef oedd Derith.

Wedi mynd i'r tŷ bu Aleth Meurig yn meddwl llawer am y sefyllfa dros y ffordd. Un munud teimlai fod y peth gorau wedi digwydd wrth i Lora ei wrthod pan feddyliai am broblem y ddau blentyn. Yr oedd hi'n wirion o ddiniwed os tybiai y deuai Derith allan o'r arferiad mor rhwydd â hynyna. Amser a ddangosai. Am y bachgen, mater i feddyg meddwl oedd ef, er y gallai amser a newid ei newid yntau. Y munud nesaf teimlai mai peth da fyddai petai Lora wedi ei dderbyn, ac iddo yntau ei chymryd hi a phroblem ei phlant gyda'i gilydd, a chael cymaint ag a allai o hapusrwydd o'r bywyd newydd drwy gymryd baich ar ei gefn am unwaith a chychwyn ar fenter ac antur. Efallai na byddai hynny ddim gwaeth na'i fywyd unig, digysur fel yr oedd. Amser a ddangosai yn ei hanes yntau hefyd, pa un ai ffodus ai anffodus a fuasai drwy i Lora Ffennig ei wrthod. Rhyfedd y beichiau a ddodid ar gefn Amser.

Dyma fi eto. Bob tro yr agoraf hwn i sgrifennu ynddo, mae rhywbeth newydd wedi digwydd. Y tro o'r blaen, Derith a'i dwyn. Y tro hwn Rhys yn sâl. Nid oes arnaf ofn yr hyn sy wedi digwydd i'w gorff, ond mae arnaf ofn yr hyn a eill ddigwydd i'w feddwl. Ni allaf gael ei grio torcalonnus o'm clyw, pan gludid ef i'r ambiwlans ddoe, a'i weiddi, 'Mae arnaf i ofn, mam'. Bu agos iawn i minnau ildio a mynnu ei gael yn ôl i'r tŷ. Ond rhaid imi fod yn galed. Gwelaf rŵan gymaint y bûm ar fai. Bydd yn rhaid imi hefyd ymadael â'r lle yma. Ysgwn i faint o boen a roddodd chwarae'r plant yna i Rhys y noson o'r blaen? Ac ofn beth oedd arno wrth weiddi? Ai ofn marw? Ai ofn bod ar ei ben ei hun?

---

ustusiaid: *magistrates*
gwirion (G.C.): twp
diniwed: *innocent, naïve*
y deuai D.: y byddai D. yn dod
arferiad: *habit*
baich: *burden*
antur: *adventure*
y beichiau a ddodid: *the burdens which were placed,* (dodi)
torcalonnus: *heartbreaking*
o'm clyw: *from my hearing*
pan gludid ef: *when he was taken,* (cludo)
ildio: *to yield*

Ni wn beth sydd ar Miss Lloyd. Prin y gallodd hi ofyn sut yr oedd Rhys. Arferai fod mor gyfeillgar ac mor siriol. Beth sy'n bod ar bawb ohonom? Sut mae Owen tybed? Nid yw Derith fel petai hi'n sylweddoli dim. Mae hi'n mwynhau ei chwarae gyda'r plant a da hynny. Nid oedd dewin a allai ddweud ei meddyliau wrth iddi weld yr ambiwlans yn mynd i ffwrdd. Edrychai arno fel y bydd pobl fydd yn gweithio ar ochr y ffordd yn edrych ar fws yn mynd heibio.

---

beth sydd ar: *what's wrong with*
siriol: llawen, hapus
dewin: *magician*

PENNOD XXII

Wedi cyrraedd drws (y ward) synnodd (Lora) glywed y swyddog yn dweud fod dwy wraig gyda Rhys, ac na châi fynd i mewn nes dôi eu hamser hwy i ben. Yr oedd ei siom yn ormod iddi geisio dyfalu pwy oeddynt, a dechreuodd guro ei thraed yn y llawr yn ddiamynedd. Wedi deall mai hi oedd ei fam dywedodd y swyddog wrthi am fynd i mewn a gofyn i un o'r lleill ddyfod allan.

Ni allai gredu ei llygaid pan aeth i mewn. Dyna lle'r oedd ei mam-yng-nghyfraith ac Esta yn llenwi un ochr i'r gwely ar ddwy gadair, a Rhys wedi troi ei gefn atynt, yn gorwedd yn llonydd fel planc. Aeth hithau ato a'i gael a'i lygaid ynghau a dagrau yn disgyn oddi ar ei amrannau.

'Hylô, Rhys.'

'Hylô, mam, 'r oeddwn i'n meddwl nad oeddach chi am ddŵad.'

'Mi ges fy nghadw dipyn, ac mi fethis fod wrth y drws pan oeddan nhw'n agor. Wyt ti'n well?'

'Ydw o lawer, nes daeth rheina yma.'

Cododd Lora ei phen ac edrych ar ei theulu-yng-nghyfraith. Yr oedd y fam yn dewach nag y gwelsai hi erioed. Ni chynigiodd godi ei golygon wrth i Lora edrych arni. Edrychai Esta yn anghyfforddus.

'Deudwch wrthyn nhw am fynd i ffwrdd, mam.'

'Fedra i ddim gwneud hynny, Rhys. Mae gan bawb hawl i ddŵad yma.'

'O, 'd oes arna i ddim o eisio'u gweld nhw.'

'Y chi sy'n gyfrifol am hyn, Lora,' meddai ei mam-yng-nghyfraith, gan godi ei phen y mymryn lleiaf, a throi ei llygaid at wegil Rhys.

---

swyddog: *official*
na châi: na fyddai hi'n cael
dôi: byddai . . . yn dod
yn ddiamynedd: *impatiently*
ynghau: *closed*
disgyn: cwympo
amrannau: *eyelids*
mi fethis fod: h.y. fe fethais fod, (methu)
codi ei golygon: *raise her eyes*
y mymryn lleiaf: tamaid bach
gwegil: *neck*

'Nid yr hospital yma ydi'r lle i ddadlau peth fel yna,' atebodd Lora, 'ond petaech chi'n dŵad i'r tŷ mi fedrwn i brofi'n wahanol i chi.'

''R ydach chi wedi cadw'r plant oddi wrth deulu Iolo.'

'Mae Derith yn dŵad acw fel y mynno hi a ddwedais i rioed wrth Rhys am gadw draw.'

Ar hynny troes Rhys yn sydyn at ei nain a'i fodryb a sgrechian,

'Cerwch o 'ma. Cerwch o 'ma.'

Distawodd y ward i gyd, a phawb yn edrych i'w cyfeiriad, Lora yn ceisio tawelu ei bachgen, ac yntau yn mygu ei grio yn y gobennydd. Daeth nyrs yno i weld beth oedd yn bod, a'r ddwy arall ar eu ffordd allan erbyn hynny.

'Mae popeth yn iawn, nyrs, mi ddaw ato'i hun rŵan—tipyn o helynt teulu.'

'Mae o wedi bod yn well o lawer y dyddiau dwaetha yma, ac yn dechrau mwynhau ei hun yma, yn 'd ydach, Rhys?'

'Ydw,' meddai yntau, 'mae'n ddrwg gen i, nyrs.'

Ar hynny dechreuodd Lora ei theimlo ei hun yn rhyfedd, a gweld pob man yn mynd yn dywyll o'i chwmpas.

'Nyrs, ga i lymaid o ddŵr gynnoch chi, os gwelwch chi'n dda?'

'Steddwch, Mrs. Ffennig.'

Yr oedd y nyrs yn ôl mewn eiliad. Yr oedd Lora a'i phen i lawr ar y gwely erbyn hyn ac yn clywed Rhys yn siarad o bell.

'Be sy, mam?'

'Dyna fo, ydach chi'n teimlo'n well rŵan, Mrs. Ffennig?'

'Ydw, diolch yn fawr.'

'Mi alwa i ar y doctor.'

''D oes dim o'i eisio fo rŵan diolch, ond mi hoffwn i gael gair efo fo cyn mynd adre.'

'Beth oedd, mam?' meddai Rhys wedi i'r nyrs fynd.

'Dim byd, ond mod i wedi fy nhaflu dipyn wrth weld dy nain a dy fodryb.'

'Wedi'ch taflu i ble?'

'Wedi cynhyrfu tipyn. Ond mi fasa'n well i ti ac i minnau fod yr un fath â Derith, peidio â gadael i ddim ein cynhyrfu ni.'

---

fel y mynno hi: *whenever she wishes,* (mynnu)
troes: troiodd, (troi)
mygu: *to stifle, to suffocate*
gobennydd: *pillow*
helynt: trwbl
llymaid: *a sip, a drop*
cynhyrfu: *to agitate, to upset*

Cododd ei phen ac edrych ar Rhys. Gallai ei weld erbyn hyn. Edrychai'n well o lawer, ac ni buasai neb yn meddwl ei fod wedi creu'r fath stŵr funud ynghynt.

'Ydi Guto a Now Bach yn dŵad i fwrw'r Sul?'

'Ydyn.'

'Biti na faswn i gartra yntê?'

'Fasa yna ddim lle inni gysgu i gyd. A mae'n well iti beidio â sôn am ddŵad adre. Rhaid iti fendio yn iawn.'

''R ydw i'n well o lawer.'

'A mi'r wyt ti'n licio dy le yma yn 'd wyt?'

'Ydw,' meddai yntau, gan edrych ar ei fam yn swil.

'Rhaid iti ddysgu licio llefydd eraill cystal â dy gartre.'

'Pam?'

'Er mwyn iti fedru byw.'

Yr oedd ar fin dweud bod yn rhaid iddo ddyfod i hoffi pobl eraill hefyd, ond tawodd, rhag ofn iddo gael pwl arall. Teimlai, (sut bynnag,) yn ddig iawn wrtho am wneud stŵr o flaen y ward. Penderfynodd nad âi i weld y meddyg. Yr oedd yn dda ganddi gael gwneud esgus o'i phenysgafndod i fynd adref yn syth a magodd ddigon o greulondeb i ddweud wrth Rhys,

'Ella na ddo i ddim nos yfory.'

'Pam?'

''D ydw i ddim yn teimlo'n rhy dda, ac ella yr a' i ngwely am ddiwrnod neu ddau cyn i Now Bach a Guto ddŵad.'

'Ydach chi'n teimlo'n sâl iawn?'

'Nac ydw, ond mi fydda i yn sâl iawn os na chymera i sbel. Ta-ta rŵan.'

'Ta-ta, mam.'

Ni throes Rhys ei ben o gwbl wrth i'w fam fyned ymaith, a'i gefn a welodd wrth ymadael. Gwnaeth hynny iddi betruso pa un ai digalon ydoedd, ai ynteu wedi penderfynu dechrau ei galedu ei hun.

Daeth Loti i'r gegin cyn gynted ag y cyrhaeddodd y tŷ i ymholi ynghylch Rhys, ond pan welodd Mrs. Ffennig yn eistedd yn

---

stŵr: sŵn
i fwrw'r Sul: i dreulio'r penwythnos
tawodd: *she kept quiet* (tewi)
pwl: *a bout*
yn ddig: yn grac
nad âi: na fyddai hi'n mynd
penysgafndod: *giddiness*
ni throes Rh.: ni throiodd Rh, (troi)
ymaith: *away*
petruso: *to doubt*

llonydd yn y gadair a'i hwyneb o'r un lliw â phwti stopiodd wrth y drws.

'Dowch i mewn, Loti, 'd ydw i ddim yn teimlo'n dda iawn.'

'Be sy, Mrs. Ffennig?'

'Mi ges rywbeth tebyg i wasgfa yn yr hospital—wedi cynhyrfu'r oeddwn i cyn mynd, a mi'r oedd fy mam-yng-nghyfraith ac Esta wrth y gwely pan es i mewn, a mi aeth Rhys i sterics glân. Ond rhaid imi beidio â sôn amdano.'

'Ewch i'ch gwely, Mrs. Ffennig. Mi ro i Derith yn 'i gwely.'

'Mae arna i ofn fod yn rhaid imi fynd, fedra i ddim dal ar fy nhraed. Mae'n gas gen i roi trafferth i chi, ond fasech chi'n medru dŵad â photel ddŵr poeth imi, a gwneud dŵr lemon poeth imi, os gwelwch chi'n dda?'

'Ar f'union.'

Yr oedd yn dda ganddi gael gorwedd yn y gwely, a phan ddaeth Loti â'r dŵr lemon poeth cymerodd dabled i gysgu, ac yn y stad hanner ffordd honno i gwsg, yr oedd arni awydd siarad a siarad.

''R ydw i wedi cyrraedd y gwaelod heno, Loti, a rhaid imi suddo neu godi.'

'Wnewch chi ddim suddo, Mrs. Ffennig.'

''R ydw i wedi penderfynu heno'n bendant fynd at f'ewyth i fyw. Mae'r tŷ yma yn fy mygu fi.'

''R ydw i'n siŵr y basa rhyw fath o newid yn lles i chi. Fasa ddim gwell i chi fynd i Lundain at Mrs. Ellis dros yr hanner tymor?'

''R ydw i wedi gaddo i blant fy chwaer y cân nhw ddŵad yma, a fedra i mo'u siomi nhw, a dyma'r unig siawns gân nhw a finnau tan y 'Dolig.'

''R ydach chi'n meddwl gormod am bobol erill, Mrs. Ffennig.'

'Mi fydda i'n meddwl llai o hyn allan, a mi wna les i blant yr un fath â Rhys gael llai o sylw. 'D ydi plant fy chwaer ddim yn cael digon.'

---

pwti: *putty*
gwasgfa: *fainting fit*
sterics glân: *dreadful hysterics*
ar f'union: *straight away*
awydd: chwant, *desire*
suddo: *to sink*
mygu: *to stifle, to suffocate*
fasa ddim gwell i chi . . .?: *wouldn't it be better for you . . .?*
gaddo: h.y. addo
y cân nhw: y byddan nhw'n cael

'Hitiwch befo plant neb rŵan, ewch i gysgu.'

Pan aeth Loti yn ôl i'r parlwr, yr oedd Annie yn sefyll o flaen y drych yn hwylio i fynd allan.

'Beth oedd yn bod rŵan?' meddai hi.

'Mae Mrs. Ffennig yn reit sâl.'

Stopiodd Annie ar ganol rhoi powdr ar ei thrwyn.

'Beth oedd yn bod?'

''D wn i ddim yn iawn, 'r oedd rhywbeth wedi'i chynhyrfu hi cyn iddi fynd i'r hospital, a phan aeth hi yno, 'r oedd yr hen Mrs. Ffennig ac Esta wrth y gwely, a mi aeth Rhys yn holics glân. 'D wn i ddim beth sydd wedi digwydd, 'r oedd hi rhwng cysgu ac effro yn treio dweud wrtha i. Heblaw mae hyn wedi'i gorffen hi, a mae hi wedi penderfynu mynd at 'i hewyth i fyw.'

Aeth rhywbeth fel cysgod gwên dros wyneb Annie, a diflannu'n araf i gorneli ei cheg.

'Oeddat ti wedi bod yn siarad efo Mrs. Ffennig cyn iddi fynd allan?' gofynnodd Loti.

'Oeddwn. Pam?'

'Dim ond mod i'n gofyn.'

'Mi wnaet ti ddetectif iawn. Eisio gwybod sydd arnat ti beth gynhyrfodd Mrs. Ffennig cyn iddi fynd allan yntê?'

'Mi fasa'n reit ddiddorol cael gwybod.'

'Wela i ddim bod achos cynhyrfu o gwbwl yn yr hyn fu rhyngo i a hi. Mi ofynnodd fyddai'n ods gen i i blant ei chwaer gael cysgu yn fy rŵm i dros y Sul, a mi ddywedais innau nad oedd o ddim.'

''D oedd dim achos i neb gynhyrfu wrth hynny.'

'Nac oedd am wn i. Ond mi ddwedodd wedyn y medrai wneud y tro drwy iddi hi fynd i gysgu ar y soffa i'r parlwr, a rhoi Derith yng ngwely Rhys.'

Wedi iddi fynd allan, bu Loti yn dyfalu ac yn dyfalu beth oedd wedi cynhyrfu Mrs. Ffennig, a fesul tipyn fe wawriodd arni mai dull Annie o gynnig ei gwely oedd wedi ei chynhyrfu, oblegid yr oedd ateb annibynnol Mrs. Ffennig yn dangos nad oedd arni eisiau derbyn ei ffafr, er ei bod wedi gofyn amdani.

---

hitiwch befo plant neb (G.C.): paid â gofidio am blant neb
drych: *mirror*
cynhyrfu: *to agitate, to upset*
holics glân: *tantrum*
cysgod: *shadow*
mi wnaet: fe fyddet ti'n gwneud
gwneud y tro: *to manage*
fesul tipyn: *bit by bit*

Nos drannoeth aeth Loti i'r ysbyty i edrych am Rhys. Syrthiodd ei wep pan welodd hi, ond dim ond am eiliad. Newidiodd ei wyneb yn hollol erbyn iddi gyrraedd erchwyn ei wely.

'Peidiwch â dychryn fy ngweld i. Mae'ch mam wedi mynd i Dŷ Corniog.'

'I beth?'

'Mae hi wedi penderfynu symud yno i fyw.'

'Ydi hi'n well?'

'O lawer iawn. Mi gysgodd fel top neithiwr, ac yr oedd hi fel y boi y bore yma.'

'Pa bryd ydan ni'n symud?'

'O 'd wn i ddim. Peidiwch â chyfri'ch cywion yn rhy fuan.'

'Gobeithio yr awn ni'n fuan.'

'Wel ia, meddwch chi. Ond 'd ydw i ddim yn gobeithio hynny. 'D wn i ddim i ble'r a' i wedyn. Mae mor anodd cael lle da, a 'r ydw i'n licio'ch mam.'

Aeth gwên hoffus dros wyneb Rhys. Edrychodd ar Loti ym myw ei llygaid, fel petai'n ceisio datrys rhyw ddryswch, a bod yr ateb yn ei hwyneb.

'Wel pam na ddowch chi efo ni?' meddai. 'Mae yna fws yn dŵad i lawr i'r dre bob bore reit o ymyl Tŷ Corniog.'

'Ond 'd oes yno ddim lle reit siŵr.'

'Ella bod yno. Mae yno bedair llofft a mae Dewyth Edward yn cysgu yn y parlwr ers talwm, a mae yno lobi reit drwy'r tŷ. Fel hyn, sbïwch.'

A gwnaeth Rhys ddarlun efo'i fys ar y gwely.

'Cofiwch 'd oes yno ddim bathrwm.'

'Dim ods. Mi molchwn i fesul tipyn.'

Chwarddodd Rhys dros bob man (gan) estyn llyfr oddi ar ei gwpwrdd.

'O Miss Owen—sbïwch—'

'Galwch fi'n Loti.'

'Mi alwa i chi'n "Anti Loti".'

---

nos drannoeth: y noson wedyn
gwep: wyneb
erchwyn: *side, edge*
fel y boi: h.y. *on top of the world*
cywion: *chickens*
ym myw ei llygaid: *in the eye*
datrys: *to solve*
dryswch: *perplexity*
ers talwm (G.C.): amser hir yn ôl
sbïwch (G.C.): edrychwch
fesul tipyn: *bit by bit*

'Na, 'd ydw i ddim yn anti i neb.'

'Sbïwch be ges i trwy'r post y bore yma, llyfr gan fy nosbarth o'r ysgol.'

'Wel dyna lyfr iawn, digon o waith darllen am oes. Chwarae teg iddyn nhw am fod mor ffeind.'

''D oeddwn i ddim yn disgwyl cael dim, achos 'd ydw i ddim yn yr ysgol ers dim gwerth, a 'd ydw i ddim yn 'u nabod nhw'n dda iawn.'

'Wel wir, mae'n rhaid 'u bod nhw'n hogia ffeind.'

'Ydach chi'n siŵr, Loti, nad ydi mam ddim yn sâl?'

'Rhys. Mi gewch weld eich mam ei hun nos yfory, ac mi synnwch 'i gweld hi.'

Wrth gerdded yn ôl bu Loti'n meddwl yn hir am yr holl amgylchiadau yn ei llety. Cawsai olwg wahanol hollol ar Rhys heno. Ni theimlai fod ei fam yn iawn pan ddywedodd ei fod wedi cael gormod o sylw. Gormod o un math o sylw efallai, ac nid y sylw iawn. Darllenasai ddigon am wŷr yn gadael eu gwragedd a'u plant, a gwragedd yn gadael eu gwŷr a'u plant, ond ni ddaethai i'w meddwl erioed beth oedd effaith hynny ar neb. Yn y distawrwydd a gaeai am hanes y bobol yma wedyn, ni roddai neb funud i feddwl beth oedd teimladau'r rhai a adewid. Cymerid yn ganiataol fod pawb yn gwella o'u poen gydag amser. Yn ei thyb hi yr oedd Rhys wedi cael gwared o rywbeth wrth ffrwydro pan ddaethai ei nain a'i fodryb i'r ysbyty. Edrychai yn llawer hapusach heddiw. Efallai y byddai Mrs. Ffennig yn well hefyd pe câi hi wared o'i siom mewn rhyw ffordd ffrwydrol. Yr oedd hi'n llawer rhy dawel a goddefgar, a thrwy hynny efallai yn gwneud i'w bachgen ddyfalu a phendroni. Ond nid ei lle hi oedd rhoi ei bys ym mrywes Mrs. Ffennig. Cafodd syndod mawr pan gyrhaeddodd y tŷ o weld ei gwraig lety yn eistedd wrth y tân wedi troi yn ôl oddi wrth y bws cyn cychwyn i Dŷ Corniog. Nid oedd

---

ers dim gwerth: *no time*
amgylchiadau: *situation*
cawsai: roedd hi wedi cael
distawrwydd: *stillness*
a gaeai: a oedd yn cau
a adewid: *who were left,* (gadael)
cymerid yn ganiataol: *it was taken for granted,* (cymryd)
yn ei thyb hi: *in her opinion*
ffrwydro: *to explode*
pan ddaethai: pan oedd . . . wedi dod
pe câi: pe byddai hi'n cael
goddefgar: *tolerant*
pendroni: *to worry*
rhoi ei bys ym mrywes Mrs Ff: h.y. *interfere in Mrs. Ff's affairs*

yn wael meddai, ac ni chynigiodd unrhyw reswm dros droi'n ôl, ond gallai Loti ddyfalu mai ansicrwydd ynghylch cymryd y cam terfynol o symud a wnaethai iddi beidio â mynd yn ei blaen.

---

terfynol: *final*
a wnaethai: a oedd wedi gwneud
yn ei blaen: *ahead*

PENNOD XXIII

Ni bu ymweliad Guto a Now Bach yn llwyddiant o gwbl. O'r munud y rhoesant eu traed dros y trothwy teimlai Lora fod rhywbeth ar goll, a'r rhywbeth hwnnw oedd Rhys. Un peth oedd diddori plant mewn dosbarth, peth arall oedd diddori dau blentyn mewn tŷ heb gymorth rhyw blentyn arall ddigon hen i gymryd y blaen mewn diddori. Bu'r cae chwarae yn help am ychydig brynhawn Sadwrn, ond yr oedd holl adnoddau Lora wedi eu dihysbyddu erbyn y nos. Gwyddai fod ar Now Bach hiraeth, ac fel y tynnai at amser gwely dilynai Guto i bobman hyd y tŷ, a bwytâi ei swper fel petai ar fin tagu wrth roi pob tamaid yn ei geg. O drugaredd daeth eisiau cysgu yn weddol fuan, ac yr oedd Guto yn ddigon meddylgar i weld mai mynd i'w wely gydag ef fyddai'r peth gorau. Tybiai Lora y byddai'n well drannoeth, ac yr oedd felly wrth fwyta ei frecwast. Yna yn y capel ar ganol y bregeth fe agorodd y fflodiat. Yr oedd meddwl Lora yn crwydro ac yn dyfod yn ôl at y bregeth, yn crwydro ac yn dyfod yn ôl wedyn. Ond yn hollol sydyn dyma Now Bach wrth ei hochr yn torri allan i grio, ac yn gweiddi, 'Mae arna i eisiau mynd adre at fy nhad.' Cymerodd (Lora) ef ar ei glin ac fe stopiodd grio ymhen ychydig, ond bu gweddill y gwasanaeth yn hir.

Edrychai yn druenus wrth ben ei ginio, (a'i) frawd yn addo y câi bopeth wedi mynd adre. Fe lwyddwyd rywsut i fynd trwy weddill y dydd trwy ddarllen, tynnu hen ddarluniau allan o'r atig, dweud straeon, bwyta fferins a chwarae. Bore trannoeth fe aeth y plant i'r cae chwarae, ac fe benderfynodd Lora fyned i'w danfon adre ar ôl cinio. Yr oedd am roi rhywfaint o amser i'w chwaer olchi beth bynnag. Penderfynodd hefyd fynd i Dŷ

---

rhoesant: rhoion nhw, (rhoi)
trothwy: *threshold*
i gymryd y blaen: *to take the lead*
adnoddau: *resources*
wedi eu dihysbyddu: *exhausted*
gwyddai: roedd hi'n gwybod
tagu: *to choke*
o drugaredd: *mercifully*
meddylgar: *thoughtful*
fflodiat: *floodgate*
glin: *knee*
wrth ben: *during*
y câi: y byddai e'n cael
fferins (G.C.): losin, da-da

Corniog a gofyn i Mrs. Roberts, y drws nesaf, edrych ar ôl Derith.

Ni theimlai fod Bryn Terfyn yr un fath heddiw. Yr oedd hi a'r plant wedi dyfod i dŷ nad oedd yn eu disgwyl mor fuan, ac yr oedd rhyw ddiflastod yn yr awyr, fel siom dyn yn disgwyl ei gyfaill ac yntau heb ddyfod. Teimlai Lora fod ei chalon fel llechen oer. Meddyliodd am ei thŷ ei hun yn y dref. Tŷ llawn ar symud o hyd, heb gornel i orffwys. Yna aeth ei meddwl i Dŷ Corniog, tŷ heb unrhyw gysylltiad rhyngddo a hi. Tŷ gwyryf. Tŷ lle y gallai ail-ddechrau byw. Tŷ y gallai greu cartref arall ynddo, efo Loti a'i phlant. O ganol y meddyliau yma, fe gododd fflam fechan fel cannwyll gorff. Yr oedd yn rhaid i Owen fendio, a byddai'n rhaid iddi hi helpu ei wneud hynny. O Dŷ Corniog y gallai wneud hynny. O'r munud hwnnw nid oedd troi'n ôl i fod. Yr oedd wedi troi'n ôl oddi wrth y bws y noswaith o'r blaen am nad oedd yn ddigon sicr ei meddwl ei bod yn gwneud y peth callaf.

Nid edrychai Now Bach lawer hapusach wedi cael dyfod adre, ac wrth iddi gychwyn oddi yno dechreuodd grio a dweud bod arno hiraeth ar ei hôl.

''D ŵyr o ddim beth sydd arno eisio,' meddai Guto.

Teimlai hithau mai felly yr oeddynt i gyd, ac eithrio Owen. Yn sŵn crio Now Bach y cerddodd at y llidiart.

Cerddodd y ffordd rhwng Bryn Terfyn a Thŷ Corniog gyda llawer mwy o asbri nag a deimlasai ers wythnosau. Yr oedd digon o olau dydd ar ôl iddi weld y pyllau dŵr yn y fawnog. Nid oedd arwydd bywyd yn Nhŷ Corniog, ei bum ffenestr ffrynt yn gaead, ac yn edrych fel pum llygad dall yn syllu tua'r môr. Wrth basio ffenestr y gegin ar hyd y llwybr a arweiniai at ddrws y cefn gallai weled ei hewythr yn ei dopcot a'i gefn tuag ati, yn syllu i'r tân yn y llwyd tywyll—heb olau'r lamp. Pan glywodd sŵn ei throed hanner troes ei ben i ystum gwrando.

'Lora, chdi sy 'na?' meddai heb droi ei ben.

---

llechen: *slate*
gwyryf: *virginal*
fflam fechan: *small flame*
cannwyll gorff: *corpse candle*
callaf: *most sensible,* (call)
'd ŵyr o ddim: dydy e ddim yn gwybod
llidiart (G.C.): gât
asbri: *spirit*
mawnog: *marsh*
yn gaead: *closed*
troes: troiodd, (troi)
ystum: *posture*

‘’D oes dim byd ar eich clyw chi beth bynnag.’

‘Oes, mi mae, ond mi faswn i’n nabod sŵn dy droed ti tasat ti’n hedeg drwy’r awyr. Yli, ngenath i, gwna damaid o fwyd, ’r ydw i’n rhy fusgrell i symud. Mi ges i dun cig y diwrnod o’r blaen. Agor hwnnw.’ Sylwodd Lora nad oedd y tŷ cyn laned â’r tro cynt, y lloriau fel petaent wedi eu sychu efo chadach llawr ond heb eu golchi. Ymhen dim bron yr oeddynt yn bwyta ar aelwyd eithaf cysurus. Gwyliai Lora am ei chyfle. Nid oedd am ddweud wrtho yn blwmp ei bod wedi penderfynu dyfod ato i fyw, rhag ofn iddi ddweud ei fod wedi newid ei feddwl.

‘Mae’r bwyd yma’n dda. ’D wn i ddim pryd y ces i damaid cystal. Biti na fasat ti’n medru dŵad ata i i fyw.’

‘Beth fasach chi’n ddweud petaswn i’n dweud mod i’n meddwl dŵad?’

‘Mi faswn wrth fy modd. A deud y gwir iti, ’r ydw i bron wedi penderfynu mynd oddma i ryw gartre hen bobol neu’r wyrcws, neu rywle. ’D ydi’r ddynes yma ddim yn dŵad yma i llnau rŵan chwaith.’

‘’R ydw innau wedi penderfynu mod i’n mynd oddacw hefyd. Fedra i ddim byw acw ddim hwy.’

‘Pam, wyt ti ddim yn cael digon o arian at fyw yntê beth?’

‘O na, nid hynny. ’R ydw i wedi diflasu acw ac yn teimlo mod i’n mygu.’

‘Croeso iti ddŵad yma. Mae’r pedair llofft yna i chi. ’R ydw i wedi dŵad â’r gwely bach i lawr i’r parlwr i mi fy hun.’

‘Oes yna le i mi roi hynny o ddodrefn sy gen i?’

‘Mi fedra i gael gwared â phob dim nad oes arna i ddim o’i eisiau fo, a’u troi nhw’n arian, a rhoi’r pethau yr ydw i am i cadw yn y gegin yma a’r parlwr lle mae fy ngwely fi.’

Cyn mynd adref daeth hi a’i hewythr i ddealltwriaeth berffaith, rhy berffaith i Lora allu credu y cedwid ati. Nid oedd ar ei hewythr eisiau rhent. Câi wneud fel y mynnai gyda’i rhan hi

---

hedeg: hedfan
musgrell: *decrepit*
cyn laned â: mor lan â
lloriau: *floors*
cadach llawr: *floor cloth*
aelwyd: *hearth*
yn blwmp: *straight out*
wyrcws: *workhouse*
hwy: hirach
mygu: *to stifle, to suffocate*
y cedwid ati: *it would be kept to,* (cadw)
câi: byddai hi’n cael
fel y mynnai: *as she wished,* (mynnu)

o'r tŷ. Câi Loti ddyfod yno gyda hwy. Fe gâi roi trydan yn y tŷ, os mynnai. Fe gâi hefyd edrych ar ei ôl ef. Yr oedd yn ddigon parod i gredu y byddai ei hewythr yn torri ei addewidion i gyd, ond gallai hithau dorri'r addewid i edrych ar ei ôl yntau. Ond yr oedd yn gyfyng arno, ac yn ei gyfyngder ni allai fod yn llai na dyn.

Wrth gerdded yn ôl at y bws, teimlai mor ysgafn â phluen. Yr oedd ar dân o eisiau cael gosod ei chynlluniau ar waith. Gweithiai ei meddwl ffigurau o'r hyn a arbedai wrth gael peidio â thalu rhent. Sylweddolai y byddai'n colli arian Miss Lloyd, ac y costiai'r bws ôl a blaen rywbeth. Byddai'n rhaid iddi dalu i Aleth Meurig hefyd. Ond yr oedd ganddi rywbeth i anelu ato yn awr, a cheffyl da ydoedd ewyllys i gyrraedd at unrhyw nod. Troes ei phen ac edrych ar y llethrau a'u goleuadau prudd. Yna daeth iddi ffieidd-dod o feddwl bod ffasiwn beth â thŷ wedi cymryd ei meddwl am un munud, a'r fath ddioddef yn digwydd tu ôl i un o'r goleuadau bychain hynny, a'r dioddef hwnnw yn digwydd i un a garai megis brawd.

Cofiodd fod llythyr Linor yn ei bag. Ni chawsai ond cip arno ar ôl ei godi oddi ar lawr y lobi cyn cychwyn i Fryn Terfyn. Edrychai ymlaen at ei ddarllen yn fanwl wrth y tân cyn mynd i'w gwely. Yr oedd ei gynnwys yn sicrwydd iddi ei bod wedi gwneud y peth iawn wrth benderfynu ailddechrau byw mewn lle newydd.

Annwyl Lora,

Ni wn am neb sydd wedi disgyn i'r fath olchfa o boen a hynny mor sydyn. Wrth feddwl am dy fywyd tawel ryw hanner blwyddyn yn ôl a'i gymharu â heddiw, yr wyf yn arswydo bod y fath newid yn bosibl yn hanes neb mewn cyn lleied o amser.

---

addewidion: *promises*
yn gyfyng arno: *hard on him*
cyfyngder; trwbl, *distress*
ar dân: *longing*
cynlluniau: *plans*
a arbedai: y byddai hi'n ei arbed, (*to save*)
i anelu ato: *to aim at*
nod: *aim*
troes: troiodd, (troi)
llethrau: *slopes*
prudd: trist
ffieidd-dod: *loathing*
ffasiwn beth â: *such a thing as*
cip: *a glance*
disgyn: cwympo
y fath olchfa o boen: *so much trouble*
yr wyf yn arswydo . . .: *I shudder (to think)* . . .
cyn lleied: *so little*

Paid â phoeni gormod ynghylch Derith. Digon posibl mai ei hesboniad hi ydyw'r un cywir. Clywais am achos tebyg yn yr ysgol yma, ac wedi i'r plentyn gael athrawes newydd fe stopiodd. Mae plant, a phlant ifanc iawn, yn medru bod yn gyfrwys.

Druan o Rhys! 'D wn i ddim beth a wna'i wella fo. Mae'n ymddangos fel petai ei boen meddwl wedi rhoi'r boen yn ei stumog. Rhaid iddo gael gwared o'i dad oddi ar ei feddwl gyntaf, a'i ddiddyfnu oddi wrthyt tithau hefyd. A wyt ti'n meddwl ei fod o wedi amau y byddit ti ryw ddiwrnod yn priodi efo Aleth Meurig, a'i fod o'n ei weld ei hun yn mynd i'th golli dithau hefyd? Efallai mai'r hyn a rydd hwb i Rhys i sefyll ar ei wadnau ei hun fydd dy weld ti yn byw bywyd rhydd ar dy ben dy hun.

Teimlaf dy fod gwedi gwneud yn ddoeth iawn wrthod mynd i ffwrdd efo Aleth Meurig. Paid â'm camddeall, nid er mwyn dy barchusrwydd, ond er mwyn dy gysur dy hun, ac yr wyf yn meddwl mwy am hynny nag am ddim arall iti. Nid cysur amgylchiadau, fe gaet hynny gan A.M., ond cysur dy feddwl a'th fywyd. Mae'n debyg fod A.M. yn ddyn da, ond nid dynion felly sy'n gwneud y gwŷr gorau bob amser. Ond y mae A.M. yn ôl pob dim a glywaf yn ddyn hunanddigonol, ond fe fyddit ti yn hapusach wrth roi cysur i ddyn ag arno fwy o angen cysur na fo. Efallai ymhen tair blynedd y byddi dithau yn medru gweld yn gliriach ym mha le y bydd dy hapusrwydd di. Yr wyf yn dy garu ormod i feddwl y gelli di gael dy siomi yr eil-dro.

Yr wyf yn hoffi'r Loti yna sy'n aros efo thi. Gobeithio y daw'r poenau presennol yn well.

Fyth,

Linor.

Cafodd Lora ysgytwad wrth ddarllen y llythyr, o feddwl bod y pethau y soniai ei ffrind amdanynt wedi mynd yn hen bethau iddi mewn cyn lleied o amser. Nid oedd achos Derith yn poeni

---

cyfrwys: *cunning*
diddyfnu: *to wean*
a rydd: a fydd yn rhoi
hwb: *a boost*
ar ei wadnau ei hun: *on his own two feet*
gwedi: h.y. wedi
doeth: *wise*
paid â'm camddeall: *don't misunderstand me*
parchusrwydd: *respectability, reputation*
amgylchiadau: *surroundings*
fe gaet: byddet ti'n cael
hunanddigonol: *self-sufficient*
yr eil-dro: h.y. yr ail dro
ysgytwad: sioc

llawer arni erbyn hyn, ni throai ei meddwl yn ôl lawer ar Aleth Meurig, yr oedd iechyd Rhys yn poeni llai arni. Heno, nid oedd le i ddim ond y symud i Dŷ Corniog. Oedd, yr oedd llythyr Linor wedi heneiddio yn y post rhwng Llundain ac Aber Entryd. Ond yr oedd un peth yn aros, ei ysbryd cyfeillgar a'i ddealltwriaeth.

---

ni throai: doedd . . . ddim yn troi
heneiddio: mynd yn hen

PENNOD XXIV

Mwrllwch Tachwedd a dyma fi mewn tŷ gwag heb na chadair na bwrdd yn sgrifennu ar fwrdd y ffenestr yn y gegin. Mae'r tŷ yn edrych yn ofnadwy ar ôl tynnu'r pictiwrs a mynd â phob dim o'i le. Edrychai'n ddigon del cynt, ond mae fel sgerbwd rŵan a'i gnawd wedi mynd. Mi gefais i amser digon hapus yn yr hen dŷ yma er mai hapusrwydd wedi ei wyngalchu ydoedd. Wrth ysgrifennu hwn yr ydwyf wedi cael gwir hapusrwydd, am fy mod yn ysgrifennu a'm llygaid yn agored. Erbyn hyn ni wn yn iawn pam yr ysgrifennais. Fe wyddwn ar y cychwyn, ysgrifennu yn fy ing yr oeddwn y pryd hwnnw er mwyn medru byw o gwbl. Ond yr wyf yn sylwi fod hwn fel popeth arall yn symud oddi wrth ei amcan cyntaf. Ambell dro, teimlaf fy mod wedi ei ddefnyddio i'm cyfiawnhau fy hun yn erbyn Iolo, am fod fy nheulu-yng-nghyfraith yn fy nghondemnio. Dro arall teimlaf mai wedi bod yn chwilio am Iolo yr wyf. Fe aeth o'm golwg, ac ni ddaeth yn ôl, er imi feddwl y byddai'n blino ar Mrs. Amred. Dyna ei fai mawr i mi, myned o'm golwg, troi ei gefn arnaf, fy nhwyllo. Teimlaf fy mod wedi dyfod i'm hadnabod fy hun yn well, gwelaf fy mod, wrth fy nghaledu fy hun, wedi prifio, a bod ynof fi fy hun ryw ffynnon a ddeil i godi, a rhoi sbardun i mi at fyw. Cefais ddigon o lonyddwch yn y tŷ yma i fyny hyd i hanner blwyddyn yn ôl. Cysgu yr oeddwn y pryd hynny. Rŵan rhaid imi fod yn effro, ac er y byddaf yn ymbalfalu, byddaf yn ymbalfalu a'm llygaid yn agored beth bynnag.

Sylweddolaf hefyd mai ym mesur ein cariad at rywun neu rywbeth y medrwn gadw ein brwdfrydedd tuag at fywyd. Ni wn beth a garaf fi yn awr, os nad y ffynnon o ddiddordeb yn fy mhersonoliaeth i fy hun, a thrwy hynny mewn pobl eraill. Efallai mai dyna sy'n gwneud i bobl ysgrifennu llyfrau.

Ambell dro, teimlaf nad oes a wnelo Iolo na'm pethau personol i ddim â'r dyddlyfr yma, ond fy mod wedi cael mynegi rhywbeth y rhwystrwyd fi gan y gymdeithas yr wyf yn byw ynddi rhag ei fynegi. Wrth droi ei dudalennau credaf mai lol yw'r cwbl a sgrifennais, ond dyna fo, lol ydyw bywyd hefyd. Hyd yma,

---

mwrllwch: niwl, *mist*
del (G.C.): pert
sgerbwd: *skeleton*
wedi ei wyngalchu: *whitewashed*
fe wyddwn: roeddwn i'n gwybod
ing: *anguish*
amcan: pwrpas
i'm cyfiawnhau fy hun: *to justify myself*
prifio: tyfu
a ddeil i godi: a fydd yn dal i godi
sbardun: *incentive*
ymbalfalu: *to grope*
brwdfrydedd: *enthusiasm*
nad oes a wnelo I. na'm . . . â: *that I. nor . . . have anything to do with,* (gwneud)
y rhwystrwyd fi: *that I was prevented,* (rhwystro)
mynegi: dweud
lol: *nonsens*

sym heb ei gweithio allan yn iawn ydyw bywyd i mi. Wrth ysgrifennu hwn, gwelais lawer o'm beiau i fy hun yn gymysg â beiau pobl eraill, ac yr wyf yn ddigon sicr y cyfrifid llawer o'r beiau hynny yn rhinweddau gan fy nghydnabod. Dylswn fynd i weld fy mam-yng-nghyfraith cyn ymadael, ond nid euthum. Tosturiwn wrthi (yn yr) ysbyty y diwrnod hwnnw, ond nid oedd arnaf eisiau gweld ei hwyneb yn ei thŷ.

Ni bu pobl y capel fawr gwell efo minnau. Cadwasant draw. Wrth ffarwelio efo mi neithiwr, deuai eu dymuniadau da imi allan yn herciog fel petaent yn dyfod trwy wddw potel. Ni welais Aleth Meurig er y noson y gofynnais gymwynas ganddo.

Deallaf pam y mae ef yn cadw draw. Bu ei gwmni yntau yn rhan o hapusrwydd y tŷ yma am ychydig wythnosau ond hapusrwydd yng nghanol trybini oedd hwnnw. Fe allaf ei anghofio. Clywais mai Annie Lloyd sy'n debyg o brynu'r tŷ yma. Sgwn i a fydd yna gerdded eto o'r ochr draw hyd yma, a chwarae cardiau? Gallaf ddweud hynyna heb ronyn o wenwyn, eithr gydag ochenaid bach fel ochenaid baban.

Dyna'r plant yn galw o'r stryd, 'Mam, ydach chi'n dŵad?' Maent allan ers meitin yn yr oerni, yn llawn afiaith am ein bod yn mudo, efo chrafatiau am eu pennau, a'r hen gath ganddynt mewn sach. Dyma finnau'n mynd. Mewn munud byddaf yn rhoi clep ar ddrws y ffrynt, y glep olaf am byth, a'r tro hwn ni bydd gennyf agoriad i agor y drws a dyfod yn ôl, na hawl byth i ddyfod i'r tŷ a fu am amser yn rhan ohonof fi fy hun. Sylweddolaf hefyd nad y fi fydd biau'r agoriad i Dŷ Corniog. Lletywr a fyddaf yno yn dibynnu ar ewyllys da cybydd. Ond caf ddechrau bywyd newydd efo Loti a'r plant, ac y mae'n rhaid i Owen fendio.

---

beiau: *faults*
y cyfrifid: *would be counted,* (cyfrif)
rhinweddau: *virtues*
cydnabod: *acquaintances*
nid euthum: es i ddim
tosturiwn: *I pitied,* (tosturi)
deuai: roedd . . . yn dod
yn herciog: *stilted*
cymwynas: ffafr
trybini: trafferth, trwbl
heb ronyn o wenwyn: *without an atom of jealousy*
eithr: ond
ochenaid: *a sigh*
ers meityn: *for some time*
afiaith: hwyl, llawenydd
mudo: symud
clep (G.C): *slam*
agoriad (G.C.): allwedd
cybydd: *miser*

ATODIAD

A. TAFODIAITH GWYNEDD

Sylwch ar rai o nodweddion tafodiaith yr ardal a geir yn y nofel hon:

1. **a** yn hytrach nag **e** yn sillaf olaf gair, e.e. potal-potel, cf. bora, genath, oeddan, llawar, ia.

2. y ffurfiau talfyredig o'r terfyniadau (*endings*) **-au** ac **-iau,** sef **-a** ac **-ia**, e.e. inna, hogia, clustia, petha, ninna.

3. **-is** fel terfyniad y person cyntaf unigol yn y gorffennol, e.e. gwelis-gwelais, cf. methis, dois (*dod*), clywis, deudis (*dweud*).

4. Hepgor neu dalfyrru rhagenwau (*pronouns*) megis 'fy' ('y), 'ei' ('i) a i'w (i'), e.e. 'Mi sylweddolais ddechrau'r tymor [fy] mod i'n rhoi'r un gwersi . . .; 'Do, [fy] ngwas i.'; 'Mi wna i dreio [fy] ngora.'; 'Yn fuan wedi i [fy] nhad fynd i ffwrdd.'; ''D wyt ti ddim yn gwerthfawrogi'r cysur wyt ti'n [ei] gael.'; 'Mae Derith wedi cael 'i [ei] dal yn dwyn . . .'; 'Mi wyddost o'r gorau nad oes gen i ddim i'[w] ddweud wrth ddynion . . .'

B. YR AMHERFFAITH (*the imperfect*)

Defnyddir ffurfiau cryno (*concise*) yr amherffaith yn gyson trwy'r llyfr. Y terfyniadau arferol yw:

-wn i
-et ti
-ai o/e
-ai hi
-em ni
-ech chi
-ent hwy

e.e. cysgai—roedd o'n cysgu/
roedd o'n arfer cysgu/
byddai o'n cysgu

Sylwch yn arbennig ar derfyniad y trydydd person unigol, sef **—ai**. Dyma rai enghreifftiau ohono o'r bennod gyntaf—

symudai, tarawai (*taro*), ni chofiai, dywedai, medrai, edrychai, lletyai.

Cofiwch hefyd am y ffurfiau afreolaidd, h.y.

âi o/e/hi (*mynd*)
deuai o/e/hi (*dod*)
câi o/e/hi (*cael*)
gwnâi o/e/hi (*gwneud*)
gwyddai o/e/hi (*gwybod*)
adwaenai o/e/hi (*adnabod*)

C. Y GORBERFFAITH (*the pluperfect*)

Unwaith yn rhagor ceir nifer o enghreifftiau yn y nofel o'r ffurfiau cryno, yn enwedig y trydydd person unigol. Y terfyniadau arferol yw:

-aswn i
-aset ti
-asai o/e
-asai hi
-asem ni
-asech chi
-asent hwy

e.e. anfonasai: roedd o **wedi** anfon
cf. priodasai, ni theimlasai, gadawsai (*gadael*), dewisasai, ni ddarganfuasai (*darganfod*), sylwasai.

Y ffurfiau afreolaidd yw:

aethai (*mynd*)
daethai (*dod*)
cawsai (*cael*)
gwnaethai (*gwneud*)
gwybuasai (*gwybod*)
adnabuasai (*adnabod*)

CH. -ES = -ODD

Fe welwch fod nifer o enghreifftiau yn y nofel o'r hen derfyniad **-es**, sef **-odd**, e.e. rhoes (*rhoiodd*), troes (*troiodd*).